From Interest to Taste

以文藝入魂

越南現代小說選

作者

蘇懷／Tô Hoài　南高／Nam Cao

阮氏瑞宇／Nguyễn Thị Thụy Vũ　日進／Nhất Tiến

阮輝涉／Nguyễn Huy Thiệp

阮玉四／Nguyễn Ngọc Tư

羅漪文 主編／翻譯

阮福安／審訂

目次

主編、譯者序

遲來的越南文學風景

羅漪文

臺灣和越南距離大約三小時的飛航時間，在一九七五年以前，中華民國政府與越南共和國（南越）仍有正式邦交，越戰結束後，雙方關係才告中斷，而這段邦誼記憶隨即隱沒在大眾視野之外。[1]一九八六年，越南社會主義共和國進行「革新」（Đổi mới）政策，從計畫經濟調向市場經濟，臺商即迅速重返當地。一九九〇年代開始，政府推動南向政策，二〇〇〇及二〇一六年以後又二度推行新南向政策，近三十年以來，臺灣和越南交流愈來愈頻繁，除了商務投資，婚姻、留學、移民工也是雙邊接觸的重要管道。自二〇二〇年起，世界供應鏈逐漸轉移東南亞，越南一躍成為全球產業焦點，與此同時，臺灣因為半導體科技和重要地理位置而受到加倍的關注。

因之，臺灣與越南的關係遠比想像中來得錯綜緊密，可惜臺灣社會對越南的理解普遍不足，甚至流於刻板印象。臺灣的新二代已經到了就讀大學的年紀，但有不少年輕人仍對自己的一半來源——即媽媽和外公、外婆家感到生疏，何況是大眾。無論是從實務面或是從情感面來說，臺灣迫切需要理解越南，而且是一種較為深度的理解，亦即在美食、觀光等浮光掠影外，涉入歷史、思想或藝術文學等範疇。在地緣政治局勢日益複雜之際，唯有深度理解，或能在必要的時刻做出適切的回應。

基於這樣的考量，我從二〇二一年春天起，於燦爛時光書店進行「越南現代文學六講」，選擇南高（Nam Cao）、蘇懷（Tô Hoài）、日進（Nhật Tiến）、保寧（Bảo Ninh）、阮輝涉（Nguyễn Huy Thiệp）、阮克長（Nguyễn Khắc Trường）等作家及其作品進行解說，受到疫情轉趨緊繃的影響，最後一講臨時取消。後來，清華大學中文系開設大學部選修課「越南文學導讀」，我欣然接受邀約授課，而在教學的過程中印證了我的焦慮：缺乏翻譯文本的輔助，很難進行深度的知識討論。

越南文史大致可分為古典時期與現當代，二者最顯著的差異在於文字的使用。

越南古典文獻多以漢字記錄，對識讀文言文的華文讀者來說也許沒有障礙，但越南還有部分文獻為喃字（Chữ Nôm），且到了二十世紀，越南全面改用拉丁字母的拼音新國字（Chữ Quốc ngữ），至此，讀者欲瞭解近現代越南的心靈變化都必須透過諳熟越南語文的譯者進行轉介。

在臺灣，越南現當代文史作品的翻譯極為稀少，較受注意的包括：一九九六年保寧的《青春的悲愴》（*Nỗi Buồn Chiến Tranh*），是由英文翻譯過來的越南小說；[2] 臺灣大型影展也曾引進法籍越南裔導演陳英雄（Trần Anh Hùng）的電影；近年來則出版美籍越南裔作家阮越清（Nguyen Viet Thanh）的著作等。整體來說，越南題材作品須經過歐美市場肯定才會引進臺灣，越南的本土創作幾乎得不到青睞。[3]

因此，當春山出版社提議翻譯出版《越南現代小說選》，實是勇氣與智慧兼具的決定。

◇

越南是一個特殊的國家，其北方曾是中國的領土，大約在十世紀才獨立建立屬於自己的王朝體制；越南的南方則是占婆古國和高棉帝國的領地，後漸漸納入越南版圖。十九世紀中期開始，法國設法把越南變成殖民地，越南至此進入煎熬而複雜的近現代歷史進程。二十世紀的越南經歷連綿不斷的戰爭，法國、美國、日本、蘇聯、中國都曾在這片土地上留下深刻的印記，而越南人民長久在列強的夾縫中掙扎圖存，形塑出今天的靈魂與氣質，都可以在優秀作家的作品中一窺究竟。

本書選擇翻譯六篇具有代表性的越南現代小說，呈現給臺灣及全球華文讀者。

首先是南高於一九四一年所撰寫的〈志飄〉（Chí Phèo）。此篇作品主要敘述無賴漢志飄，他平日喝酒成癮、滿口髒話，替村里的富戶當討債打手，每每在村里逞凶鬥狠，村民對他避之唯恐不及。在命運的捉弄下，志飄跟鄰居醜女氏諾在香蕉園談了一場極其短暫的歡愛，氏諾在志飄生病虛弱之際，端給他一碗熱騰騰的蔥花粥，蔥花粥的香氣使志飄滿懷遐想過著一個普通人的幸福生活，不料隨即被氏諾狠狠拋棄，志飄盛怒之下尋找富戶算帳並與之同歸於盡。

小說的背景定在二十世紀兩次大戰期間、法國殖民時期的越南北方農村，當時法國對越南採取掌控高層、維持基層體制的間接統治方式，因此農村仍然存在舊式階級。這類農村的管理者一方面迎合殖民政府，另一方面恣意對農民極盡剝削、聚斂之能事，使農民生活陷入極端困頓。不過，小說並非塑造一個飽受欺壓的樸實角色，卻讓志飄、氏諾及其他村里居民以「非善類」的面貌登場，他們長相奇醜、貧困、卑微、隱忍、暴虐、刻薄、精明、膽小怕事，甚至神經質與自殘自毀，而志飄的來歷不明，他一輩子似乎沒有清醒過，又或者他酗酒是因為害怕清醒。南高冷靜而憐憫地刻劃一個地痞如何走向毀滅，且描繪使人陷入非人似獸的殘酷社會。

〈志飄〉是越南新文學中的著名篇章之一，可與中國魯迅的〈阿Q正傳〉相比擬，但阿Q最終糊里糊塗被槍決，相比之下，志飄至少嘗過愛情的甜頭，也因為愛情，他朦朧地感知到自己的不幸，在斷氣之前，他至少想要追討回本應屬於自己的善良人生。

南高英年早逝，精采作品多集中在一九四〇年代發表。他的敘述以紋理細密見稱，充分挖掘角色的內心曲折，展示越南二十世紀上半葉農村小民的精神狀態。時序轉到世紀的下半葉，阮輝涉於一九九三年以〈水神的女兒〉（Con gái thủy thần）接續南高留下的書寫脈絡。

〈水神的女兒〉敘述一位年輕農民阿章的漂泊旅程，他思想遲滯、口才笨拙，只是隱約地不想複製父執輩的枯竭人生而貿然離開偏僻的老家。阿章心裡懷著水神的女兒的身影，日夜朝向大海奔走，途中遭遇到各種匱乏與無聊的情況竟也跟故鄉別無二致，直到他隨著「流民」來到城市，面對富有而難以理解的城市人，他沉默、慌張，最後崩潰遁逃。

阮輝涉躋身文壇之時，正值越南實施改革開放，他以老練又厭世的語調，揭穿庶民階層的衝突糾紛及潛藏的人性黑暗，獨特的觀察視角，時而寫實、時而魔幻的場景，過度銳利的筆鋒，使部分讀者對於他所呈現的世界感到不安。因此，阮輝涉的作品常引起輿論注目和正反兩極的評價，卻也是戰後最早受到西方學院注意的越南作家。〈水神的女兒〉寫成於二十世紀晚期，彼時越南剛從社會主義計畫經濟轉向資本主義市場經濟不久，廣大農村幾近破產，從志飄到阿章，作為越南人口主體的他們該如何安頓？越南的社會文化該何去何從？小說以多段饒富歷史象徵意義的敘事反覆提出質疑。

蘇懷與南高同時代出生，著作豐富，是越南文壇的長青樹。蘇懷一直是越南官方認可的作家，晚年發表的中篇小說《另外三個人》（*Ba Người Khác*）敘述於一九五三至一九五六年期間，越南北部土地改革的情況，反省意味鮮明，使當局頗為尷尬。小說場景設置在一九五四年法軍撤退以後的某個北方農村，該地被上級評估為「敵我情況複雜」而跳過「減租」程序，直接進行「土改」。「另外三個人」指的是三名年輕的低階共產黨幹部，被賦予任務，進村清理「人民的敵人」、還「貧、僱農」公道，他們卻因自身的淺薄、貪婪、自私、淫亂，在貧困的農村裡掀起腥風血雨。

《另外三個人》最珍貴的地方是以局內人、施暴者的視角，講述土地改革對北越農村原有文化秩序與社會倫常所帶來的嚴重摧毀。作為國家元老級作家，蘇懷以坦率筆觸揭穿當年真相，勇敢而犀利。小說有三個主要角色，三條情節線交錯重疊，本書選譯片段盡量呈現三個角色的性格、行動以及最終下場，以維持閱讀連貫性。

如果說，北方農村被錯誤的土地改革所凌虐，負面影響綿延多年；在南方，先是經歷戰火襲擊，又在國家統一後承受不當的政策傾斜，直到二十一世紀前十年，農村仍然凋敝不振，導致大量人口外流。中生代南方作家阮玉四（Nguyễn Ngọc Tư）於二〇〇六年撰寫〈無盡的稻田〉（Cánh Đồng Bất Tận）呈現了滯留在乾旱田野上的小人物們，尤其是女性的困境與掙扎。

小說敘述一對姊弟跟著爸爸行船在湄公河平原放養鴨群，沿途見證不同村莊大人們之罪惡。這對姊弟的媽媽不告而別，爸爸感情受創，一心想報仇，在隨水漂流養鴨的路上玩弄很多女人，也對孩子異常冷淡。姊弟相依為命，社交能力愈來愈退縮，竟發展出聽懂鴨子說話的能力，聽到鴨子因為禽流感而遭到活埋的痛苦吶喊。

一次停泊在岸邊，弟弟救了一名被村民毒打的妓女，對她產生朦朧的情愫，分不清是男女情愛還是孩子對媽媽的依戀。但那位妓女卻愛上爸爸，後來妓女因為被爸爸蔑視而傷心離開，弟弟追上去，從此音訊全無。失去兒子的爸爸似乎從報復妻子的陰暗中稍微清醒，但很不幸的，他還沒來得及跟女兒修復關係，女兒又遭到失業遊蕩青年的強暴。

〈無盡的稻田〉發表時相當轟動，阮玉四違反越南長期以來將農村詩化、浪漫化的寫作傳統，直指現代農村的慘烈情況：氣候異常、禽流感爆發，全球化的防疫撲殺模式摧毀了赤貧階層僅有的財產，男人謀生辛苦、無生活情趣且暴戾，女人在貧困中枯萎或外逃，犀利寫實又不失溫柔愛意。最初出版時，有批評認為阮玉四醜化了純樸的農村，越南作家協會[4]卻為之聲援，承認阮玉四的老練視角為老一輩作家有所不及。

以上四篇作品的主題為農村與農民，以下兩篇則牽涉戰爭和都會女性。

日進出生於北方河內，一九五四年南北越分治，日進移居到南方，一九七五年越南戰爭結束，他於一九七九年搭上漁船偷渡至泰國，輾轉定居美國。《難眠之夜》（*Giấc Ngủ Chập Chờn*）寫於一九六〇年代末，敘述南北越戰爭前線的農村景況，記錄當時南方庶民對於戰爭的各種看法。

小說的主角是一位年邁的農民，眼看著村莊裡的子姪輩因為各自擁護不同的理念和政權而投入相反的武裝陣營，老農民堅信血緣親情會阻止人們互相殺害，但實際上，隨著戰事愈發激烈，年輕人一一倒下，而老人即使動用傳統倫理中的位階力量試圖緩解悲劇，也顯得無力而苦澀。

關於越南戰爭，中文世界讀者最熟悉的可能是保寧的小說《戰爭的憂傷》。[5]小說出版於越南改革開放初期，講述年輕軍人對於戰爭的憂傷回憶。保寧曾是北越軍人，參與過解放南方的戰役，他的著作深受重視，為世界文學提供屬於越南的敘述視角。然而，還有日進這樣的南越作家所書寫的戰爭小說，也應該被重新挖掘呈現在讀者面前。在冷戰對峙的局勢下，北越實行社會主義制度，專心一志地謀求解放南方；而南越為了爭取西方世界的支持，傾向與資本主義接軌，社會控制較為鬆動，人民對戰爭的意見更為多樣與分歧。當戰爭結束後，南越共和國作為戰敗的一方遭到勝利方政權的否定，連帶南越統治下的各類文藝出版品也被毀損、湮沒，創作者集體噤聲。日進在美國仍持續寫作，幸運的是他早期的作品獲得較完整的保存，故能選譯《難眠之夜》部分章節以饗讀者。

阮氏瑞宇（Nguyễn Thị Thụy Vũ）和日進同樣是南越作家，曾被譽為南越五大女性作家之一，寫作生涯卻在一九七五年以後戛然而止，蟄伏生活四十二年。二〇一七年，她的全數作品獲得重新再版，為空白多年的南越文學研究提供珍貴的資料。阮氏瑞宇擅長以女性的視角描繪生活在城市裡的女性，包括女工、女教師、酒吧女等，她們有的掙扎謀求經濟獨立，有的基於現實理由而和當時的美國駐軍交易和交往。阮氏瑞宇晚年曾坦言，自己並非刻意鼓吹女權，只是自然而然地書寫，[6]無意中描繪了自二十世紀以來，努力從父權結構的依附中剝離出來的越南女性圖譜。〈一個下午〉（*Một Buổi Chiều*）收錄於《夜貓》（*Mèo Đêm*）短篇小說集，敘述一名鄉村知識女子來到西貢（胡志明市）生活的細節與心情，篇幅短小，卻可以協助讀者瞭解部分越南城市文學、女性文學的風景。

本書所選的六篇作品皆是越南現代小說中的精品，呈現法殖時期、北方社會主義農村、戰爭、南方資本主義城市、改革開放至二十一世紀初期的越南社會情況。讀者或可發現，作品的主要角色包括農民和女性兩大類，這是因為在二十一世紀以前，農業與農村是越南經濟與社會的構成核心，而女性則是越南文學傳統的長久關懷。從主題角度的閱讀脈絡如此，不過，基於文學史慣例，各篇仍按照作者出生年進行排列，並於作者簡介說明初版時間，以方便讀者掌握樸素的時間軸。

◇

我幼年居住越南，越南的詩歌、小說滋潤了我的心靈，而後移居臺灣，臺灣的教育給予我學術薰陶，此時此刻翻譯《越南現代小說選》，為的是回饋我所生活過的兩地。越南作家們的著作已經被翻譯引介到歐美、日韓、東南亞各國，今日與臺灣華語讀者見面，可見因緣成熟。

然而，六篇現代小說只是拋磚引玉，希望日後能有更多好的越南文學作品翻譯至華語世界，加深大眾之間的文化交流。甚至，隨著作品的譯介，促成臺灣乃至華文學術界對越南現當代文史研究的發展和累積。

注釋

1 事實上，在一九七五年以後至一九九〇年代，臺灣接受不少越南、寮國、柬埔寨的華僑返臺定居。而南越人民紛紛偷渡出國，形成著名的「船民」潮，臺灣曾在澎湖設置難民營收留這些難民，詳情可參考二〇二三年公共電視紀錄片《彼岸他方》。

2 鮑寧著（出版社初譯音為「鮑」，後常見譯為「保」）、褚士瑩譯，《青春的悲愴》（臺北市：麥田出版，一九九六）。除此之外，近年來因為新二代教育的需求，臺灣出版社曾出版系列《越南民間故事》。但另一方面，由英美或日本學者所撰寫的東南亞各國史，特別是越南史則獲得較多出版。

3 在中國，則有比臺灣稍微多一點的越南文學翻譯作品，如夏露譯保寧的《戰爭哀歌》（即《青春的悲愴》）、武重奉小說《紅運》，巫宇譯《南高小說選》等。

4 「越南作家協會」（Hội Nhà văn Việt Nam）成立於一九五七年，是「越南文學與藝術聯合協會」的成員，後者接受越南共產黨指導，並由政府撥款支持。會員須為越南國籍，入會時須通過審核。

5 即前述的《青春的悲愴》或《戰爭哀歌》。

6 〈關於南方女作家阮氏瑞宇〉，BBC越文版，二〇一七年三月二十二日，https://www.bbc.com/vietnamese/forum-39351453。

志飄

Chí Phèo

南高

南高 Nam Cao（1917—1951）

本名陳友知（Trần Hữu Tri），出生於今紅河平原區的河南省（Hà Nam）天主教家庭。著有短篇小說〈志飄〉、〈鶴老頭〉（Lão Hạc）、〈小孩不可吃狗肉〉（Trẻ Con Không Được Ăn Thịt Chó）等；長篇小說《磨難的人生》（*Sống Mòn*）、《鄰居的故事》（*Truyện Người Hàng Xóm*）等。南高去世以後，出版界蒐集他的短篇作品，以《南高短篇小說集》或《選集》發行。

南高於一九四三年加入文化救國會（Hội Văn Hóa Cứu Quốc），並於一九四五年積極參與越南共產黨的反殖民獨立運動，於一九五一年在從事地下活動途中遭殺害身亡。

南高的創作主題大致以一九四五年八月革命（Cách mạng tháng Tám）為界，在此之前，他擅長以細緻的心理描寫，揭露法國殖民時期越南農民和小知識分子的精神狀態，在此之後，則轉向記錄大眾及個人參與革命的歷程。南高的文字精準、描寫深刻，對完善越南現代短篇小說的結構和形式頗有貢獻，是一九四〇年代寫實小說的代表作家，在越南現代文學史中有舉足輕重的地位。

〈志飄〉是南高的成名作，寫成於一九四一年，初名為〈廢棄磚窯〉（Cái Lò Gạch Cũ），後改為〈天生一對〉（Đôi Lứa Xứng Đôi）收於同名短篇小說集《天生一對》，一九四五年改以〈志飄〉為題再版，通行於後世。本篇譯文根據文學出版社（Nhà xuất bản Văn học）的《志飄》短篇小說集版本。

他一邊走一邊罵，每次都這樣，喝完酒就開罵。起初罵天，有什麼關係，天不屬於誰家的，接著罵人生，那也沒關係，人生雖是一切，卻也不屬於誰家的。火氣上來時，他罵所有武大村民，但是武大村民都會自我安慰：「他罵的大概不包括我。」沒有人吭聲。真是氣人，真的很氣人，真真是氣死人。不只這樣，他詛咒那些不肯與他對罵的人，竟沒有半個知趣的。媽的，多浪費酒，多命苦啊，不知道是哪個該死的傢伙把他生出來，讓他的命苦到這般境地。啊哈，他就這樣罵，他罵那個該死的傢伙生出了他，生出這個志飄。他咬牙切齒咒罵那個生出志飄的傢伙。但有誰能夠知道哪個傢伙生出志飄？只有天知道吧！他不知道，整個武大村也不知道。

某個朝露未散的清晨，在一座廢棄的磚窯那裡，捕鰻魚的男人發現了他，全身赤裸、膚色發青，包裹在一條裙子裡。捕鰻魚的男人把他撿起來帶給一名盲寡婦。盲寡婦將他賣給一名沒有孩子的製造磨穀器的師傅，師傅死了以後，他就淪為孤兒，逐家逐戶去幫傭。二十歲那年，他替阿建里長——現在是阿建伯[1]看守稻田。似乎，有那麼幾次，里長家的三老婆，那個年紀輕輕卻時常感覺身體不適的女人，命令他按摩手腳、搥背之類的。人們說，里長出席亭會時，[2]態度十分傲慢，回家時卻很怕這名年輕的三老婆。三老婆身材圓潤，臉頰粉嫩，而里長容易腰酸背痛，但凡患有腰疾的人就容易怕老婆。有人說，對於那位健壯的守田哥，里長醋勁不小，卻因害怕三老婆而不敢聲張。有人說，那位守田哥因獲得三老婆的信任而多次偷錢、偷稻穀。眾說紛紜，不知道該相信誰，只知道某一天，阿志被押解到縣裡，扔進牢房。不清楚他總共坐了幾年的監牢，總之是杳無音訊七、八年，然後不清楚他從哪個地方回來。這次他看起來不同，沒人知道他是誰，看起來像個大頭兵，頭髮剃光光，牙齒刮洗白淨，臉色黝黑且忿忿的，雙眼凶狠，看著十分恐怖。他穿黑色衣褲，外披黃色西裝外套。胸前刺龍刺鳳外加一個手持棒槌的將軍圖案，雙手也滿是刺青，很嚇人。

他前天回來，隔天就見他在市集裡喝酒吃狗肉，從中午到接近傍晚。他大醉，拎一個空玻璃瓶走到阿建伯的家，連名帶姓地叫罵。阿建伯不在家，望著他凶狠剽悍的樣子，大老婆推二老婆，二老婆催三老婆，三老婆叫四老婆，結果沒有哪個人敢出來跟他說幾句道理。主要是他太大膽、太不要命了，又喝得醉醺醺的，手裡拿著玻璃瓶，而家裡只剩女人在。那算了，把門緊緊關閉就好，不必理會他，他想罵就罵吧，耳朵連著嘴巴，罵了就聽吧。所以，只有三條惡狗和一名醉漢。吵死了。鄰居又得承受一頓聒噪，心裡倒是很樂，從來都只能聽大老婆、二老婆、三老婆、四老婆罵人，現在才能聽見別人反過來罵阿建伯一家，罵得真酣暢、真痛快。他們說，看看這一回，那對阿建伯父子還有臉往哪裡走動，墳墓裡的祖先被罵到要跳起來了。也有比較老實的人說，算他走運，里長大概不在家。這位里長指的是阿強里長，是阿建伯的兒子，出了名以鼻孔示人，把人當垃圾看。假如阿強里長在家，就有得看了。

果然，他們料得沒錯，喏，有響亮的人聲大喝：「你在這裡囉嗦什麼？那個無父無母的東西，在這裡是要囉嗦什麼？」就說吧，那聲大喝正是阿強里長的。阿強里長回來了！阿強里長回來了！就知道，哈哈！一記響亮的巴掌聲，啊，那是什麼？揍人、踢人的聲音，啊，那副骨架該散了吧！突然，「噹」一聲，啊，是了，他將玻璃瓶砸向門柱，哎，他吼叫，他一邊咒罵一邊吼叫，彷彿遭人割喉，哎，他在吼叫。

「哎呀呀，來人啊，救命啊，來人啊，阿建父子刺死我啦！阿強里長刺死我啦，來人啊！」

於是人們看見志飄在地上打滾，一邊叫一邊拿著玻璃碎片刮自己的臉，血滴飛濺，真可怕。幾條狗衝過來圍住他，凶悍地吠叫著。阿強里長臉都綠了，站著冷笑，輕蔑地笑著，「哼！以為是什麼，原來是耍無賴，原來他來這裡是想耍無賴！」

人們湧出來看，四周的出入口擠滿了人，像市集一樣吵鬧。阿建伯的大老婆、二老婆、三老婆、四老婆回過神來，有阿強里長在，她們也加入咒罵助威。其實她們想知道志飄究竟想幹什麼，說不定這一回他有意誣賴阿建伯。

然而，阿建伯回來了，他氣勢十足地問：「幹什麼這麼多人？」這邊「老爺好」，那廂「老爺好」，人們恭敬地散開來，而志飄突然躺平不動，低聲呻吟如快要死了。

僅略略掃過一眼，阿建伯就明白前因後果了。他作過里長，再作正總，[3]現在輪到他兒子作里長，這些事兒一點也不稀奇。幾個老婆正蓄勢向老公發牢騷，他喝斥她們：「通通回屋裡去，女人家只會囉嗦，懂什麼？」

轉向村民，阿建伯聲音稍微緩和，「還有你們，快回去吧，有什麼值得這樣圍過來看？」

沒有人說話，眾人漸漸散去。部分是敬著阿建伯的面子，然而也有想到自家安穩生活的。鄉下人討厭囉嗦。有誰會笨到想要杵在那裡，如果有什麼事，就會召我們去作證吧。剩下志飄和阿建伯父子。阿建伯終於靠近志飄，輕輕搖他，叫喚：「志哥，你為什麼要這麼做呢？」

志飄眼睛瞇瞇，呻吟起來：「我只跟你們父子拚命，我要是死了，說不定就會有人破產、坐牢。」

阿建伯冷笑，笑聲卻相當響亮明快。人們都說，阿建伯之所以超越其他人是因為他的笑。

「這位哥真會說笑，是誰招惹你啦？你這麼想死？這是人命，又不是阿貓阿狗，是不是喝醉啦？」

隨即，阿建伯換一種聲調，相當親暱：「幾時回來？為什麼不來找我聊聊？進屋裡喝杯水吧！」

見志飄一動也不動，阿建伯接著說：「起來吧，進來喝杯水，有什麼事大家好好說，沒必要大吵大鬧，外人知道了多不體面。」

阿建伯把志飄架起來，埋怨著：「真要命，要是我在家就不至於這樣了，我們說說話，事情就能了結。都是大人了，聊一聊就沒事了。那個阿強太火爆，思慮不周全，你跟他還沾親帶故呢。」

志飄不知道雙方哪裡沾親帶故了，但心裡覺得寬慰不少，他故意裝出沉重的樣子，坐起來。阿建伯知道自己已經獲勝，向兒子眨眼睛，喝道：「阿強呢，你真該死，怎麼不叫下人煮開水，快點！」

阿建伯牽起志飄，多催促幾聲，志飄就肯了。他只是故意一拐一拐地走著。那時候體內的酒精已經淡了些，他不再咆哮謾罵，也聽不見咆哮謾罵，他似乎不那麼亢奮了。甜蜜的話語軟化了他。再說，圍觀的人群已經回去了，他感到孤獨無依。那份潛藏已久的膽怯甦醒過來，那遙遠昔日的膽怯，他覺得自己太過魯莽。魯莽卻敢向四代擔任總里長的阿建伯父子找麻煩，感覺又很不錯。他在這個地方算哪根蔥？他沒有關係，沒有親戚眷屬，沒有兄弟，也沒有父母。嗯，竟敢單挑聞名地方的里長、正總、武大村的百戶長老、耆豪委員會正、縣豪、北圻人民代表。試問在這個超過兩千人丁的村子裡，有誰敢這麼鬧？鬧過了，死也甘心。結果那位呼風喚雨的阿建伯竟好聲好氣地招待他，邀他進屋裡喝水。不過，他突然有點遲疑，說不定這隻老狐狸騙他進屋，然後囉嗦找麻煩？啊，真的，很有可能這樣。老頭會拉出幾個盤子、鍋子或金銀首飾掛在他的脖子上，再命老婆大聲叫嚷，把他綁起來毒打一頓，控告他偷竊怎麼辦？這個阿建伯老練、詭詐，怎麼可能忍下這口氣。好吧，笨蛋才會入虎口，他就站在這裡，就地打滾，大聲叫嚷看怎麼樣。但略略一想，他又覺得，叫嚷也沒用！阿建伯只要稍講一句，所有人都乖乖回去了，若再撒潑打滾，又有誰看到呢？何況現在酒氣已退，往臉上再割幾把只會痛，算了，就去吧，進去就進去，怕什麼，要砸頭就在阿建伯家裡砸，總比在外面砸的好。頂多阿建伯要詐，他就去坐牢，坐牢沒什麼大不了，那就進去吧！

進了阿建伯的家才知道他剛剛是白擔憂了。阿建伯確實有意要收編他，不是因為阿建伯蠢，而是太過精明，第一怕英雄，第二怕窮途末路之徒。志飄不是英雄，但他不要命，不要命就誰都不怕。什麼是軟的捏住、硬的放開？當官這一行，若只懂得掐脖子、按頭顱，不如早早賣掉房子滾蛋。阿建伯常常這麼教阿強里長，里長只是一味武勇，能當官全仰賴阿建伯。以後阿建伯死了，「他們」豈會不來讓你吃泥巴？

話雖如此，當總里卻不是件容易的事。這個村有超過兩千人，離府離省遙遠，雖說撈油水還算容易，但也不是當了里長就可以坐著等錢財進來。前些年，有位風水師經過，指出這村莊處於魚群爭食之地，所以當官的只是搶食魚餌的一群魚。魚餌固然香噴可口，但四群五黨都想來分吃。彼此表面上客客氣氣，暗地裡卻希望對方失勢好騎上脖子。連來鬧事的志飄，說不定也是誰派來的呢？如果阿建伯不忍住，把事情鬧大反而可能更花錢。當官這一行都想要攀附有頭髮的傢伙，怎麼會要攀附一個禿頭？把志飄關起來倒容易，但關了總有放出來的一天，等他出來後又怎麼肯讓我們平安無事？阿建伯曾經著過壽五的道，[4]至今難忘。

壽五本來就是牛頭馬面。當年阿建伯剛當上里長，壽五似乎不怎麼給面子，阿建里長想治他卻苦無機會。過不了多久，壽五因牽涉一起搶案而被逮，阿建里長暗暗運作讓他進了大獄。本以為壽五那樣威風的角色，一旦失勢坐牢就再也沒有臉回到村裡來。阿建里長因拔掉眼中釘而竊喜著。不料一個夜晚，阿建里長獨自整理公文時，壽五扛著刀衝進來。他堵住大門說：「敢喊一聲就刺死你。」原來，壽五越獄了，跑回來是想向里長討張良民證和一百塊錢供自己跑路。壽五又說：「聽話，我就遠走高飛，不聽話，就刺死你，還想跟老婆小孩在一起就乖乖聽話。」

阿建里長當然聽話，那回壽五確實一走了之，再也沒有回來。然而世事如此，竹子老了還有嫩筍長出，人世間哪裡會缺乏流氓？壽五走了，又有阿兵職不知從哪裡冒出來。偏偏這人當初在家時，並不特別叛逆或怎麼樣，人們還叫他土塊呢！叫他做事，他只是嗯嗯照做，稍微大喝一聲就夠嚇到他尿褲子，稅金一塊卻要多繳兩塊，連老婆被人調戲，他也只是靜靜不敢出聲，頂多回去折磨老婆而已。就這樣，太過老實就變成笨蛋。在別的地方就算了，在這裡若是愚蠢且忍耐，就等著被那幫人按壓到頭都抬不起來。他終年賣力苦幹卻還是窮光蛋，連一口糧都留守不住，誰來周轉他都借，借了不還他也沒辦法要回。最後因為太心煩，他乾脆跑去當兵。那更可憐了。不心煩還好，至少有個老婆，偶爾在外面吃虧，老婆還是自己的。心煩就失去老婆。因為留在家裡的老婆還年輕，才生兩個孩子，眼神伶俐，雙頰緋緋，突然間沒有老公在身邊，見這麼好的食物擺在眼前，有誰不會嘴饞？

阿兵姐的屋子靠近馬路，副隊長打夜牌經過會彎進去，巡察官經過也彎進去，鄰居也摸進去，甚至是頭髮斑白、一輩子當各位里長跟班的田鄉長也摸進來。阿兵姐儼然成為免費的窯姐兒，[5]好讓村裡那些爺們輪番上陣。即便是阿建里長，當時已經有三個老婆，也不忍心浪費老天爺恩賜的美食。豈止不浪費，他還從中獲利。每次阿兵姐去領取老公的糧餉或銀票，就需要阿建里長幫忙作證她是眷屬。當然，里長不可能白白幫忙作證，阿建里長不僅索取酒飯費，還要一起坐車並在省城裡留宿。

於是幾塊錢的月薪完蛋了，阿兵姐的孩子僅吃得到幾顆糖果或頂多是一兩對粿粽。阿兵職的付出只是為阿兵姐換來和里長每月一次的幽會享樂。

不知道阿兵職知悉實情而厭倦回家或怎樣，期滿三年了卻不見他回來。不久以後，有公文寄來村裡說要將阮文職緝拿歸案。阿建里長呈報阮文職在外鄉遊蕩，但前天才呈報，後天他就回來了。阿建里長命僕人拿著公文去捉拿阿兵職。他立刻出現，且還帶著妻子和兩個孩子。不等阿建里長開口，便拔出殺豬刀說：「實不相瞞，我涉犯殺人案，如果你忍心捉拿我，我的妻兒就會餓死。橫豎都是死，我先殺了他們，你就一併捉我去坐牢。」他的眼睛通紅，刀刃閃亮令人脖子發涼。他很可能會殺人，且不只是殺自己的老婆和孩子，他既然有膽殺妻兒，哪還會忌諱砍下別人的脖子？阿建里長略略思忖就叫他回去，剩下由里長打點。所謂打點就是里長幫著他遮掩案底，每次公文寄來，就呈報說未曾看到阮文職回來。於是阿兵職好好地待在老家生活。他的老婆也變得很忠誠，很認真地張羅生活來養他。那些長啊、副啊的官爺們自然想著：「人家現在有老公了，若再戲弄就不好意思了。」因此大家都變得很客氣。除了阿兵職，他變得非常蠻橫。他種地吃飯，卻不肯繳稅。催他繳納，他就開罵，查封他的地，他就砍。跟他吵架，那就是里長的錯，因為是里長故意窩藏這麼一名通緝犯。這樣他還不滿意，有一天，不清楚他是怎麼想的，竟持刀去找阿建里長說：「我當初在軍隊的時候，寄了百來塊錢回家。不懂我老婆怎麼花或是給了野男人，現在一塊都不剩。我問她，她說家裡只有女人，不敢放錢，就把錢寄在里長那裡。我怕她胡扯瞎掰，先把她綁在家裡，現在我來跟你商量，算一算能有多少錢讓我帶回家養孩子，少一塊我就不讓他們安生。」

阿建里長明白「他們」可能包含自己，他冷笑說：「是這樣的，阿兵職，阿兵嫂真的沒有寄錢在我這兒……」

他怒翻白眼大吼：「那是誰吃掉了？」

里長趕緊打圓場：「但如果你缺錢花就跟我說一聲。她不小心花光了，殺死她也沒用，囉嗦反倒添麻煩。」

里長打開盒子扔給他五塊錢。他拿著錢，有禮貌地「辭謝」，這才拎刀回家。從那時候開始，他對阿建里長客客氣氣，自認是里長的手下，里長偶爾給他錢，直到去年，他死了……

◇

今年又冒出志飄，像土地一樣老實的傢伙，怪可憐的，某一次，阿建里長看見他一邊顫抖一邊替三老婆按摩大腿，怎麼突然甦醒過來，就變成喝人血也不覺得腥的人？原來是繩子綳太緊就會斷，武大村的長老說過，一直打壓庶民使他們受不了而離開就是不智。十個跑掉，九個從遠方學壞回來都成了流氓。聰明的人懂得打壓一半即可，暗暗將人推落河裡，然後帶他上岸，讓他感激你。須拍桌椅追討五塊錢，再丟還五毛錢，因為「體諒你太過窮困！」還要因人而異，那些血氣方剛，有嬌妻和幼兒的人，最害怕官員，容易拿捏。反過來，那些舉目無親的傢伙，殺他們很容易，但殺了就只剩下骨頭，而跟他們鬧翻，就等於替自己招來敵對勢力。每個村莊都有各類黨羽，每一種黨羽皆是圍著某個人集結，阿建伯黨、曹隊爺黨、澹四爺黨、八松爺黨等。那些黨羽競相壓榨老百姓，私下卻四分五裂，只等著每個小紕漏就給對方好看。阿建伯又發現，在鄉下地方，良民只是埋頭苦幹來供養鄉豪，但鄉豪階層有時得閉上嘴巴，供應那些比良民更加窮途末路的流氓，這些傢伙隨時都會拿刀刺別人或刺自己。

然而，阿建伯不是喜歡抱怨的人。抱怨無用，那些丁民一輩子被欺凌，被欺凌一輩子是因為他們只會哀嘆而沒有作為。阿建伯毋須抱怨，治不了他，就利用他。他暗想，不管怎麼樣都需要一些牛頭馬面，沒有牛頭馬面哪能壓制其他地痞流氓。阿建伯的勢力之所以能夠勝過其他黨羽，有一大部分原因是阿建伯知軟知硬，懂得收買那些既不怕死也不怕坐牢的亡命之徒。那些傢伙才能辦事，需要他們的時候，給他們幾毛錢喝酒，就可以差遣他們去收拾哪個不聽話的人。遇到頭皮硬的，就趁機放火燒屋，或補上幾刀，如果碰到臉皮薄的，就扔進一瓶私釀酒挑事端，再撒潑打滾。有牛頭馬面招惹是非才有得吃，如果不是那樣，對一群老實且認命的村民，頂多只能榨取稅金，但一年只課稅一次，光靠稅金的話，即使賣掉老爹也不夠彌補已經撒出去用來搶銅官印的三、四千塊。

因此，那天夜裡從阿建伯家出來，志飄非常滿意。阿建伯沒有誣衊他，還殺雞、買酒招待他，最後再給他一塊錢讓他買藥。一塊錢，哪裡需要這麼多啦。他一邊凌亂邁步一邊笑，他只需要三毛錢不到，他只需要幾把葉子，那臉上的傷疤就好了。剩下那一塊錢還可以買酒來喝……

他喝了大概三天，第四天就翻白眼，對賣酒老娘說：「老子今天沒錢，妳給賒帳一瓶酒，晚上我來還錢。」

老娘略略遲疑，他便抽出火柴盒，劃拉點上一根，塞上屋頂。老娘驚慌大聲嚷嚷，連忙將剛竄升的火苗滅熄，欲哭無淚遞給他一瓶酒。他黑著臉，指著老娘說：「我看不上妳這個樣子，跟妳買酒又不是跟妳討，妳以為我會賴帳嗎？妳去問整個村子，老子什麼時候賴過帳？老子從不欠錢，老子的錢寄在阿建伯家裡，下午老子就去取來付清。」

老娘拉起衣襬擦鼻涕，說：「小的不敢抱怨，確實是本錢不多。」

他大喝：「本錢不多就等老子晚上來付，妳是馬上要死還是怎樣？」

他拎起酒瓶回家，他家在河邊的小廟裡，畢竟從來就沒有過房子。一路上，他折下某戶人家三、四根還沒成熟的香蕉，再從鄰居那裡抓一把白鹽，現在他一邊喝酒，一邊配著沾鹽巴的生香蕉，感覺挺好吃。只要有酒，他吃什麼都覺得香。

喝完酒，擦擦嘴，他歪歪斜斜走向阿建伯家，逢人即誇說自己要到阿建伯家討債。才看到他走進前院，阿建伯就知他要來找麻煩。瞧他瞪著眼睛，雙腳踉蹌，嘴唇發黑且顫抖不停，萬幸的是他沒有拿著玻璃片。阿建伯放膽問：「志哥是要去哪裡？」

他大聲問好：「老爺萬福，啟稟老爺，我向老爺討教一件事情。」他的聲音拉雜含混，但態度似乎老實，他一邊搔頭一邊嘮叨：「啟稟老爺，自從您將我送進監牢，我就愛上了坐監牢，真的，如果我說謊就天誅地滅。真的，坐監牢真的很舒服，那裡有飯吃，哪像現在回到村裡來，連一丈地都沒有，沒有東西可吃。啟稟老爺，我來求您，請您讓我再去坐牢……」

阿建伯喝斥：「你又爛醉了！」阿建伯習慣以喝斥來測試人們的神經線。

他湊過來，眼珠子往上翻，手舉高一半，「稟老爺，真的沒有喝醉，我來求您讓我去坐牢，如果坐牢不成，那就……」

他掏口袋，找到一樣東西舉起來，那是一把小刀，卻十分銳利，他咬牙切齒：「啟稟老爺，如果沒辦法坐牢，那我得殺掉兩、三個傢伙，您再把我押解到縣裡。」隨即他低下頭，認真地削紅木桌的桌角。阿建伯朗聲大笑，他向來因為擁有曹操一般的笑聲而睥睨眾人，他站起來拍志飄的肩膀，「你真是調皮，但是啊，志哥，你想殺人也不難，曹隊還欠我五十塊錢呢，麻煩你去幫我追討，討得到你就有園子。」

曹隊是村裡排上號的人物，他的黨羽強盛，能夠和阿建伯抗衡，而阿建伯得隱忍下來，因為曹隊是老手，足智多謀，人脈廣，口才好。曹隊很久以前曾向阿建伯借五十塊錢，現在突然翻臉，說那筆錢算是阿強出任里長時應該孝敬給他的茶水費。阿建伯感覺骨鯁在喉，氣歸氣但一時也沒辦法。去年，阿建伯手下能夠跟曹隊叫囂的阿兵職死了。現在阿建伯遇到志飄，試著激他看看能不能取代阿兵職。如果志飄能治得住曹隊也不錯，如果不能，阿建伯怎麼也不吃虧。

志飄馬上答應。他立刻抵達曹隊家門口開罵。假如是別天，就會發生命案了，曹隊也能舞刀弄劍，從不曾在交戰當中認輸。但算他走運了，或算是志飄走運，那天曹隊臥病在床，怎麼都站不起來，也許他不知道志飄正在罵他。曹隊的老婆聞到志飄散發出來的酒氣，也知道五十塊錢的來龍去脈，便瞞著丈夫拿出錢來，打發下人帶給志飄。女人向來愛好和平，只想化解紛爭，何況她想，老公生病著，五十塊錢不算什麼，再囉嗦下去說不定要花上五十塊的三倍。

因此，志飄才能夠昂首離開，他覺得自己的威風更上層樓而自鳴得意：「這村子裡有誰比得過我！」

阿建伯看到自己贏過對手而毋須到委員會那裡遞狀紙，當然頗滿意，他給自己的手下五塊錢。「志哥，這五十塊錢都是你的，但如果讓你全拿走，不到三天就會花光，所以你先拿這些來喝酒，剩下的錢算我把園子賣給你，沒有園子哪來飯吃？」

志飄：「遵命！」回去。幾天以後，阿建伯叫阿強里長撥給志飄一片村民前兩天拿來抵稅的河邊園子。志飄突然成了有地之人，那時他才二十七、二十八歲……

◇

現在他已經是歲數不明的人了，三十八或三十九？四十或四十以上？他的臉不年輕也不老，他的臉不是人臉，是怪畜的臉，看著畜生的臉又怎麼知道年歲？他的臉色黃黃欲將轉呈灰色，上面的疤痕凌亂縱橫，他哪裡記得，哪些是耍無賴時被玻璃片割傷？哪些是執行別人交付他的那些欺凌、騷擾、砍殺、謀害的事情所導致？那些事情就是他的人生，他的人生也不知道有多長了。他連登載年齡的卡片都沒有，村簿上注記他是流民，多年未歸。他依稀記得自己二十歲那年坐過牢，然後好像二十五歲，從那時候開始，他無時無刻都在喝醉的狀態。他的每一陣酒醉蔓延到下一陣，連成漫長的大醉，他在醉醺醺中吃飯，在醉醺醺中睡著，醒來也醉，砸頭、割臉、謾罵、恐嚇也醉，喝酒也醉，醉了再醉，永無止盡的醉。他從未醒過來，也許他從未清醒記得自己還有人生。也許他也不知道自己是武大村裡的惡鬼，作怪危害村民。他不知道他自己破壞了多少人的家業，砸碎了多少平靜與幸福，逼得多少善良人流血與流淚。他完全不知道，因為他幹那些事情的時候是醉著，他醉著就幹著任何人家差遣他的事情。所有村民都害怕他、躲著他。

所以他不停地叫罵，無端地叫罵，喝了酒就叫罵，他的叫罵像那些喝醉的人唱歌。假如他會唱歌，或許就不需要罵人了，難為他也難為其他人，但他不會唱歌，所以他叫罵，例如今天下午他又開罵……

他罵上天，罵人生，罵武大村。他咒罵那些不肯與他對罵的傢伙。但算了，誰理他，火氣上來，他咒罵那個把他生出來的傢伙，那更加沒人在乎了。以至於他非常氣憤，畢竟人不能跟自己對罵，獨自叫罵那還算什麼。因此有了暴怒的理由，一個正當的理由讓他氣勢洶洶地要找人報仇。對，他要報仇，隨便找個人來報仇。他要轉進任何一條小路，他要隨便闖進某戶人家打砸、放火燒屋或在地上打滾叫囂……啊，這裡了，快快快……

然而月亮出來了，圓圓的月在路面上撒下水晶一般的光芒。呀，是什麼東西，漆黑且扭曲在晶瑩的月光之路上？呀，是什麼東西，漆黑且扭曲在滑溜的月光之路上？它歪七扭八攤向左邊，縮短又拉長，撕裂了幾處。它一直黏附在志飄的腳下。志飄站住看向它，突然大笑。他笑得搖頭晃腦，笑得東倒西歪。他叫罵還比較好聽呢！那個在路面上的破爛東西是他的影子，所以他笑，且忘記了報仇，他已經錯過第一條巷子了。現在走到祀浪老頭家的路口了，祀浪是一個鬍鬚稀疏的祭公。志飄突然想著，轉進去，砸爛這個半桶水老頭子的文琴。這老頭子既是祭公又幹著閹割豬仔的活兒。他的琴聲嘈雜，比豬叫聲還要刺耳。但志飄進去時，祀浪老頭正在喝酒，他在前院喝，邊喝邊撫摸鬍鬚，搖晃腦袋瓜。志飄站住看著，覺得很有意思。他覺得所有喝酒的人都有意思。然後他突然渴起來，天啊，怎麼這麼渴，渴到喉嚨發燒……毫不猶豫，他靠近祀浪老頭，舉起酒瓶，仰起脖子灌酒。祀浪老頭伸長如等著拔毛的雞脖子，眼睛張大，卻什麼也沒說。老頭的舌頭早就打結了，還能說什麼呢？老頭已經喝了三分之二瓶，剩下三分之一被志飄喝光。他一口氣灌完，哈一口氣，咂咂嘴還想喝。於是他一把抓住祀浪老頭稀疏的鬍鬚，就著月光高舉起來，他笑，老頭也笑。兩個醉漢倒在一起笑，如一對發狂的知己。祀浪老頭進屋再拎出兩瓶酒，老頭剛好只剩兩瓶酒，請志飄喝，喝個夠，什麼都不用管，什麼都不必擔心。老頭子的老婆已經死了七、八年，老頭的女兒未婚懷孕離家出走，只剩老頭一個人，沒有老婆小孩，他想喝到幾時就喝。喝，喝，喝吧，從月宮迷路下來的朋友。拚命喝，喝到尿出酒來才爽。忍著不喝幹什麼？即使有錢有財，當上老爺夫人，死了也沒看到誰叫作「大爺塚」。祀浪老頭已經活超過五十年了，沒見過誰是大爺塚。只有墳墓，只有土堆成的墳墓。每個人死了都變成墳墓，醉死了也是墳墓，不用擔心，放膽喝！

志飄從未曾這般快活，他覺得奇怪，自己怎麼到現在才跟祀浪老頭喝酒。他們一起大喝，喝很多，人們以為整個武大村都要把酒省下來通通給他倆喝。

等兩瓶酒被喝空了，老頭已經趴在地板上像螃蟹一樣爬行，問志飄：「人家是用什麼站起來的？」志飄把老頭子翻倒過來，撫摸幾下老頭稀疏的鬍子，把老頭扔著，就歪歪斜斜地走了。他一邊走一邊敞胸撓癢，他撓胸口、脖子、耳朵，連頭也撓。有時候他得停在半路撓癢，抬起腳來撓，他渾身發癢，十分煩躁，猛想起自家附近的河流。他的園子靠近一條小河，水流平緩且清澈，岸邊種滿桑葚，風吹動那些瘦弱的桑葚掀起一陣陣樹浪，唯獨志飄的園子種滿香蕉樹，園子角落有一間小草寮。像今天那樣有月亮的晚上，滿園子交錯著香蕉樹的黑影，猶如胡亂懸掛的手染衣服。而有些橫仰的香蕉葉，彎彎挺身以吸取如水一般的碧綠月光，偶爾有風吹過，那些葉子彷彿發情般地抽搐搖擺。

志飄一邊好奇地望著香蕉葉一邊走入園子，但他並不回草寮而直接走到河邊。他打算跳進河裡洗澡，等感覺不癢了就直接躺在園地裡睡覺。沒事鑽進草寮幹嘛，裡頭悶熱得無法呼吸。像他這樣的人，砸他的頭都不會死了，何況只是晚風和夜露……到了河邊，他停下來，似乎有人，真的有人在那裡，他看呆了。

他望見在兩罐水之間、香蕉樹下，一個女人兩腿開開地坐著。他知道是女人，因為長髮披散在裸露的雙肩和胸部……她裸露的雙手垂放下，嘴巴對著月亮張開著，不知道是睡著或是死了，兩條腿伸向前方，黑色裙子鬆垮……另一邊，可能是扭動了的關係，她的肚兜鬆脫，露出側邊肉肉的肋骨，一切都在月光下暴露著，月光讓一些在白天不怎麼潔白的事物變好看。志飄的嘴巴莫名地漲滿口水，喉嚨卻乾燥，他猛吞口水，他感覺全身興奮起來。他突然顫抖，呀，怎麼可以這樣。照理說應該是那個女人要顫抖才是，是那個笨蛋女人橫躺著睡在他的家附近吧！

那個女人是氏諾，一個像民間故事中的白癡角色，長相醜陋到連神魔都嫌棄她。她的臉真是造化的諷刺，短到讓人們誤以為橫向比直向還長，更慘的是臉頰內凹，如果她的臉頰膨膨還比較好，至少讓人覺得像可以掛在人脖子上的豬頭一類。她的鼻子又短又大又紅，粗糙如橘子皮，鼻翼開開像是要和嘴唇混在一起，而嘴唇也不甘示弱地想要和鼻子一樣大，嘴唇因為太努力膨脹而大大開裂。不只這樣，她還吃檳榔，使得雙唇被塗得更厚，好在有紅灰汁遮住了像水牛肉一般的土灰唇色。她的牙齒粗大，翹出來，似乎是想修飾幾分醜陋。已經這副德性了，還傻氣，這正是上帝的獨特恩惠：若是個頭腦清明的女人拿起鏡子照看，一定會感到萬分痛苦。再說氏諾很窮，如果相反，那一定是有某個痛苦的男人。且她是痲瘋病的後代，這一點讓男人絕對會不猶豫地捨棄她，人們避著她像避開某種噁心的動物。她年過三十還未嫁人。在這個武大村，人們八歲即交友，有時十五歲就已經有孩子，沒有人等到二十歲才生第一胎。這種情況，人們直白地說：「氏諾沒有老公。」她也沒有親戚，除了一位年邁的姑姑，一樣沒有老公。上天安排如此，為了讓人毋須孤獨生活。姑姑受僱於一名女販，把香蕉、荖葉運到海防去賣，有時還到下龍灣一帶。

氏諾則在村子裡打零工。姑姪倆住在一間竹屋，與志飄家相隔一道河堤。他住河灘外，她們住村裡，也因為這樣，氏諾不害怕全村所畏懼的男人。住得近，久了就熟悉起來，熟了的話就比較不害怕。動物園裡的照顧員常說老虎像貓咪一樣老實，再說，有什麼理由使她害怕他呢？不會有人害怕別人冒犯到自己的醜陋、貧困與白癡，而氏諾剛好只有這三樣……另一方面，志飄很少待在家裡，在家的他倒是老實，有誰會在睡夢中作惡？他回家只為了睡覺。

每天，氏諾會經過志飄家兩三趟，因為他的園子有條小路直通河邊。從前，村民都會利用這條小路去河邊洗刷或提水，自從志飄來了以後，人們不走了，另尋一條比較遠的路徑。除了氏諾，都說了她有點白癡，她不喜歡跟別人一樣。太過相信人，太過大膽相信自己，頭皮硬，又或者僅僅只是習慣。反正氏諾常走那條路也沒有發生什麼事情，久而久之就認識了。有一次，志飄在睡覺，氏諾還進了他的家要一些火種。有一次，氏諾跟他要一些酒來按摩腳，他只是睡眼矇矓喃喃，酒在屋角，想要多少就拿，不要打擾他睡覺。那時候，氏諾很驚訝，為什麼大家會厭棄他呢？

那天傍晚，氏諾照常到河邊取水。然而，那傍晚的月亮卻比往常明亮，月亮照在河面上，河面閃著粼粼水光，那些水光晶瑩閃爍，乍看很美，但看久了眼睛很酸，風又涼爽，氏諾想打呵欠而眼皮愈發沉重起來。氏諾有個無可救藥的毛病：無論在什麼地方或正在做什麼事情，會突然想睡覺。她的姑姑說她是一個沒心沒肺的人。氏諾打一個呵欠，想著，晚點再取水吧，把水罐放著，坐下來休息。畢竟她從中午就埋頭苦幹到現在，且哪裡有這麼涼爽的地方，涼透肌膚，太舒服了！像有侍者在旁邊搧風那樣。她脫下上衣，靠著香蕉樹，姿勢粗魯，然而她根本不知道什麼是粗魯。一個沒心沒肺的人，不會想太遠。再說，這裡沒有別人。志飄還沒回來，就算回來也是爛醉如泥，他已經在半途中睡著，一到草寮就馬上鑽進去接著睡。他出來幹嘛，就算出來又有什麼關係，氏諾不怕志飄會侵犯她，原因很簡單，她從未見過誰會侵犯她。實情是她也沒想那麼多，黑影已經在她腦海中蔓延，不坐下來會難受。

坐一會兒她就想：「如果一直坐著會睡著。」可是她已經入睡兩成，於是想：「睡就睡，有什麼要緊！回家也是睡，睡在這也是一樣的。」她的姑姑去送貨還有好幾天才回來，她就坐在這乘涼。於是她睡著了，睡得深沉，睡得香甜。

志飄迷戀地望著，顫抖著，他小心翼翼靠近氏諾，自從回到村裡，這是他頭一回小心翼翼。首先，他將水罐提放到遠處，然後靜靜地坐在她的腰側……。

氏諾嚇一跳，氏諾才來得及嚇一跳，那男人就已經抱住她……她掙扎，她張開眼睛，她醒過來了，她認出志飄。她邊喘氣邊和他互搏，氣喘吁吁說著：「哎，放開我……我叫……我叫村裡人來。放開我，我這就叫喊啦！」男人嗤笑，為什麼氏諾要叫喊呢？他以為只有他才會叫喊，怎麼有人想要跟他爭？突然間，他叫了起來，叫得像是被人刺殺，他一邊嚷嚷一邊將女人壓住。氏諾吃驚望著他，氏諾覺得奇怪：「為什麼是他叫喊？」且他還不停地叫喊著，好在周遭的人習慣了他的聲音，當他嚷嚷起來的時候，最好別理會，他們嘮叨一下子又睡了。他叫喊就像寂寞的人胡亂歌唱。回應他的，只有村子裡的狗群相互吠咬。

氏諾突然笑起來，她一邊咒罵一邊拍打他的後背，然而，那種拍打帶著愛意，因為拍打之後，那雙手將他的身體拉下來，他們一起笑著……。

現在他們睡在一起……小孩喝過奶就睡。人類做完愛就睡。他們睡得彷彿從未睡過……月亮還醒著，河流蕩漾著波光……然而，天快亮的時候，志飄單手撐地，半坐起來。他感覺到暈眩，手腳乏力，如饑餓了兩三天，但肚子滿漲，好像有點肚子痛。什麼好像，就是肚子痛了，真的非常痛，愈來愈痛。痛感一波波湧起，啊，可是天冷冷的，每當風起就起雞皮疙瘩。每次風起，他感覺懶洋洋。他乾嘔，他乾嘔兩三次，一直乾嘔，如果真的吐出來倒好。他伸出一根手指去掏喉嚨，他乾嘔得更大聲，胃似乎翻過來了，然而只是吐出口水。他稍微休息，又伸手掏嘴巴。這次終於吐了，天啊，大吐特吐，吐到腸子要掉出來了，吐到女人醒過來了。氏諾坐起來，茫然看著，那個沉重的腦袋過了許久才想起事情經過。

志飄嘔吐完，他累壞了，倒躺在地上。他雙眼呆滯，微弱地呻吟著，他只剩一點力氣可以微弱呻吟。嘔吐物飄來酒味，他莫名地全身發抖。

氏諾靠過來，將手放在他的胸口（她拖到現在才弄清楚情況），問他：「剛才嘔吐啊？」

他翻眼看著她，一下子又呆滯回來。

「進屋裡嗎？」

他好像點頭，那顆頭沒有晃動，只是眼皮稍微彈一下。

「那站起來！」

但是他如何站得起來。氏諾將手穿過他的腋下，扶他勉強坐著，接著將他拉起來。他攀著她的脖子，兩人搖搖晃晃走回草寮。

沒有床，只有竹榻，氏諾讓他躺上去，再撿拾僅有的破草蓆蓋在他身上。他不再呻吟，似乎是睡了。氏諾也迷糊想睡，然而屋裡蚊子太多，蚊子提醒她的上衣還在外面的園子。氏諾走出來，那兩個水罐提醒她打水的事情，於是她趕緊把上衣穿上，舀好水就提著兩罐水走回家。

月亮還沒沉落，也許夜還深，氏諾想上床睡覺，但她卻想起夜裡的奇怪事情。氏諾笑，她不覺得睏了，她翻過來又翻過去。

當志飄張開眼睛時，天色已經大亮。太陽應該升很高，外面的陽光應該很燦爛，光聽外面鳥兒吱吱喳喳就知道了。但低矮潮溼的草寮內還是一片模糊，外面才剛過午時，裡頭已像傍晚，裡頭已經入夜，偏偏外面天色還亮著，志飄從來沒有發現這一點，因為他從來沒有不喝醉過。

然而，他現在甦醒了。他陷入一種剛起床的騷動，他感覺到嘴巴苦澀，內心升起若有似無的感傷，身體乏力，手腳懶得動彈，難道是酒癮又犯了，他一陣輕微顫抖，腸胃又微微攪動起來。他害怕酒，如病患害怕米飯。外面的鳥叫聲多麼愉快！還有趕集人們的笑語，漁夫敲打船篙趕魚，這些熟悉的聲響時常有，但他今天才聽見……唉，難過。

「今天布料怎麼賣？」

「少三毛。」

「那沒意思。」

「討價還價才拿到五毛錢一張。」

「真的啊，難不成是開玩笑。」

志飄猜是一個女人問另一個剛從南定省賣布料回來的女人。他又覺得淡淡的傷感，因為那小段故事提醒了他某種遙遠的事物。他依稀記得曾經夢想過一個小小的家庭，丈夫替人犁地耕田，妻子織布，一起養隻豬仔存點本錢，如果收入好一點，就買幾丈田來種植。

醒來以後，他發現，自己老了還孤身一人，真替自己的人生感覺難過。怎麼會這樣，難道他已經老了嗎？才四十出頭……再怎麼說，那不是人們才開始要打算的年紀，他已經到了人生的下坡處。像他這樣的人，承受許多毒素、艱辛折磨卻從不生病，一旦生病就表示身體已嚴重敗壞，就像秋末的風雨報知寒冷的冬季來臨。志飄似乎預見自己這年紀的前景是饑餓、病痛與孤單，而孤單比饑餓與病痛更可怕。

好在氏諾來了。如果她不來他就會一直胡思亂想，甚至哭起來。氏諾拎著籃子，裡頭裝著加蓋的鍋子，那是一鍋熱騰騰的蔥花粥。因為早先的夜裡，氏諾輾轉片刻，突然想到：「那個不要命的傢伙真可憐，有什麼能比生病卻還獨自蜷縮躺著更加可憐？」假如昨晚沒有她，他就死了。她因自己救了一條人命而驕傲著。她覺得好像愛上了他，那是一種施恩者的心情，但也有受惠者的心情在裡頭。像氏諾這樣的人更不能忘記，所以她想著：這時候拋棄他未免太薄情，畢竟已經像「夫妻」那樣睡在一起了。「夫妻」一詞讓人感到害臊又有些歡喜。難道那是卑微的人的隱微願望嗎？還是肉體的歡愉喚醒她從不明白的性情？

只知道她想見到志飄，見他卻提起昨夜的事情就很可笑。噁心，怎麼會有這麼不要臉的人，人家坐在那裡，他卻敢湊過來，人家小聲叫，他偏要更大聲。說起來有點傻氣，那個天雷劈不死的傢伙，他會怕誰而不敢叫囂呢。但也真可怕，那一場肉搏戰。今天簡直累歪了。得給他吃什麼才好。生病只能喝蔥花粥，出了汗，人會感覺舒服些……因此天一亮，她就去找些米，家裡剛好剩點青蔥，她煮好粥就放在籃子裡，提去給志飄。

志飄很驚訝，他覺得自己的眼睛好像溼溼的。這是第一次有女人給他什麼，有誰給過他什麼呢？他必須恐嚇或搶奪，他必須要讓人感到害怕。他望著那碗粥而內心起伏。氏諾只是偷偷看著他，咧嘴而笑。她這樣子挺可愛的，愛情使她變得可愛。志飄既歡喜又憂愁，還有像是慚愧之類的什麼東西。也許是這樣吧，當人們無法作惡時，往往才感覺到慚愧。氏諾催促他趁熱吃。他端起粥碗靠近嘴巴，天啊，粥實在太香了，光是粥的熱氣衝進鼻子就讓人感到舒服。他啜一小口粥發現，有些人一輩子沒吃過蔥花粥，所以不知道粥很好吃。但為什麼他現在才懂得粥的滋味？

他自問自答：「因為沒有人煮給我吃啊！」但又有誰為我煮呢？他這輩子沒有被「女人」照料過。他想起「三太太」，那隻母鬼喜歡命令他按摩腳，再往上，往上按，母鬼只顧自己滿足又怎可能會愛他。當時他二十歲。二十歲的人不是石頭，但也不全是皮肉。人們不喜歡那些被鄙夷的事物，何況他是被一個女人命令按摩腳，他感覺到羞辱勝過喜歡，又加上害怕。果真，自從明白雇主的老婆指使他幹一些不正當的事情，他一邊幹一邊發抖，不幹不行，家中事務由女人掌管。而他，哪還有什麼心思，這點讓女人發脾氣，她不拐彎抹角了，直白起來：「你真是太老實了，二十歲的男孩怎麼像個老頭子。」他假裝不懂。三太太意有所指地說：「難道我叫你進來只是按摩腳嗎？」看著他猶豫遲疑，三太太朝他臉上啐罵，他只感覺到羞辱而沒有什麼愛意。沒有，他從來沒有被女人愛過。然而，氏諾的一碗蔥花粥使他想了很多，他明明可以交朋友，為何總是樹立仇敵？

粥喝光以後，氏諾把碗接過來再盛一碗。志飄滿身是汗，汗水流在頭上、臉上，汗滴大如水滴。他舉起衣袖橫抹一把，抹鼻子，笑了又吃。他愈吃，汗流愈多。氏諾看著他，搖頭，憐憫著。他心裡化為小孩，他想像孩子對媽媽那樣向氏諾撒嬌。哎，他好乖巧，怎麼有人說他是那個會砸頭、割臉、砍殺他人的那個志飄？那是他的本性，只是平常被遮蓋住了，還是生病讓他的身心發生了轉變？病弱的人往往老實，作惡須得是強者，他哪裡還強壯呢。偶爾想到這，他難免擔憂，如果沒有氣力去搶奪或威嚇，該怎麼辦？再說，他強壯是因為不要命。然而他朦朧覺得將有那麼個時候，人們沒辦法不要命了，那時才危險。天啊，他渴望善良，他多麼想要跟大家和解！氏諾會幫他開路，她可以跟他和平相處，其他人也可以。他們會看到他不再危害鄉里了，他們會接納他進入平坦、友愛的善良人世界。他忐忑地看著氏諾，彷彿試探。氏諾不說話，只是信任地笑著，他感覺如釋重負。他說：「如果一直這樣多好啊？」

氏諾沒有回答，但她的紅鼻子愈發漲開，志飄看著也不覺得醜。他以一種自以為的多情聲音和表情說：「還是妳過來跟我一起住也開心。」她斜睨他，再醜的人戀愛了也會斜睨。志飄開懷大笑，在清醒的時候，他的笑聲聽起來很老實。氏諾很滿意。這時，幾碗粥差不多消化完了，她覺得很開心，他捏了氏諾一把，她被嚇得跳起來。他笑，又問：「妳還記得昨晚的事情嗎？」氏諾輕輕拍他一下，假裝收斂，好害羞啊，醜卻害羞，看起來倒可愛。他大笑，想要她更加害羞，他用力捏她的大腿。這回她不再彈起來，她哎哎叫起來。她拉下他的脖子。他們互相調情而不需擁吻。誰會擁吻呢，當嘴唇如稻田遭逢乾旱般乾裂，而那張臉如一片砧板疤痕交錯。再說，有一些更為親切的示愛方式，他們互相抓捏、拍打……多真摯……。

他們會很登對，他們也這麼覺得，決定要在一起。所以整整五天，除了外出掙錢的時候，氏諾白天晚上都待在志飄的家。他不再發酒瘋，努力少喝一些，為了省錢，但主要是保持清醒來談戀愛。女人不似酒精，卻也能讓人陶醉，而他對她十分迷醉。但氏諾是一個白癡，到了第六天，她突然想起自己還有一個姑姑。這個姑姑今天會回來，氏諾想著：暫停戀愛，先去問姑姑的意見。

見氏諾問，老姑姑笑了，她以為姪女在開玩笑。但想起姪女向來是個白癡，她突然驚慌起來。她覺得辱沒了祖先，也許也替自己感到委屈。她想起自己漫長的一生，沒有老公，她感覺心酸，她感覺忿忿，卻不知道應該向誰發作。於是她將忿忿傾倒在姪女頭上。那個有道德的女人覺得自己的姪女太淫蕩。真低賤，過三十了還不肯安分守己，過了三十歲怎麼好意思嫁人，怎麼好意思嫁人。嗯，想嫁誰呢，其他男人都死絕了嗎？偏偏昏頭去嫁那個沒有爸爸的傢伙。怎麼會嫁一個只幹著割臉要無賴的傢伙。天啊，太丟臉了，太丟臉了。列祖列宗啊！姑姑像瘋子一般吼叫，她不留情地辱罵那個年過三十卻不安分守己的姪女。她說：「都忍到這把年紀了，就繼續忍下去，怎麼會嫁給志飄！」

氏諾聽了很生氣，但她不知道怎麼反駁姑姑。那人有權力這麼說，因為她要跨過五十了，怎麼會去嫁老公。氏諾不知道怎麼反駁，沒辦法反駁她就生氣。氏諾很生氣，很生氣。她需要把氣發洩到一個人身上。氏諾快快跑到情夫的家裡，見他正在喝酒，邊喝邊叨唸著氏諾回家時間太久了。志飄不習慣等待，由於等待，他又把酒拿出來，灌幾口消愁。既然喝了酒就要開罵，習慣了。但氏諾做什麼惹他開罵？他有什麼權力罵她？唉，氏諾瘋了。她的腳用力踩地面，又跳起來像乩童起乩。志飄覺得很有趣，搖頭晃腦笑著。還笑，他在嘲笑她，天啊，氏諾要瘋了，天啊。氏諾雙手扶著大腿根，挑釁地抬起臉，癟著偉岸的嘴唇，將老姑姑罵她的話一股腦兒往他臉上潑灑。志飄想了一下，似乎明白了，他突然呆住，有那麼一瞬間，他聞到蔥花粥的氣味。他呆愣地坐著，不言不語。氏諾把氣發洩完以後，她的紅鼻子塌下又膨脹開來，她感覺很解氣，她扭扭屁股走回家。他吃驚站起來叫住她。誰稀罕，還想囉唆什麼？他追上她，抓住她的手，她甩開，再推一把，他摔倒在地上。一旦倒在地上他就叫起來，從來都這樣。他撿一塊石頭敲自己的頭，可是他好像不是很醉，他想：「在這裡敲頭有點虧，在這裡敲頭要跟誰耍賴？」他要走到那個淫蕩氏諾的家裡，刺殺她全家，刺死她家裡那個老太婆，如果刺不著，那再來敲頭叫喊也不遲。要敲頭就得喝個爛醉，沒有酒，哪來的血可以流？要多喝一瓶。於是他喝，然而氣人的是，愈喝愈清醒。清醒，唉，鬱悶。酒氣不再瀰漫，他老是聞到淡淡的蔥花粥香，他捂住臉啜泣，喝，接著喝。他將刀子插在褲腰走出去，嘴裡喃喃：「我要刺死她！我要刺死她！」可他就直直走，是什麼讓他忘記彎進氏諾的家？那些瘋子和醉漢從來不會做一些他們當初打算做的事情。

太陽很曬，路上靜空。他一直走，一直罵，一直威脅殺「它」，一直走。現在抵達阿建伯家門口，他衝進去，全家都在田裡幹活，只有阿建伯躺著午休。聽到志飄的聲音，阿建伯覺得厭煩，阿建伯覺得有點頭痛，他需要一雙手涼涼地按揉頭部，也有可能，他只是希望四老婆不要出去太久，去那麼久，去哪都不知道。四老婆太年輕，快四十歲了卻還圓潤豐滿，太過圓潤豐滿。阿建伯今年超過六旬，又老又弱，想來就心酸。如果她也跟著他變老就好了，但她仍舊年輕、圓潤，仍舊像二十幾歲，這般多情。阿建伯看著她雖喜歡，心裡卻很嘔，簡直像在牙齒快掉光的時候咀嚼一塊牛肉。四老婆的眼睛、嘴巴，可愛又淫蕩，動不動就咯咯笑，眼睛瞇起來，臉頰粉粉。真討厭那些年輕小伙子，當四太太的兒子都不配了，竟還敢調戲她。他們的調戲如煮田螺水一般的乏味，只有粗俗，她竟然逢人就笑，完全不想自己的身分地位，這麼沒心沒肺！太氣人了！阿建伯只想把那些年輕傢伙通通送進監牢……這些時候，即使是精明的人也無法保持冷靜，尤其是看到只會來要錢買酒的傢伙如志飄。然而，阿建伯還是預先掏出五毛錢，寧可備妥好才能快速轟走他。然而，即使掏出錢來，阿建伯還是要喝斥一聲來降降火：「志飄是嗎？差不多就好了吧，我又不是倉庫。」便將五毛錢扔到地上說：「拿去，快滾去好好工作，怎好意思成天占人便宜？」

志飄雙眼怒睜，指著阿建伯的臉：「我來不是為了要五毛錢。」

見他要凶起來，阿建伯只好軟化語氣：「算了，拿著吧，我沒有更多了。」

志飄昂起臉，很驕傲。「我都說了，不是來要錢。」

「好啊，今天才見你不是來要錢，那你要什麼？」

他鏗鏘有力：「我要作善良人！」

阿建伯哈哈大笑：「哎，我以為是什麼，我只要你善良好讓大家省點麻煩。」

志飄搖頭，「不行，誰給我善良？怎麼做才能消除臉上這些疤痕？我沒辦法作個善良人了，知道嗎，只有一種方法……知道嗎，只有一種方法是……是這個，知道嗎？」

他抽出刀衝進來，阿建伯連忙爬坐起來。志飄已經把刀揮出去，阿建伯只來得及叫一聲，志飄一邊猛刺一邊叫喊。每當他大聲嚷嚷時，村民總是不急著現身。因為如此，當人們出來時，只見志飄在血泊中抽搐，他翻白眼，嘴巴開開闔闔，想說話，卻沒有聲音，脖子上有血湧出。

◇

整個武大村騷亂起來，大家紛紛談論這件意外的命案。有人竊喜，有人明顯表露快意，有人繞彎子說：「老天有眼呢，兄弟們！」有人直接點破：「那兩個傢伙死了沒人覺得可惜，明顯是他們倆互殺，哪裡需要別人動手。」最開心的是村裡的鄉豪地主，他們絡繹前來問候，實際是想要以滿足與挑釁的眼睛看著阿強里長。曹隊毋須遮掩，在市集裡大聲發言：「爸爸死了，兒子免不了被別人餵泥巴。」沒有人知道「別人」就是曹隊自己。底下的嘍囉則小聲討論：「死老頭掛了，我們應該慶祝。」有分寸的人則懷疑，他們嘆氣：「竹子老了嫩筍出，死了一個還有其他個，對我們沒半點好處。」

氏諾的姑姑則直指姪女的臉，刻薄地說：「算妳走運了，好在沒拖住志飄。」氏諾笑著把話岔開：「昨天做筆錄，聽說阿強里長花了近百元，真是人財兩失。」然而，氏諾卻暗想：「為什麼有時候他像塊土一樣老實。」

想起跟志飄睡的日子，氏諾偷偷望著姑姑，再飛快瞥看自己的肚子。「胡說，萬一懷孕了，而他死了，那該怎麼生活？」

突然間，她依稀看見一座廢棄的磚窯，離村子很遠，鮮有人來人往……

譯注

1 「伯」原本是官名，後演變為封號，通常以「社里」為單位封某人為「伯」。見杜文寧，《越南職官辭典》

（河內：通訊出版社，二〇一九），頁八二。

2 越南農村皆有亭建築，作為重要儀式或集會的公共場所，村中長老在亭中議事，稱為「亭會」。

3 阮朝時期，「總」是社里之上的地方行政單位，正總也叫該總，為一總之管理者。見杜文寧，《越南職官辭典》，頁一〇四至一〇五。

4 指吃虧、上當，或落入某人的陷阱。

5 娼妓的俗稱。

另外三個人【選譯】

——蘇懷

Ba Người Khác

蘇懷 Tô Hoài（1920－2014）

本名阮荷（Nguyễn Sen，或音譯阮珊、阮森），出生於舊河東省（Hà Đông）、今屬河內的紡織工匠家庭。著有《螻蛄漂流記》（*Dế Mèn Phiêu Lưu Ký*）、《西北故事》（*Truyện Tây Bắc*）、《十年》（*Mười Năm*）、《另外三個人》（*Ba Người Khác*）、《河內舊事》（*Chuyện Cũ Hà Nội*）等一百五十餘部作品，體裁包含散文、長篇及短篇小說、劇本、兒童故事等。

蘇懷於一九三八年參加紡織工匠友愛會、一九四三年參加文化救國會，終生為共產黨員，是北越政權和現今越南官方認可的作家。蘇懷的創作主題貼近常民，且隨著個人閱歷變化，風格樸實生動，他最常寫河內郊區的鄉間鄰里故事，也曾被派往越南西北山區活動，而將少數民族納入書寫，後者是越南作家鮮少關注的題材。

蘇懷於一九四一年以童話故事《螻蛄漂流記》一鳴驚人，此篇是越南兒童文學代表作，被譯成多國語言。蘇懷晚年撰寫《另外三個人》，描述北越的土地改革情況，引起輿論驚訝、爭議和讚譽。《另外三個人》寫成於一九九二年，遲至二〇〇六年才獲得出版許可。本篇譯文根據作家協會出版社（Nhà Xuất Bản Hội Nhà Văn）的版本。

◎本篇以＊＊＊代表略去的未選譯段落

第一章[1]

＊＊＊

紅河三角洲區域的工作隊聚集在縣城進行階段性工作成果總結集會，場面多達上千人。整整一個月，由已經成為幹部的地方土改根子[2]不斷地哭訴起當年被剝削的歲月。

我永遠記得一件事，有一名老家在峨山縣的傭農，[3]獲升為隊幹部且已經去了兩趟土改，他講述自己過去的遭遇，全場幾千人無不悲傷動容，姐姐們痛哭流涕。我的筆記本放在靠膝蓋的側背包上面，卻一個字都記錄不了。我在各種會議、根串小組裡聽過多少訴苦，卻從未聞如此令人震驚噁心的故事。白天，他去耕地，晚上洗漱乾淨以後，上床含著地主的陽具一整夜。地主患有淋病，吸到半夜都沒辦法吸完那些令人作嘔的腥臭膿液。整個會場洶湧地吶喊：「打倒地主！」、「萬惡！」、「打倒！」……他哽咽啜泣，無法繼續再說下去。

然而，他卻被地主的好色血液傳染直到現在。會議飯局中有牛肉、豬肉，還有草魚和鯉魚，反而變油膩，無時無刻激昂著，反而腐化得亂七八糟，坐在哪個女人面前都死命盯著人家的褲襠。吃了好幾頓慘痛的檢討，他被下放回縣裡，那些姐姐也一併被趕回社里。[4]我不關心他們，只是想：「原來那隻狗雜種的血液傳染到你，你就是那隻噁心狗雜種的該死的種了。」

總結會議完畢又該去新一輪任務。出發的場面浩大，各隊伍排隊聽候出擊命令，猶如抗戰時期的戰役。這趟的指定區域囊括海陽、建安，直接推行改革，不必先行減租。[5]海防周圍許多的縣城，三年前屬於「兩百天」區，[6]火車過富泰車站即進入敵人的殘存巢穴，從各地湧來的最後數千位民眾爭相擠進登陸艦避走南方。

我們從清化被派去支援困難的地方。在這樣的地方推動土改一定很麻煩。只是在農貢那邊，我所屬的團隊奪得滅敵獎旗，才能夠被派到這裡。我也不太介意，做什麼都可以，我已經參加了兩次任務，累積差不多一年的經驗。

從總結會議走出來，各個隊伍在縣的市場裡分道揚鑣，人多得像集會遊行。毋須等待卡車，毋須汽車。阿拒隊長清點我們十二人的人頭，加上兩位新來的根子幹部。阿拒把雙手掌合成喇叭形狀，大聲喊：「從開始就立功。我們爭取馬上走，社里的農民正熱切期盼我們的到來。」

大家揹起後背包，站成雙排。我們在清化時期的團隊獲准維持原隊轉成學習小組直到現在。阿拒隊長從軍隊那邊調過來——聽說他是大隊長，性格果斷火爆，對每個人的紀律都嚴苛要求。在訦山集結時期所發放的白毛巾已經髒臭，儘管隊長每次洗漱只用褲管擦臉。然而，彼此熟悉各自的底細，人家硬的時候我們就放軟，總比被換到陌生的隊伍好。

於是，總共有十二輛腳踏車——另外兩名新隊員沒有車，也不知道他們要怎麼跟上。我時而騎上柏油路面，時而騎上河堤，稀里糊塗騎了整夜。夜色稍微緩和，月亮落下，星星在前方閃爍，我解開胸前的鈕扣，瞪著眼睛猛踩，等到天色將亮，眼睛卻像得了夜盲症。抵達五號公路的時候，到處都是游擊隊挖路留下的坑坑洞洞。有些地方還有地雷——聽說是這樣。我太睏了，兩次衝進地面的坑洞裡，不知道是不是昂揚的精神減輕了辛苦，車和人竟沒有半點擦撞，除了扭到一隻手，但也因為疼痛，反而能保持清醒直到天色大白。

清早，一群人前前後後出現在地區團委辦公室。還沒有半臺卡車載運其他隊伍抵達。阿拒隊長很得意，轉身張開雙手，「我們比其他人都來得早！」

辦公室駐紮於一座已經剷平所有祭壇的寺廟。左右兩側廊廡被分割成房間，打字機聲喀啦作響，彷彿整夜仍持續敲打著，團辦公室也像我們一樣爭取時間工作。寺廟牆後面的庭院裡殘存一棵桂花樹，散發著早晨的清香。被竹編板仔細遮蔽的另一邊，外面立著一排新的雜木架子，上面放著白色搪瓷盆並掛著花色毛巾。也許是黨委員或團顧問正在裡頭睡覺。

一名個子矮小的男人，穿著新的淺棕色衣服，白皙的臉龐像得近視的學生那樣戴著透明鏡片的眼鏡。他從大門騎自行車進來。

「瓊菰那邊過來的嗎？」

「是的，我們爭取時間，不等車。」

「有精神，歡迎！我是常值團委。我們進辦公室馬上工作吧！第幾隊？誰是隊長？」

馬上工作，多麼緊湊啊！只是兩三句枯燥的工作對答，大家瞬間就清醒過來，忘記洗臉，忘記剛剛顛簸走了一夜。過了一會兒，工作交接和任務分配就結束了。事實上，就只有阿拒隊長問來問去，其他十來個人安靜地坐著，偶爾有誰插嘴囉嗦問一句關於即將要去的社里情況，只得到好幾次相同的答案：「資料在這裡，資料裡面什麼都有。」然後，那位團委站起來，搓手，綻放一枚淡淡的乏味微笑說：「同志們都瞭解了嗎？」

我們全部走到院子外面。

「帶去村子的資料這樣就夠了。祝工作順利。來，握個手！」

大家七手八腳連忙把車牽到大街上。正要跳上座椅，身後突然傳來急促的聲音。

「喂！喂！」

回頭一看，那位常值團委還站在那裡。

「進來這裡、進來這裡。」

我很餓，已經開心地想像著或許可以進去休息、吃上一頓早餐之類。整隊人馬三五成群站在遮蔽辦公室的竹編板前面。團委走上臺階，朗聲說：「各位同志，從今天開始，全隊已經進入三同[7]鬥爭當中。在社里那邊，農民同胞生活得異常艱苦，只有剝削者才有自行車，只有他們才會舒舒服服地拿著金碗吃飯。我們跟農民在一起，就不能同床異夢。不許騎自行車進入村子。」

這個團委分明是乳臭未乾的學生模樣，竟是個難搞的。我從來沒有被任何團委強迫不准騎自行車下社里。這個村子說不定是舊的臨時占領區，且是直接改革而不先行減租的地方，很不一樣吧。於是花了個把鐘頭，有人尋找香蕉樹幹抽絲，有人砍倒黃楊樹，剝下樹皮編繩子，十二輛自行車被捆成一捆，抬進寺廟，像一堆參差的水牛骨頭。這個意外事件連阿拒隊長都料想不到，然而，當他傾肩扛起車堆的時候，依然是一臉紅通通且積極熱切，不明白他在想什麼。只有兩位新來的根子隊員很開心，畢竟不用整晚跑步跟著車隊，這下子有人陪著走了。

經過縣城市場時，所有人都餓壞了，但自己的肚子知道就算了。放眼望著饑荒季節的市場，壓根兒不知道誰是乞丐、誰是攤販。真爽，阿拒隊長突然說：「我們去市場找點吃的吧！」全隊排成一排，從容地走在阿拒身後，似乎是擔心隊長改變主意，才刻意表現得如此乖巧。我們穿著褪色斑駁的棕色衣褲、軍旅涼鞋、草帽，有的人像剛病癒般臉色蒼白。阿拒隊長則總是氣盛的模樣，時而撇嘴嗤笑，時而暴躁。

早市逐漸熱絡。萬物枯竭，一筐筐米糠擺得到處都是。零星幾個人像挑著波羅蜜一樣挑孩子出來兜售，扁擔一邊窩著抓緊擔繩的不安小孩，另一邊則是放置平衡重量的土塊。我們有的穿著完整，有的穿著破爛，十分怪異，逛市集的村人皆迴避不敢直視。這兩年來，團委駐紮在地方的寺廟，市場商販見識過許多幹部回來，雖是單衣與西裝有所不同，但全都是能吼出火的下社里的「隊哥」們。不管人們尷尬、繞路或避走路邊，阿拒隊長突然停下來：「我們吃玉米麵餅！」一群人立刻包抄賣玉米麵餅的攤子。賣糕餅的女人慌忙跑到隔壁賣涼拌香蕉花、涼拌青木瓜、鮮煮茶的棚子借來幾片竹墊子，才張羅足夠的座位給客人坐下。

市場內的人已經不少，不過由於時間還早，所以沒有人在小吃攤前拖拉逗留。雖是一群眾人皆知是隊哥的陌生人，以至於那些尖嘴好吃的女人和乞丐都不敢在附近流連。每一塊微黃的玉米麵貓舌餅中間放上一塊脆片，一碗死鹹的豆瓣醬。有位隊哥把豆瓣醬碗捧起來又蘸又吸，省得彎腰駝背，且也不會被人看見是細細咀嚼或囫圇吞掉整個餅。隊哥跟大家一樣饑餓。有人不著邊際地問：「玉米麵餅蘸豆瓣醬啊？」賣糕餅的女人彷彿對著天空出神地回應：「世道艱難，芝麻也是金子。」

不瞭解世道究竟有多艱難，玉米麵餅粉粉甜甜，何況大夥正餓得前胸貼後背。

那一年我差不多三十歲。從小就住在城市裡。到了上班的年紀，才在錢廠街的薩法戎牛肉店找到一份看門的工作。革命時期加入街道自衛隊，到了抗戰時期，自衛隊沒了，就自封為越盟，[8]跟著抗戰隊伍去越北區。[9]我出走的過程算是相當艱辛。疏散時，我的妻子和三歲女兒跑上山西的諾區。我們街區的男丁都要進自衛隊，街區被城市湧出的洋人圍住，居民不得不退到市中心的第一連區。我方與洋人協商讓老人和孩子離開，出口設在安輔村的堤壩上，有英國和中國領事見證。

我逃離自衛隊，混在擁擠的人群裡出去。天氣很冷，我繫著一枚方巾頭低低裝作老婦人，當著領事人員面前走過檢查站。我逃到諾區去找妻女，問遍了疏散過來的村莊和市集，後來才遇到人告訴我，母女倆已經跟著別人去河內了。

我不知道該去哪裡，也不敢「回歸」，[10]怕洋人知道我是自衛隊。我尋路去太原，再去宣光，到北乾鎮，徘徊在一些從平地疏散上來的人口密聚的地方。我沒有本錢開店，便申請進入書報發行單位工作。當時要進機關很容易，只要應聘就馬上被錄用。每天，幾十扁擔救國報社和真相出版社的書報被送到第三區、第四區，如同平地商團將鹽巴運到高地一樣。沒有人知道我之前做這又做那，當門房保安，而且還逃離自衛隊，只知道我是河內人，認得幾個字，所以讓我負責辦公室和倉庫的文書。在森林裡，該單位僅有一本帳簿記錄倉庫裡的東西，肥皂、糖，還有上面發下來的棕色或深色的衣服。

奠邊府戰役[11]勝利以後，河內獲得解放，我重返城市。

回到太原時，在各機構裡工作的男人女人都領到一套相同的服裝，棕色布鞋、淺灰色卡其布衣服。且大家都要遵守接管條例：不回家、不買賣、不吃外面的館子……。沒有人知道，傍晚的時候，我照樣偷偷溜去吃碗河粉。某天，我們獲准回家或讓熟人到單位來探望，我的父母早已去世，我只想念我的妻女，我趕緊回到三梅的舊居。然而，鄰居卻說她已和一名洋人的跟班結婚了，上個月他們一起去海防下南方了。

我像追逐虛幻的影子，不難過也不喪志，只是偶爾想念女兒罷了。分開的那年，她還稚嫩，現在不知有多大了。而我目前反而變成重要角色，沒有才學卻晉升為會計長，負責掌管收支帳冊。隔年我再婚。也很簡單，我們早就認識，她是負責後勤的，跟著單位從傣區回來。我老婆生了兒子。當時「放手發動群眾」，土地改革最重要。單位裡的人，從後勤人員到專責幹部，無論懂不懂農田，通通都要去「土改」。於是我去了。我去做土改，兒子六歲。

還住在越北區的時候，誰都去做減租，有人減租完了轉做土改。我壓根兒認不得田野村莊，我設法蒙混過去。當時並不難，畢竟只有我一個人掌管帳冊，沒辦法去哪裡。等回到城市，偏偏剩下我一人的革命立場沒有被鍛鍊過。經理也沒去過減租或土改，但沒有人敢說他，甚至阿諛地表示：「司令部就要留在指揮的位置」，私下則咬耳朵說他害怕站起來，怕座位馬上被別人坐下。每週六下午進行例行檢討會議時，領導拍桌滔滔不絕：「把勞動農民從封建地主的壓迫中解放出來，每個人都有義務參加……」

我也擅長挪騰、閃躲，直到回河內還沒去過減租及土改。以為戰爭勝利、河內解放就完事了，結果不是，逃也逃不掉，現在只是沒有減租，卻還有土地改革。單位裡的人都去過，這回名單上確切寫著我的名字，實在沒辦法推託了，只得揹起背包騎上自行車出發。我來到清化參加下鄉各隊的工作步驟總結會議。一開始我憂心忡忡，但接下來整個月，邊聽邊問就感覺到一切正逐漸步入軌道，土改工作也是如此。沒有什麼比會計帳簿更難的了，我沒學卻也懂得加減乘除，土改並不像那些去過的人謠傳的那麼可怕。

賣玉米麵餅的女人告訴我們去社里的路，大約十來公里，才要問就馬上有人指明方向，似乎誰都知道我們即將到來。背包被汗水浸透染黑，一隊人高高低低走過中午，隊長精神抖擻地在前面帶路，沒有人敢露出疲態。涼風習習但汗水黏答答地冒出，太陽在眼前模糊傾斜，走在堤壩上的行人指著下面的田地說：「那裡，那個村莊。」綠油油的竹叢環繞著堤壩旁邊的聚落，零星幾叢老荷花長在清澈的水窪，散發著新稻梗的香氣。以前這裡大概發生過潰堤或是舊河道遺留下的水潭。田中央孤立著一塊岩石山，旁邊還看得到鄉勇所使用的水泥瞭望臺。

我們走下去，進入村口的小廟，又是廢棄的廟宇，兩側頹牆空蕩蕩的，但牆根的磚頭還沒被偷走。阿拒隊長環顧四周，看見人們在堤壩上來回走動，擔心不能安全保密，整隊人鑽進長滿及膝野草的草地。被驚動的野鼠沙沙跑進門扉不見了的潮溼幽暗的後屋。我們坐回門廊下，這個方位，無論是從堤壩上或是從門外都看不到。總之就是謹慎，剛剛堤壩上還有幾個人，現在已經淨空了。

阿拒隊長拉起幾個背包疊成堆，在上面攤開早上從團委那裡領到的手繪社里地圖，我們聚精會神湊近。

阿拒一口氣連著說：「首先，從現在開始，我們隊負責社里的各個方面。這個社里屬於敵方駐紮兩百天的區域，地主邪惡，敵人的組織又巧妙地融入我們的組織中，他們進行了假的土改和假的減租。我們的任務很沉重。其次，社里有九個村落，大家各自負責一個村落。我在這裡唱名。我和我隊文書負責荻村，荻村是重點，因為那裡有支部祕書的家。同志們看地圖，然後自己找路回村。不許亂問，小心地主的走狗和舊組織安排好的人員。從今以後，同志們謹慎地回到村裡的戰鬥位置，不得與舊組織聯繫，只挑貧困戶去訪查，找根子串連。週六下午，這個時候——阿拒隊長低頭看手表，全隊來到這裡報告情況並審核根子。第三是絕對保密、絕對保密。」

我餓壞了。不知道是不是肚子裡有寄生蟲，每次誤了飯點肚子就會咕咕叫，眼冒金星，手冒冷汗，一陣一陣地發作，人漸漸虛脫。

我伸腳碰到前面放地圖的包包底部，腳趾好像勾到一片香蕉葉。我瞇起昏花的眼睛，確認是從背包蓋露出來的香蕉葉，按下去軟軟的。我伸手去拉，天啊，那是市場裡的玉米麵餅。我抬眼，隊長正在慷慨陳辭，雙手連連揮砍，雙眼瞪得老大，眼珠彷彿要從眼眶中蹦出來。我將手繞過背包底部把整包偷走，迅速放進我的提袋裡，然後假意掃視大家。每個人面色嚴肅，有人忙著寫筆記，有人既專心又淡漠地看著隊長，有人埋頭看著遮住底下背包的地圖。這時，我才恢復冷靜地認出剛剛那個背包是阿拒隊長的，對啦，軍隊背包有仔細的滾邊，比在百貨門市購買的小包包來得扎實。我驚呆了，隨即安心下來，被罰頂多也是跟村民三同而已，但隊長偷買市集裡的玉米麵餅，老子賭他也不敢吭聲。何況大家都這麼聚精會神，又有誰看到我剛才做了什麼，就讓這個偽君子今晚餓到死掉吧。

所有人站起來，把背包扛在肩上。社里派來的兩位基層幹部腋下夾著文件馬上離開。大夥如同回到老家般興奮，他們能這麼自然並不奇怪，只有我才要擔心不知道待會兒要進入誰的家裡，是否能抓住根子。阿拒隊長一隻手揮揮，不知道是叫停或叫走，另一隻手握拳，高喊：「為了農民階級，必戰！必勝！必勝！必勝！」大夥馬上回答：「必勝！必勝！」我看見隊長提起背包，摸了摸邊緣，再捏一捏，他老母的玉米麵餅不見了。但他臉上的盛氣不改，沒有什麼異樣。隊長來到我面前。我瑟縮起來，緊抓住提袋口，生怕露出香蕉葉，再側身把背包帶掛到肩上。並不是隊長對我起疑心，他只是過來和大家握手。我牢牢夾住裝有偷來玉米麵餅的袋子，才伸出手來。

隊長說：「同志這次被任命為副隊長，負責審理，加油吧！」

我如釋重負地握住阿拒的手。大家各自走進村莊，只有阿廷邁步跟在我後面。我問：「你和我走同個方向嗎？」

只有兩三個人的時候，我們經常稱你、我，只有幾位從社里過來的才像開會一樣嚴肅地叫「同志」。但面對軍隊作風的隊長就不敢造次了，時時刻刻都要小心翼翼地以「同志」對答。

阿廷回答：「我負責茱村，在你隔壁，去茱村走池塘那邊比較近。」

「那為什麼要走這方向呢？」

阿廷翹著紅鼻子笑：「走幾步，開心嘛！」

我冷淡地嗯哼。阿廷湊到我耳邊低聲說：「喂，跟我分那塊餅吧，你下手太快了，明明是我比你先看到它。」

我臉色一僵，像是被當場抓包的小偷——但真是的，還能怎麼辦呢？香蕉葉包有四塊玉米麵餅，我靜靜拿起兩塊遞給阿廷。抬眼望去，阿拒隊長已經消失在竹叢後方了。把玉米麵餅放進背包，阿廷也匆匆朝那個方向過去。天哪，要是他去舉報，我就死定了！然而我馬上覺得無所謂了，他敢說出來他就失去玉米麵餅，而隊長打算偷吃，隊長要詛咒誰，他自己也得半死不活。

＊＊＊

第二章

＊＊＊

開完會議，阿廷和我走同一條路。

所有人似乎當作前晚的鬼怪故事沒有發生。我們心不在焉地對答，沒頭沒尾。阿廷問我，解釋完中農的標準了嗎。我說，早就完了。隨便說說而已，有誰會想要麻煩地翻看對方的筆記本。而那些貧、僱、中、富、地到工商、貧民、漁民，到什麼是反動、邪惡，我都仔細寫下來了，早在清化時期就背熟了，就照樣吐出來，再花俏拉上幾個剛撿到的關係，哪有什麼困難。我說實話，阿廷卻誇我機伶。大概阿廷、阿拒也這樣吧，哪個村落、哪個地方、哪一趟都差不多。漸漸地我們因自己可快速掌握情況而感到驕傲，像這次到這裡，一步都還沒走完，就已經瞭解整個村落的過去與現在。富人、官吏、地主都是白吃白喝，有頭有臉人家的孩子才十五、十七歲就已經塞錢塗改出生證明提高年齡，好提早出來當甲長、當耆老會的祕書，逐漸升副里長、里長、正副鄉會、正副府牧、縣牧等。像這裡，幾年前洋人占領的時候，他們就出來當社里委員、鄉主、屯長、鄉勇頭子、先指、總委等。都背熟了，一挖就中，[12]只有這樣工作進度才能快得像水牛，獎狀、褒揚令如雪片般飛來。

還有其他故事，知根知柢了，吹牛也就容易得多。

阿廷說：「阿拒隊長預計在荻村重點種植神奇水稻。」

「在忙的時候，種什麼稻子？」

「有啥奇怪呢，他一旦做決定就會很強硬。」

阿廷問我：「你知道水稻如何神奇嗎？」

「不知道。」

「那種神奇水稻到了快採收的時候，人踩在稻穗上卻穩得像走橋過河。而且只需一個月，稻子就結顆粒了。」

「在哪裡有？」

「在全世界各地。當神奇水稻才剛祕密送到馬尼拉的育種農場時，我方情報員就溜進去偷得一把種子。你知道怎麼辦到的嗎？觀光客抓一把塞進靴子裡，厲害吧！」

「真了不起，那我們在荻村重點種植以後，會推展到全社里吧？」

「應該是這樣。」阿廷大大撇嘴：「不吹牛，我呀，如果我的大同營還在，那神農稻、神奇稻老早就有了。」

阿廷熱絡地講述：「你還記得嗎，在瓊菰總結大會後、我們隊成立的那一天，（我記得，那天上面介紹兩個人到隊裡來。不知道是開玩笑還是他們只想炫耀：『這個人在洋人時期拿到大學文憑，那個人是我們時期考取蘇聯的紅色工程師證書。』阿拒隊長皺鼻子笑，第二天就把他們兩個送回團裡，理由是隊上已經額滿了。隊長常說，只需要一般般識字的人，書讀多了就只會說而不會做，去社里礙手礙腳。有一次，阿拒問我讀到幾年級，我說：『殖民時期讀到三年級，到了獨立時期就當幹部了，不再讀了。』阿拒笑：『我比你低一級。但不錯啊，讀太多只會講歪理。』）在組隊的時候，我們就互相介紹過。那天，我才說，在起義奪取縣政府以後，還沒敘功，阿廷我就成立了一個生產營，全縣就那麼一個營，我取名為『大同營』，世界大同嘛。比神奇水稻厲害多了。當時假如果省委會聽取我的方案，那現在全省乃至全國早就成了大同營了。」

阿廷一路跟到家裡講述大同營的故事。阿廷滔滔不絕，眨眼連連，口沫橫飛。鼻翼被阿緣抓過的傷痕已經結痂，微微發紅。我八卦地揣測當時是不是高潮太爽才抓破這傢伙的臉。阿廷很興奮。當時，阿廷在縣裡搞宣傳，處處進行焦土抗戰，但凡高門大戶都被拆毀、燒個精光。各個村落、市鎮、社里都豎起長竹竿，竿中間綁一節鐵軌，民兵日夜不停持竹竿推倒所有牆壁，整排街區房屋接連倒塌。河內周邊村莊的人們一波波逆著紅河湧向中游地區。疏散者被分入村裡的每一戶，地廣人稀，也算還有得吃，摘木薯葉煮湯、醃漬，整年不挖的老木薯，原本只給豬吃的木瓜，現在人吃了也覺得美味。決心長期居留的疏散人口，雖然過得算將就，但至少安心。

阿廷設計出大同營讓所有人集中住進去，井然有序地從事生產。縣政府派阿廷到許多地方報告大同營的情況。聽起來不錯，但做不起來，因為其他縣的位置偏遠，鮮少疏散人口，上級不會撥款。至於這個河濱縣區享有省的同胞救助基金，把人集中在一處，發錢也方便。然而阿廷不僅僅為了那一點方便。阿廷以前在河內當鋸木工的小助手時，加入木匠友愛會，跟兄弟們讀書討論，就知道人類遲早會抵達大同世界。那麼，大同營就是邁開正確的一步。

五排長一百米的房子，裡面一律有兩排可容納一百人的軟床。婦女的房子在山的另一邊也同樣寬大。只需敲一聲罄，就能夠調控上千人。起床罄、體操和唱歌的罄、吃飯罄、會議罄、生產罄、下班罄、睡覺罄……每個人都吃同樣的飯、穿同樣的衣服，沒有嫉妒，沒有人比過其他人。週日，去市場的罄，晚上營火的罄，熱鬧歡快。早上、晚上，全營區的人站在院子裡呼喊：「強身為國，建設國家，堅決走向世界大同……」

我犯傻地問：「由誰來支付吃飯的糧餉，怎麼邁向世界大同？」

「剛剛都說過了。上面的基金發下來，疏散者只要入住營區都可得到補助。很多人很積極，把從城裡帶上的衣服、鼎鑴、碗盤拿到市場去賣，把錢存進營區的基金。有很多漂亮的衣服，但大同營不需要資產剝削階級那些浮誇的東西。」

「你是大同營長嗎？」

「我就是，還能有誰？」

「你有領薪水嗎？」

「有啊。」

「不是說本地人不能分補助嗎？」

「但我是領導，我不是本地人，也不是疏散者。」

「然後呢？」

「怎麼樣啊？假如還在，現在已經是大同世界了。種木薯很快有得吃，還有香蕉、波羅、檳榔、茶……」

「然後就失敗了？」

「沒有，沒有失敗。沒有人覺得厭煩申請離開，沒有半個人逃離。沒有腐化事件。」阿廷表情嚴肅，眼睛眨了又眨。

我不想再知道來龍去脈，反正阿廷會堅稱「一定勝利」，我淡淡地問：「那怎麼辦？」

阿廷翻了個白眼。

「怎麼辦？直到今天，人類還沒有力量與大自然抗爭，所以不得不中途放棄。但如果有很多錢應該就可以克服。洪水突然爆發、閃電擊倒房屋死了人，還有瘧疾使人倒地不起，才發現原來平地人無法適應山區。第一天得了急性瘧疾，第二天尿中帶血，半個月就把人給整死了。起初還買木頭釘棺材，全營區的人都去送行，下葬前還要讀祭文。後來，太多人死了，來不及採買，只好放棄，兩個人用鐵鍬扛著去埋了。於是剩下的人害怕了，紛紛跑掉。」

「你也跑了？」

「留下來等被傳染死翹翹啊？」阿廷不以為意地呵呵笑。

「那你去哪裡？」

「我回到縣裡，又幹宣傳換口飯吃。幾年後，升到省廳一直到現在，職務是宣傳部副主任。」

「那就不做生產營了？」

「是大同營。除了我，有誰敢伸手碰這塊。省裡也公認，如果不是因為瘧疾破壞，大同營一定會成功。咱省年年在各方面工作都得到最領先的成績，不胡扯！」

阿廷翻了個白眼，舉起手，「即使是現在，算起來，公平地說，這個省是勇猛衝鋒的。以前在暗處，每個村都有根據地，抗戰就是去當兵、去當民工。減租、土改也是打先鋒。我剛剛收到省裡的一封信，他們告訴我，咱省被選派作覆查據點。土地改革完成後必須通過覆查才真徹底。與此同時，咱省搞組織整頓，從省到縣到社里，揪出很多潛伏的反動分子。你知道嗎，咱省獲准選拔幹部去協助整訓第五區和南方，接著在那裡進行減租、土改。說不定我有機會被派去。咱省就是厲害。」

「哈哈哈哈……」我突然大笑起來。

阿廷皺起鼻子，不高興，以為我在嘲笑他，質問：「狗娘養的，笑什麼？」然後不等我回答，阿廷壓低聲音，喃喃道：「昨天晚上，等著瞧。」

停住笑，其實我是為阿廷的大吹牛皮感到好笑，我又逗他：「昨天晚上怎麼樣？」

阿廷迎面給我一擊，「怎麼樣，你和阿緣摔角互搏，嘿嘿……」

「哪有！」

「懂事的話就聽我教導。我告訴你，那匹母馬很狡猾，我正跟蹤看看她是不是國民黨[13]潛入擾亂了根串行列。」

我閉嘴，漸漸感到尷尬，氣勢弱下來。這個傢伙太邪門了，要是跟著他，總有一天會沒命。

但阿廷卻說：「你住在城市裡，呆頭呆腦的，根本不瞭解農村。我教你一點警覺功夫用來防身。至於昨天晚上的事情就算了，我不會向阿拒老頭打小報告。自從在破廟裡一起偷隊長的玉米麵餅，我跟你就建立起緊密的情感啦。」

阿廷伸出一根手指讓我勾住，像小孩子玩打勾勾那樣互相放過彼此。於是兩個人嘻嘻哈哈地笑，笑聲騷動了空屋。那個殘廢的女人依然面無表情地坐在角落裡。阿廷返回茱村，還不忘了交代「記得啊！」也不知道要記得什麼。

＊ ＊ ＊

阿拒望進屋內，瘸腳女人如銳利陶片的兩顆眼睛一如既往地瞪著，阿拒低聲說：「我私下告訴同志，阿廷被捕了。」

「被捕？為什麼？是、是……」

「阿廷是國民黨的頭子，長期進來搞破壞。地方組織整頓結合土改覆查鬥爭才發現。昨夜車子開到這裡把人上銬押走了，保密到連家裡人都不知道。」

我又煩躁了起來，這一切就好像安排好的巧合那樣。當天，我帶著背包和提袋去了茱村。好在這裡沒有什麼重要的工作，所有的煩惱似乎都拋在腦後了。

＊　＊　＊

覆查聯團委的監獄是法國時期的官方碉堡與拘留所。藤類和青苔茂密覆蓋著建築體，宛如一座青山，裡面是禁閉間和牢房，凹凸如石山洞穴，各社里的民兵晝夜交替守衛內圈與外界。被抓的人愈來愈多——舊有的房舍不夠容納，只好加蓋。一根根竹子埋插在地裡連成一堵兩百多米長的牆壁，分成隔間，屋頂空蕩如水牛棚。土改團、覆查團、組織整頓團都有類似的拘留場所。有句恐嚇的話：「坐進水牛棚就完蛋了」，指的就是這些臨時拘留所。

一輛俄製的方屁股軍用卡車猛衝起來。阿廷的手腳被捆縛彎曲地躺在車板上，無法動彈。偏偏那些坐在椅子上的人腳還壓著他，不讓他扭動。汽車從夜晚跑到清晨，趕早市的人們依稀看到車裡有兩個人穿著棕色的新衣服、繫寬皮帶、豎著持步槍。人們只覺得稀奇，沒有人猜得到那輛車這麼早回來有什麼任務。快到縣區的時候，坐在前座的人回頭。

「待會就到了，叫一個小隊來看住他，再解開他的腳。進到牢房，立刻綁到柱子上。這傢伙是一等一的危險，如果被他跑了，整群人都要掉腦袋。」

阿廷被關在碉堡外面的牢籠裡，沒有窗洞，屋頂空蕩卻是一片漆黑。之前這裡關過很多人，漂浮的爛臭屎尿淹沒腳踝。阿廷站著被捆一整天，晚上睡覺垂下頭，背脊彎得像隻蝦子，雙手還掛在竹竿上。他時不時搖晃、扭動，衝擊還未消退，頭暈目眩地不明白究竟是怎麼回事。

數不清持續了幾天，頭一天阿廷還醒著，聽到旁邊的木柴牆壁傳來呻吟聲、咳嗽聲、反胃乾嘔聲、難過的嘆息聲，不確定是有人快要死了還是哪隻狗的頭剛被敲一棒而發出模糊的嗡嗡聲。

一天早上，聽到外面有人喝問：「越奸阮文廷在哪一間？說！在哪一間？」阿廷喃喃：「我……我……」幾根竹棍舉起來將阿廷推倒在兩把槍尖面前。

一隻手伸進去，把人扯出來。

「哼，他在耍花招。」

事實上阿廷坐不起來。腰間垂掛著手榴彈的幾個人，再次彎下把阿廷拉了起來。但被拘留者又跪倒在地上，無法抬起淤血的小腿。周圍的人喝斥：「走、走！」阿廷笨拙地爬行，沒有人把他放在眼裡。到臺階時，阿廷似乎猛然想起，眼睛眨眨。阿廷看到了檳榔樹下的水缸，從前還在縣裡工作時，那水缸兀自靠在牆邊，現在好像被裝了石灰，變成一缸慘白。

「同志……」

「誰跟你是同志，要說『啟稟先生們』，聽清楚了嗎？」

「先生們，給我水吧，我太渴了。」

有一個人可憐他，拿來一杓椰殼裝的水，旁邊的人，大概是小隊長，搶過杓子扔掉。

「這跟階級無關，要警覺，萬一他拿杓柄戳死自己，切斷線索怎麼辦？」

穿過院子，阿廷爬上臺階進入一間瓦房。那是前知府的公堂，後來是縣委會的辦公室，阿廷曾經進出，熟悉每個角落。一切好像照舊，只是最後面有點不同，新的竹編板隔出單獨的隔間，外面放置一排木架子，架上擺著搪瓷花盆，旁邊披掛著白毛巾——各個團委的所在地都是一樣的。桌椅凌亂，辦公的人，阿廷都未曾見過，一律穿著棕色的衣服。

阿廷被帶到一張桌子前面。

「稟同志，犯人阮文廷……」

坐在桌子後面的人是一名矮小的年輕人，白淨戴著眼鏡，就像舊時代的錄事員，卻穿著一套嶄新的棕色衣褲。猜不出來是什麼幹部。猛看會回想起十多年前在縣府大門口的日子，剛奪得政權的時候，整天擂鼓召喚人們來報名參軍。又彷彿某天，咱來跟團委報告，想想又好像不是……

那人抬頭看著阿廷，輕聲卻冷冰冰地問話，阿廷結巴地：「稟，稟……」

「什麼？」

「我想要一口水，已經幾天了，我沒得到一滴水一粒米。」

阿廷顫抖摔倒，押解阿廷前來的那群人早已退到外面，站在門的兩邊。坐在辦公桌前的人將下巴朝那邊示意，聲音依舊溫和。

「給他水喝。」

一個人走向洗臉盆，看一圈四周，便拿起肥皂盒的塑膠蓋子，伸進還有水的盆中舀起一些給阿廷。

阿廷呼嚕喝光混合著香皂味的一蓋子水。還是渴得要命，但不敢再要更多。從那天到現在才似乎得到稍微不同的對待。

「你是阮文廷？」

嚴厲的問句讓阿廷難過起來。

「是的。」

「是怎樣？」

「是的，阮文廷。」

「家鄉、年齡、職業。」

「我……我三十四歲……廳幹部……省……」

「夠了，你犯了什麼罪，知道嗎？」

「不知道。」

「你是國民黨，對人民犯下了許多罪行。」

「我不知道。」

「閉嘴！那一年，反動派讓你成立了一個名叫大同的營區。你們很狡猾，大同的縮寫是DĐ，[14]是你們國民黨的名字。你在營區裡殺害數百名無辜的人。現在有很多平地人都上來認領死在營區的疏散者的墳墓，他們跟縣裡的農民控訴你的罪惡。快招來，你什麼時候跟了反動派，誰帶你混進越盟？」

法官說話的聲音依然輕柔，但阿廷聽了感到疼痛，彷彿脖子後面的每一塊肌肉都抽搐起來。

「請法官明察，我不是國民黨，我不殺人。」阿廷慌張地說。

「五十六人被殺，冤死者的名單在這裡。」

「不，我……」

「各位民兵同志，讓他張嘴說話。」年輕人站起來，像老師講課一樣從容。

在外面候著的一群人立刻衝進來，把阿廷拖到院子裡。一根粗糙的竹棍狠狠砸向阿廷還張著的嘴巴。阿廷的三顆門牙像鵝卵石一樣飛出，鮮血噴湧。阿廷癱軟、呼吸急促。竹棍落下如搥打肉泥，嗖嗖、啪啪，不管頭部或是背脊。阿廷翻白眼，躺平。棍子戳後背，翻來搖去，棍子又啪啪砸下，似乎想測試這個人是否還活著。阿廷雙手像陀螺一樣顫動，然後伸直，一動也不動。

戴眼鏡的幹部不知何時起站在後面。

「把他抬回牢房。好好給他吃喝。如果他死了，看守的人就要賠命，不是開玩笑。」

阿廷一整天拿到一糰米飯、一杓椰殼裝的冷水。嘴巴剛掉了牙齒，臉部紅腫，但他還是努力咀嚼飯糰並喝光水。守衛等他吞完飯糰，把他綁回木樁上，才把杓子拿走。另一個人立即趕來，輪流在牢籠外面徹夜看守。

雖然很痛，但畢竟吞下了食物。阿廷也稍微恢復了清醒，愈清醒就愈害怕，有時真想一頭撞死，有時又以為自己即將斷氣。怎麼會淪落到這個地步？為什麼大同營是國民黨的營區？那些平地人不適應山地環境得了瘧疾，這一帶的人都知道。這是怎麼回事？書記、主席都還在，在縣裡，在省裡……啊……啊……

腦袋變得有點輕，全身卻漸漸疼痛起來。雙手被綁在柱子上，阿廷整晚的屎尿都痾在褲子裡。有時候喉嚨太過乾渴，像鰱魚吐泡泡一樣仰臉張嘴打哈欠。在這樣的牢房和籠子裡，阿廷明白了很多。每次隊哥走過，大喊民兵押解囚犯上來，實在無法想像居然有位隊哥站著被綁在竹籠裡。阿廷很痛苦，五臟如同被刨刀刮過。

隔天，阿廷再次被帶出來。他的臉浮腫起來像個圓盒子，一瘸一拐地走路。但不知道該怎麼辦，不知道有誰能來救援。努力也只能走幾步，阿廷伸手抓扶旁邊的民兵。那個人不由分說，舉起槍托猛擊阿廷的肋骨，阿廷放手跌個狗吃屎。

過了一會兒，終究摸索到了桌子前面。

法官再問：「回答清楚，你什麼時候加入反動黨，誰把你帶進去，誰組織你偽裝潛入越盟，誰命令你把人聚集起來殺人？」

「我成立一個營區收留疏散者。」

「又否認嗎？不怕掉光牙齒嗎？」

「稟，有主席、縣團書記作證。他們目前還在省內工作。」

「那兩個反動的傢伙是這一帶國民黨的頭子，就要在人民面前謝罪了。他們如何給你錢，讓你建立營區殺人，破壞抗戰？招供清楚。」

「稟，不……」

那就死定了，阿廷驚慌顫抖。但隨後阿廷醒了。那些機械性的問題阿廷也曾聽得耳熟能詳，不知道阿廷曾經這麼說過或是聽別人問過很多次。面容和善、戴著眼鏡的法官低頭閱讀資料、簽署文件，但他的問句、他的話語則是一把彎刀，割扯著阿廷的每一寸糊里糊塗的肝腸，使阿廷只知道、只記得自己有罪，罪孽深重。原來那些書記、主席已經是反動分子，已經謝罪過了。

「罪人阮文廷。」

「是，我……稟，小的……」

「你承認你的罪孽了嗎？」

「我承認我的罪孽了。」

「是什麼罪？」

「我殺了很多人。」
「你什麼時候加入反動派國民黨？」
「時間太久了，小的忘記了……」
「不許忘記。是誰帶你加入？」
「是的，主席、書記，還有誰……」
「為什麼你會僥倖被派去土改？」
「我不知道。」
「你僥倖通過土改覆查？」
「是，我僥倖。」
「好吧，帶回去。」
阿廷又使性子了，他不想回到那個恐怖腐臭的地方，如果能一直站在這裡就好了。一記槍托已經敲到背後，推出去。
隔天，有更多的人坐在兩張桌子旁，每個人都問問題、做筆記，旁邊還有一臺打字機劈哩啪啦響。偶爾有剛打完字的紙張彈出來，阿廷在頁面底部簽名。阿廷一直簽，一直回答「是」。阿廷怎麼殺人、殺了多少人。有人被割喉放血是嗎？是的。有人被活埋嗎？是的，是的。多少人？一個，總共十五個，這是名單。有人的腳還露出地面？是的。你用鐵鎬斬斷是嗎？是的。怎麼斬？我直接斬。那麼恐怖的故事一直有人說有人講，恐懼、死亡降臨了，書記和縣主席已經下黃泉了，阿廷也在路上……阿廷醒過來，又昏過去。

審訊者問了一個奇怪的問題，與剛才問的不同。

「為什麼你犯下這麼多殘忍的罪行？」

「是的。」

「為什麼？馬上回答！」

「他們命我這樣做。」

「可以了。」

在柴籠子裡，每天就是一糰飯、一杓子水。阿廷的家就在村子裡，在縣街區的盡頭。然而老婆和孩子怎麼能夠知道，他們知道還是不知道？這幾天不用被叫去問話。阿廷的手被解開。阿廷一屁股坐在屎泥灘上，像隻豬趴在豬圈裡。從腳到臉還腫脹著，冷意透進腦殼。阿廷沒有任何期待，只想快點死掉。但無論如何都要死了。不管站著被埋或蹲著被埋，反正都是死。

一個月、三個月過去了，阿廷仍然奄奄一息。

那天，阿廷被拖出去接受公開審判。就如同社里的其他露天審判一樣，市場旁邊的空地擠滿了前來觀看鬥爭的縣民。在人群上方，削去末梢的竹管子參差像尖刺一樣。說不定人群中有阿廷的老婆——阿廷的家從來就只有一塊地，父母留下的，減租的那會兒，阿廷的老婆被指定是串，是民兵的首領。啊，但她也有可能因為跟反動分子有關而被鬥爭，或許已經死了。

這些希望才燃起又熄滅下來。從四面八方湧來的一波波喊口號聲讓阿廷面如死灰。阿廷的手肘被反綁，他每走一步就腿軟，兩邊的民兵粗魯地拖著他往前。在法庭的桌子前，幾塊板子連在一起，印著粗黑的一行字：打倒越奸反動分子阮文廷。旁邊插著一根還搖曳著葉子的新鮮竹竿，竹竿周圍是斑駁的新土。阿廷曾在各個審案的集會現場看過這些竹竿，是為了捆綁被槍決的人。阿廷四肢無力倒下，再也站不起來了。因為他看到在給代表們坐的長凳後面，上面裝飾著稀疏的椰子葉，有兩人搬出了一具木棉樹做的棺材，新鮮的木材還泛著白色的樹汁。阿廷都明白了。

幾記槍托敲擊背脊，推著阿廷靠坐在竹竿那裡。一根繩子穿過他的腋下，交叉綁在竿子上，防止阿廷俯仰搖晃。阿廷躬身斜跪向市集路口，不准將臉埋在法庭的長凳，也不准翹屁股對著集會的群眾，從剛剛到現在，阿廷的腦殼被轉來轉去好幾次，無論如何，阿廷都能看到他已在別處知曉的光景。

似乎有某種預感，阿廷睜開眼睛看，在手持長矛的民兵隊伍後面，遠一點，在持續聚攏的村民當中，依稀露出一個女人。沒有喊口號，沒有舉手，只是跳上跳下。看清楚了，那個人把一個小孩抱在脖子上，小孩穿藍色格子上衣。天哪，上個月阿廷分得一張布票，在鎮上一家貿易商店買格子上衣，寄回家給兒子。阿廷的兒子！阿廷的兒子！他的媽媽把他舉起來給阿廷看。阿廷看見了。但阿廷的脖子扭曲到快要斷掉，他無法轉頭。然後，那個人群凸起的地方，被棍子狠狠砸下，再也看不見了。所有人寂靜地聆聽法庭宣讀起訴書：「越奸反動分子阮文廷破壞抗戰，設立偽裝監獄，殺害數百名無辜的群眾。」

周圍愈來愈憤怒，時不時爆發一陣陣叫喊，甚至打斷擴音器裡說話的聲音：「打倒越奸反動派……打倒越奸……」起訴書很長。漸漸的，霧氣消散，天空放晴，一列五個人坐在竹板後面的椅子，兩個男人，三個女人，穿著新的棕色上衣。阿廷不敢看任何人，又傻呼呼地想著這次法庭是隊還是團所發起。

每次負責訊問的戴眼鏡矮小男人今天穿著水泥色的毛式西裝，揹著單肩包，鄭重地站起來。

「罪人阮文廷！」

只有一個吱吱作響的喇叭放在法庭桌上，阿廷坐在椅子那裡，不知道有回答或沉默，四面八方只聽得到法官的聲音。

「本庭問你，誰指使你設立殺人營？」

「……」

「你的同夥現在躲在哪裡？」

「……」

「你殺了多少人？」

「……」

「必須說出具體數字。」

「……」

「法律不誘導、不強迫供詞，法律要求如實說出所做之事。」

「……」

突然，一聲響徹現場的問句，向下方或站或坐的數千人丟出。

「有人要站出來揭發阮文廷的罪惡嗎？」

幾個人上來，邊跑邊喊。法官允許他們在擴聲器前面發言。有人大聲怒吼：「阮文廷抬起頭來！」但阿廷已沒有氣力扭動脖子，只是呆在那裡。那人吼叫，哭訴，阿廷不讓吃飯，整天抓去山上挖木薯餵豬。每天都看見人的屍體被塞在新鮮的軟竹叢中掩埋，有些夜晚則是點火把扛走。

一個女人尖聲說：「每個晚上，這個越奸都去腐化，他連我也腐化，嗚嗚……」下面一片吵雜，不清楚是人們爆發笑聲，或是「打倒、打倒」，有時聽到悲慘的哭聲，接著鬧哄哄：「打倒越奸……」

一人衝過來，伸手戳阿廷的額頭和臉。

「你家三代人都作該總，折磨全村人，不是嗎？認罪吧。」

阿廷遲滯地抬眼看看身邊是否還有人被綁著。但沒有，大家只鬥爭阿廷，一介白丁。

「你爺爺是該總，我爺爺橫死路邊，你爸爸當里長，我爸爸被逼得離鄉當乞丐，到我這一輩……」

「打倒！打倒！」

坐在中間的法官站起來。

「阮文廷的罪行已在起訴書和公眾的控訴中顯示清楚。現在到法庭決議部分。」

接著他提高了聲音。

「我聽取農民階級的意見，阮文廷該當何罪？」

「死罪！死罪！」

在淚水模糊中，阿廷努力再眺望方才那個女人把孩子扛在肩頸上的地方。不知道有沒有看到他母子倆正在跳躍。陽光刺眼溫暖，群眾隊伍裡吵鬧喧囂：「去死吧！死罪！打倒間諜！」唱歌吧：「嗚拉，嗚啦……」不，不，「農民是主力軍！

一二三，農民是……」

「喂，喂，請同胞們保持肅靜。」

突然一片寂靜。

「本庭宣判：阮文廷死刑！當場執行。」

「農民階級萬歲！堅決處死越奸！」群眾再次沸騰。

阿廷被拉直起來，就在那根竹竿處，民兵們圍過來拉緊繩子，將他的四肢和身體捆綁起來。當阿廷的臉被一塊黑布綁起來時，那具慘白的木棺也被兩名民兵抬出，打開蓋子，放在旁邊。但阿廷已經陷入彌留，不省人事。

〈農民是主力軍〉的歌聲持續響亮，每群人各吼一頓，混亂得像市集崩塌。只有在竹板前草地上的一小隊民兵仍靜靜地忙碌著。有人用鋤頭柄壓實泥土，讓竹竿立得更穩固，有人把罪人身上的繩子抽緊。後方又出來另一小隊民兵。八個人的肩上扛著步槍，棕色上衣，棕櫚葉帽，繫晶亮的寬版皮帶，皮帶上掛著兩枚仔細套在編織袋裡的手榴彈。在即將被槍殺的人面前，該小隊站成一列，看向空地，然後從肩膀放下槍枝，整齊持起槍托，等待命令。

突然，一個人從法庭桌子後面冒出來。戴眼鏡的矮小法官鞠躬哈腰與新來的人握手。那位幹部是個上了年紀的男人，嘴角留小鬍子，上衣後方清楚凸出一把大手槍，顯然是高級官員。所有人都站起來，有些人咚咚跑去搬來一張靠背椅子。

幹部先生對著幾位法官說了幾句話，然後走到麥克風前，緩慢而響亮地說：「親愛的我縣全體農民階級同胞，我是區團委，代表書記前來傳達中央重要指示。我向全體同胞明確宣布，從接到區級命令的時刻起，各土改隊、覆查隊、組織整頓隊，停止一切槍決。法院必須正確依循國家法律，嚴格執行。」

下面仍然安靜，沒有歡呼，沒有打倒。然後一陣騷動，一片混亂推搡，人們散開來不成隊伍，沒有什麼可以阻止他們，也沒有人阻止他們。阿廷已經昏死，好像被遺忘，照樣被捆在那裡。連法官們都有些不知所措，只有區團委雖然遲到但總算來得及，他冷靜又謹慎，他提防衝動當頭的農民，如果群眾衝上去打死人，那又是犯法了。

阿廷被抬回牢房。書記先生檢視了阿廷的所有檔案，與法官們討論。第二天，阿廷被釋放，輕易被撤除死刑，老人們說老天還是有眼的。

不知道到了哪天阿廷才爬回家裡。各村依然沉默，既害怕又焦慮，儘管現在已經展開糾正工作，但街上氛圍比較和緩。糾正隊依然穿著棕色上衣，揹著背包回到村莊，但臉色清爽，逢人都會打招呼，並騎著自行車來到社里辦公室。糾正嘛，糾正土改，糾正覆查土改，糾正組織整頓——糾正一堆。從縣、省到中央的新幹部紛紛湧向基層。去土改的幹部回到機關單位，那些根串者已成為隊幹部，不敢回村，全省數百人滯留在車站等待，不知道各個地方會如何解決。

仔細一看，光景也有不同。下午，一個戴葉子帽的小男孩騎在正悠閒吃草的水牛背上，那時，人們才記得清晨有鶺鴒唱歌，午後有斑鳩鳴叫報時，貓頭鷹在河對岸的夕陽中咕咕叫喚，噪鵑在荔枝季節回來，而當木棉花紅豔綻放時，八哥成群飛來，停棲在枝頭喧囂地吵架。

以上我所知道並記得的一切，是由於某天我意外地與阿廷重逢，誰能想到會有如此奇妙的相遇。

二十多年以後，記不太清楚了，有一陣子，在人行道、小巷弄和城市公園周邊，莫名出現很多居無定所的人們。橋底下、牆根處，夫妻兒女擠在一起幹各種不能稱之為工作的工作，挖垃圾、行乞、偷竊、搶劫。日曬雨淋或是北風吹的季節，不知道他們是如何躲藏起來的。

許多邋遢聚集在一起，公園門口的兩棵桉樹之間拉起兩條尼龍繩，破爛的衣服直接懸掛在繩子上。當爐灶的幾塊磚被煙燻得烏漆墨黑。煮飯的鋁鍋冒起白煙，炒鍋裡的空心菜飄著蒜頭味道。媽媽忙著顧爐火，兩個頑皮的孩子趴在媽媽背上玩溜滑梯。一臉染瘧疾的年輕人和一名老人坐在鋪在牆邊一張散發著汗酸味的草蓆上。一瓶白酒，用報紙包裹保溫的一盤炒花生。老人臉色通紅搖搖晃晃，沒刮的鬍渣亂爬在臉上。時不時，年輕人將腳伸進樹下的垃圾堆裡，以拇趾撥開碎布、塑膠片、啤酒瓶、空罐頭、空奶油管。他一邊喝著酒，一邊等著吃飯，卻仍然努力工作。

這個老人的臉好像在哪裡見過，只是上了年紀的蓬亂鬍子很奇怪，其他卻頗熟悉，蝸牛的眼睛，紅鼻子，眼尾眨眨。人生中，哪裡記得清楚所有的日常交往，偏偏有些臉龐到年老時，若仍然消瘦，那就變化不大，肥胖的人另當別論。突然，大腦像打開蓋子一樣，想起來了：好像是阿廷，幹部阿廷。

「阿廷對嗎？」我踏步向前。

阿廷也立刻認出了我。

「阿貝嗎？」

算起來兩個人已經頭髮花白、皮膚生斑，飄零落魄，全憑直覺認出對方，而那些一起經歷過的情景和事件卻無法忘記。想想我，快樂和悲傷只剩下百感交集，阿廷似乎不是。乞丐們在人行道上浪蕩，卻自在得像在家裡，阿廷咯咯笑，我辨認出當年那種毫不在乎的狡黠。

阿廷伸手指指說：「那是我老婆，第二任。馬河縣那個女人死了，剩下這個從村裡帶來的小男孩。」

然後阿廷連問我：「如何？生活過得怎樣？怎麼整個人看起來這麼憔悴？現在南北統一了，是不是該出手了？」

「放個屁！」

「還吃公家飯啊？」

「早就被踢出去了。」

「就像我當年一樣，別擔心，心肝腸胃都好，再幹一批。」

我坐在草蓆上，感覺自己像這些人一樣正在漂泊。阿廷環顧四周，然後擦了擦裝鹽巴的塑膠罐，把它翻倒過來，倒給我一杯酒。

不等我問，阿廷又說了一頓，從他在茱村被捕的那天起，很多驚悚和痛苦的事情，卻像是別人的故事一樣滔滔不絕地講。

阿廷咋舌，「到那般田地就只剩下死路一條，三代窮光蛋卻被鬥成三代當官、三代特務，都是撒謊、都是撒謊精。」

我笑了，刺激他。

「那也是你先撒謊那個什麼大同營。我知道你，沒有謀殺罪，但腐化罪肯定有。」

阿廷也笑了，但嚴肅地說：「不能亂說，我真的投注了許多心力在裡頭。」

我對阿廷突然的正經感到驚訝，阿廷繼續說：「死罪免了，卻沒有人當我是一回事，留在村子裡餓死嗎？好吧，死在哪裡好，就不死在這個鬼地方。我和老婆孩子互相拉扯去到寮國邊界的馬河縣。幾年後，漸漸有人到西北來開墾野林，不久就成了新的村莊。」

「又是大同村！」

我脫口而出的話彷彿觸及到痛處，但阿廷笑笑，臉皮和鬍鬚都皺縮了起來。

「大同營差點沒命，不開玩笑。且沒有人需要我，都是赤腳平民嘛。巧的是在村裡頭，家家戶戶都像在平地的時候，我待最久，當了村長，又當了社里主席。現在山區實行民主改革了，也算輕鬆了，作主席不用再提心吊膽。整個馬河縣的邙區、傣區都叫我阿丁幹部、阿丁主席，成了阮文丁了。」

「威風啊，還是威風！」

「威風呀，但在山上，狗吃石頭，雞吃碎礫，哪裡有剩餘東西可吃，加上每年都有天災，有時乾旱，有時洪水，我老婆就死於山洪爆發。等聽到統一的消息，聽說南方的土地很肥沃，謀生容易，我就帶著老婆孩子……」

「去南方？」

「還沒有，才剛到這裡。」

「留在河內？」

「不行，停車停船也就罷了，在河內當乞丐都沒辦法。阿廷這個人的體內仍然沸騰著五十度的幹部熱血。馬河全村人捐錢讓我去探路，如果能夠謀生，那就拉一整批人下去。我暫時留在這裡是為了向河內申請去林同搞新經濟的許可。有文件傍身才能自由掙扎。啊呀呀，其實在街上也容易找到米飯。他們母子，包括這兩個小子，還有老大和我，天天翻垃圾也能找到米和酒。但不，新經濟區才是阿丁幹部的活動的地盤。」

我現在才發現，阿廷的那種性格是我所沒有的，也許是從那個讓他差點沒命的大同營開始萌芽的，而今他仍然保有。阿廷擅長組織把戲，喜歡當幹部，到老不改，那就是一輩子的成績了。

我坐在垃圾場裡承受阿廷嘮叨不斷的自信與決策的話語，實在無法明白，我這一輩子就是窩囊廢、膽小鬼，沒有半丁點志氣。為什麼我就不能像他那樣擁有自在的思想？阿廷差點被槍決，現在頭髮花白卻依舊談笑風聲，仍然跑辦文件，仍然懷抱建立新村莊的夢想。

阿廷問我：「河內的門路太多，你知道哪邊跑得快嗎？」

「我只知道墓門啦，再說你沒有這裡的戶口。」

「那也就把它變出來囉。」

「我沒辦法。」

我開始想辦法推託，但我能有什麼辦法呢，我可憐自己也是漂泊無依靠。我嘆氣：「我不知道。」

第二天以後，每次經過湖邊時，我會繞路避開那邊，遠遠望去，只見桉樹那裡還晃蕩掛著一些衣服。午後時分，炊煙裊裊升起，在其他樹下也是如此。得花一點時間才辨認出留著張飛鬍鬚的阿廷老頭子盤腿坐在哪裡，一如往常和兒子喝酒。我溜過街道的另一邊。

然而還是好奇地看向那邊去。有一天，我發現桉樹那裡光潔溜溜，樹冠的葉子搖曳，看不到晾衣繩。我走到那邊，還是三塊磚的爐灶放著一鍋正在冒泡的米飯，一個頭髮披散的女人蓋著草蓆躺在一旁哀哀嗚咽著，病人伸出顫抖的手把一些碎紙片投進火裡。

阿廷一家已經走了，我不知道阿廷是去了新經濟區，或者是搬到其他更好找食物的垃圾場。但我猜阿廷是去林同省。

＊　＊　＊

第四章

十幾年後。

那時，城市還遭受著美國飛機的轟炸。天色剛暗，載著新兵的車隊轟隆駛過龍邊鐵橋，歌聲在居民躲空襲留下的空蕩街區裡迴響。

我於是回到舊單位。去土改的人們紛紛歸來，負責糾正工作的人們又把背包扛在肩上。已經形成慣例，凡是有重要的任務，各機構都要分批派出人員。人人都有責任要去，從後勤大哥、辦公用品姐姐，到各專責幹部，都去。只有正副首長級「因為事情太繁忙，去不了」。卻沒有人提議首長要不要去。

我去土改也是如此，但我拿到了證書和介紹書，「阮文貝同志獲錄取第某期改革人員，返回機關支部活動。」阿拒隊長簽字以後，團委蓋章並簽字確認。我記得阿拒說：「再見，我送你這個。」我心裡想：「老拒真有辦法，團委解散了還能拿到印章。」阿拒說完就離開了。或許是他也不好意思逗留閒扯一些亂七八糟的事情。

我們都髒了，還能說什麼。

從此以後，再也沒有見面。

我曾在味精裡面摻糖的犯罪事實已經是好久以前的了，淡忘了，果然沒人知道，或知道也罷。哪個單位沒有疲憊的時刻？何況，我剛花了兩年去了三趟土改回來，手裡拿著一份文件記錄我擔任負責審理的副隊長職務，附加一份證書和黨員介紹。好爽，我完全可以抬下巴、翹鼻子了。

有一天，組織辦公室叫我，「啊呀，是的……」我開始想像那些文件的效果。

「同志，坐。」

鄭重又略嫌簡短的話語讓我感到緊張。我在椅子上坐下，習慣性拿出筆記本和自動鋼珠筆作勢準備好。

「地方上有一份針對同志的文件。」

「什麼地方？什麼事由？」

「在土改社里，控告書。」

我看了文件便開始眼冒金星。那些守更的夜晚，在帳篷裡，和誰上床，如何做、如何躺下，誰滿足，誰被壓下去，天哪，在那些牆壁，香蕉叢裡……還有控告我是假黨員的單子上面有土改隊長阿拒的簽字。一堆簽字，阿妹、阿奴、阿魚、阿蝦等等，不知道裡頭有阿緣、有阿丹的嗎？在阿拒簽字的單子下面，還有糾正副隊長確認並附建議查核的一疊安村、茱村、楪村以及我連去都沒去過的村的控告會議紀錄。

「同志怎麼說？」

「我……我……」我不知道怎麼說。

「所以同志承認了。」

「不，我反對，我……」

「各級已經仔細確認過了，一切屬實。土改有十條禁令，同志全部違反了，而且第四條最為嚴重。」

我失神呆坐，句句話像冰水澆在身上，我結結巴巴，斷斷續續講不出完整的半句話。

「算了，回去吧。」

簡直就是驅趕我。

我看著組織部門的負責人，臉色粗黑，禿頭。桌腳有一根鍊子繫著水煙筒。我以為他是回來處置我的糾正隊員，太嚴格了。我灰溜溜地走出去。

紀律委員會因為我嚴重腐化及偽造證件等事開除了我，有可能會被起訴，還好有單位關照我。沒有了退休金，只能領當月還沒領的工資。我什麼都不是，也不知道誰恨我，難道是我剛認識的不清楚從哪調過來的組織部門老大？我拚命寫陳情單子給局裡、部裡。都沒有回音。在當時，腐化罪被認為比偽造文書更加邪惡。

我失去了工作。

家裡於是亂七八糟，抱怨連連。我的工資和票卷不足以養活誰，但也算是一份錢財了。我的兒子已經十歲。我的老婆是跑市場買賣的，買到什麼就賣什麼，買蔬菜、茶葉，有時跑海防的火車，逃避稅務幹部，有時順利獲得一箱子魚或魷魚，賺到一兩塊才能幫補家用。她突然感到失落，加上夫妻住在一起久了就會出麻煩，從小吵架到大吵架，然後打架，不知不覺形成習慣。以前沒看到的地方也漸漸覺得礙眼，她的嘴唇油膩且噁心，晾掛在鐵絲上的上衣，腋下黑乎乎的，後背吃了汗水和油汙而泛白，怎麼這麼噁心，以前竟沒注意到。

日子愈來愈難忍受，她吃喝隨便，愛撒小謊，以前的性情明明不是這樣。一個人說，另一個人反駁，吵鬧一會兒，就衝過來互毆。她不肯輸，狠狠反擊。我的臉皮破了，襯衫爛掉了，無法說嘴自己是個男人。以前，偶爾發生爭吵，鄰居會來把雙方拖出去，街道調解委員會來好好說理，然後又來了，因為前天才剛鬧，後天又亂了。

一天又一天，我家裡的打鬧衝突成為笑柄，就像歌唱得好，街上就不會有人想來阻止。自從我失業後更變本加厲，偏偏我就是失勢的傢伙。

我沒有一技之長，但在城市裡，有人就會有工作，就像在森林裡，老天給山藥、黑薯，在街上無論有多困難，也還是能找到東西吃。有人翻撿垃圾堆，或是賣柴、磨刀、掏水溝，在十字路口給輪胎打氣、添加箱子就可以補輪胎，必須有什麼方法找到工作才比較不屈辱。

我買了一個自行車打氣筒。

我跳到打氣筒的手柄上，臉低低朝下，不敢抬頭看人。時間長了，也就習慣了，我從容地按下打氣筒，才稍微放心一點。

接著是美國飛機來轟炸。在城市中央，婆橋寺的榕樹被扔下整桶炸彈，一顆顆咚咚掉入還劍湖。人們一波波逃離城市，愈常出遠門，車輪就得打氣打得愈飽滿，我依然帶著打氣筒站在五岔路口。我的老婆帶著兒子躲炸彈，我沒有問他們去哪裡。前一晚才剛大小聲，我勒住她的脖子直到她啊啊叫才鬆開手，接著又打架，不管警報笛聲和天上的飛機正隆隆作響。第二天一早，她就揚長而去了。

從此以後，母子倆別無音訊。起初，我以為她只是生氣一陣，然後又會恢復往常一樣。但後來真的沒有消息，我著急，卻又不知道該怎麼辦、該問誰。鄰居竊竊私語：她跟著人們去了南定，我在隴市場看到了……她逃到南方了。又有人說得跟真的一樣：她鴻運當頭，在服務局找到廚房助手的工作，被派到我國駐蘇聯大使館招待所做飯。但也只是聽說，沒有蹤跡。直到國家統一了依舊沒有消息。有時我想，或許是吃了炸彈橫死路邊了，在戰爭期間，有多少人失去消息，失蹤了，何只是她母子倆。

我仍然住在那間破爛的小房子裡，仍然獨自拿著打氣筒，孤單，有時也會想起在庵村、在茱村叱吒風雲的自己，但光想就覺得羞愧，我還有什麼臉面可以挽回呢。剃鬍鬚的刀片稀少且昂貴，我懶得刮鬍子，管它呢，放任鬍鬚、頭髮像動物園裡的熊般凌亂。我感覺自己衰老得太快，才五十多歲就說話斷斷續續、上氣不接下氣。我以每次的打氣來測量自己的體力，去年只需按一下就打一次氣，現在則要扭屁股跳幾次，下午肚子餓時更要連壓四次才能打成一次。晚上回家渾身乏力，拎著打氣筒也覺得沉甸甸，即使我沒有吸菸喝酒。真的老到盡頭了，婦女和女孩淡漠地經過我，我也無動於衷地看著人們，像閉眼睛過馬路一樣。

有一天，我收到了一張郵局領貨通知單。翻來覆去——湖邊郵局第一次通報。我去打聽，人家說這張紙是從澳大利亞寄來的。我停掉一天的工作，到書店去找張地圖來看看澳大利亞在哪裡。一夜無眠，或許郵局弄錯了。我打開通知單再看了一遍，清楚寫著這個破屋的門牌號，連隔三、四條街道的鄰居都說只有我一個阮文貝。

我去了郵局。人家說從國外寄來的貨物必須有市級開具的簽領簿。我說我不知道，是什麼貨呢？郵局人員指給我看雜亂櫃子裡面的一個方形紙盒。「喏，什麼時候備齊文件，海關讓打開才知道是什麼貨。」

於是我設法從小區到區到城市各級申請到一張領取外國貨物的簽收文件，買通各項費用花了上千元，到了郵局才又被告知要繳納滯倉罰款二千五百元。實在太沉重，我想乾脆放棄，但無論如何，槍頭已經刺出去了，我又回去收刮撿漏、借日息金湊錢，有時我會感到恐慌，生怕萬一像瓊狀元[15]的故事那樣領到一盒狗屎就完蛋了。然而不是，包裹內有的是漂漂亮亮的罐子與盒子，海關人員逐一查看，是補品，准領。

我把箱子抱在胸前才擺脫得了那些緊貼著大門鬧哄哄的人群。

「藥嗎？有賣嗎？多少？讓我們看看，讓我們看看……」

我每天站在五岔路口打氣，漸漸認識一些熟人，給輪胎加氣的幾分鐘等待時間就能聊出一堆事情。第二天，我問出來，全是維生素A、B、C、B6，法國藥、美國藥，很貴喔，能賣錢。我向每個人問一點點，湊起來就能估算出價格。所以是老天爺莫名地送了我禮物。

是誰從澳大利亞寄給我？沒有信，沒有寄件人的姓名。我的名字、門牌號和街道名稱都是打字的。據說在文明國家，去店裡買自行車，買汽車，然後請代寄，商店就打包寄出，買家不必親自動手，不需要看過車子。但是誰寄的呢，怎麼打聽都打聽不出，猜也猜不到。最後，我殘存的念頭想到兩名失蹤的老婆，曾經有人傳言說她去了哪個國家過上神仙一般的生活，難道是……難道是……在最困難的時候，人們也以為有時候能夠揚眉吐氣，或者她，只有她才知道我的名字，我的門牌號，想到我認識的熟人，全都是窮鬼子，有誰能得到這個箱子！就是她了！在巴邁的第一任老婆，據說是嫁給了當洋人跟班的老公，她可能跟著老公去法國、美國，但她不知道我現在的住處。那是誰寄的？愈想愈懊惱。我有兩個老婆，兩個真正的孩子，還有其他哪裡私生的孩子就不算了。然而，哪個老婆已經陷足於資本主義的泥淖，難不成還有功夫記得我？或者是……

或者是敵人的，是敵人的陰謀，去土改時不也看到了邪惡的蜥蜴王敵人嗎。我丟掉幹部帽子已經很久了，但我沒有忘記如何分辨敵我。這個世界上，哪個三頭六臂的敵人知道我叫作阮文貝。輪胎打氣老頭、賣水老頭，常年只是看氣泵、杯碗，但一眼就知道了多少人情世故，聽說國外有人寄各種東西回來給朋友拿去賣錢換吃、讓朋友開心，我也正在獲得「接濟」，不是敵人收買的。

多年來，無論晴天還是雨天，我只有一個打氣筒，在幾個賣醃茄子、酸豆飯、豆子湯的扁擔之間來回覓食。擔子邊懸掛著椅子，顧客來了才把椅子取下，怕幾個人坐在一起，公安就來驅趕。

我漸漸賣掉那些藥品。啊，花費脫離了女人們的飯擔子，我去露天市場買二手卡其布毛式西裝上衣。曾何幾時，領導和員工還穿著同樣的毛式制服，現在只有有錢人才偶爾穿，三輪貨車夫、三輪人力車夫……就算路過也不會看，人生就這樣過了。我的幹部生涯從毛裝過渡到打氣筒，已經結束了，我還是覺得穿毛式衣服比較合眼。黃昏時分，我沒有去任何一家掛椅子的飯擔子。已經很久，才想到該享受一頓好吃的。我一直知道在那條街尾，有一家商店，外面玻璃櫃陳列著批發的罐裝蝦醬，裡面則偷偷販售碎米飯和肉卷。我賣力吃了一頓飯，吃到喘不過氣來，只剩點氣力爬回家裡，癱倒下來。

我把打氣筒塞到床底下。短暫休息以緩解一下悲傷。但幾個月平躺，吃肥了就睡，像米袋一樣大的錢包也得精光。錢沒了，又把打氣筒搬到五岔路口，我嘖了一聲。

「抓到的錢就像是賭來的錢，浮雲的家產進了家門後浮雲又戴上帽子離開，就這樣吧。」我嘆氣安慰自己。

我輾轉不安、朦朧地希望再次收到郵局的通知。我計算著日子，比較年月，猜測也許是在新年之際。然而幾個新年了，什麼都沒看到，那包錢是一場昔日的夢寐，我又彎下腰，奮力在打氣筒上跳來跳去。

奇怪的是，我竟然上氣不接下氣：我真的變胖了，鬍鬚瘋長，黑出油來，但兩隻手臂卻軟趴趴，害臉部差點撞到生鏽的打氣筒。我不能再替車輪打氣了，我豐滿了，但我也筋疲力盡，錢包殺了我。

第二天，我又把打氣筒拿出來，可整天都沒有一筆生意，沒有熟客，陌生人看到我穿著毛式西裝，臉眼有肉，人家把車直直騎開。終於來了一個客人，但是我一鬆開打氣筒，喉嚨竟噎住無法呼吸。客人開玩笑說：「你優渥發胖成那樣就去度假吧，打氣打瘦了可惜！」

我就死吧。那個阿牆，阿牆死得像是去郊遊，還叫別人來看他死，挺厲害的，難道我懦弱到比不上阿牆。我死也剛好，我已經嘗夠生活的滋味了。

我坐起來，我伸手進房間的角落，拉出木箱。箱子裡裝著各樣東西，很難有剩餘的人不想扔掉任何東西。我找出條破褲子，編成一根繩子。突然看到在太原單位所發的長條腰包，每次離開森林出公差，每個人的肩上都掛著一兩包米。啊，那個裝米的長條腰包還留存到現在，很好、很好。

我站在桌面上，把長條腰包的一端綁在屋梁上，另一端垂下來打一個圈。我端詳一番，把頭塞進去，踢翻腳下的桌子，那我就和阿牆不相上下了。

我呆坐了許久，不是我猶豫而是累得要死，再坐一會兒我大概會死掉吧。不是，我想起我快要餓暈了，那就去吃點東西吧，不該當個餓鬼。

白色長條布包結成的圈套漂浮在屋內宛如一面喪幡。我鎖上門，走出去。

明知道那裡有一間餐館，以半邊關上的門扉為暗號。揭開覆蓋牆壁的塑膠布，裡頭掛著一副豬內臟，豬肚潔白，有河粉、內臟粥、豬血湯等各種吃食。城市蕭條並非因為動輒發出轟炸機的警報聲響，那只是表面上，實際上人們待在室內，卻仍然有河粉、春捲、米糕粽和被溫柔稱為雨水的私釀米酒……

一邊走一邊想著吃食，煙硝城市裡的人正挨餓，又怎能夠去死呢，我不也是類似這樣嗎。我失神落魄走著，街上悄然寂靜。但這家店卻亮著燈，根據防空命令，電燈要覆蓋厚紙板以減少光線外洩。我穿過黑暗的門，進入亮光處，我嚇到了。老闆的臉跟地主四若相似，只差在落腮鬍白如生絲，頭髮與鬍鬚垂到胸口與後背中間。我突然驚慌，難道是我上吊勒死自己，而我在黃泉地獄與四若的靈魂重逢了。

老闆略看了我一眼，立即問：「是阿貝隊哥嗎？你也學地主留鬍鬚啊？」

「四若……先生。」

「記性不錯喔，你坐一下。」

「你現在……」

「就這樣啊，喔，好久不見了。先來一杯，不是上館子，我請你，敢嗎？我一直感激你沒有把我歸類為地主，但你又怎麼拗得過阿拒隊長，對吧？」

都是些活人的事情，我能說什麼呢。那個遙遠的阿貝隊哥已變成一名打氣仔了。那些我是幹部我很懂、站著喝斥並揮砍雙手的姿態，現在的我哪還剩這些半調子作態呢。忘記了，連地獄的事情也忘了。我不尷尬，不會對四若感到不好意思。彷彿習慣了，人人都只喜歡長期記住一些愉快的事情。於是又記得，又不想記得，像昏睡。現在搞清楚是四若請我喝酒，好啊，喝酒，撿拾每一分錢幣的打氣仔現在只想喝酒。

「進來，先進來喝杯水。」

四若的家有兩個房間，毗鄰內室的廚房被外推到售貨間的前頭，這裡剛好夠擺一張小床。

竹簾上綁一個圓形的竹篩子，用藍色油漆順著篩子邊框寫一圈字母：Hutte cent ans，配上黑墨國字「百年帳篷」。

「還是那個『百年洞窟』。」

我開玩笑：「但現在哪還有洋人來找麻煩？」

四若撫摸鬍鬚笑：「還有公安和稅務幹部，而我是個做黑市買賣的傢伙。這個百年老人的帳篷還是有展示的價值啦。我老了，我衰弱得快死了，我在尋找食物，請老爺們放過我。很少人懂得洋文字，所以必須寫一行國字讓老爺們看懂並通融我。假如現在隊上來抓我，我就認死，我已經沒有氣力爬監獄的牆壁了。但沒有必要。幾十年在這『百年洞窟』裡，我修練成仙。」

四若用拇指貼住食指，高舉起來打響指，然後呵呵笑：「仙術鑫！伸伸手！給給錢！我現在叫作阿鑫。」

我假裝糊塗，淡漠地問：「你有常回去庵村嗎？」

「從那天起就永遠離開。我老婆死了，我在文典埋葬她。不知道庵村進入合作社以後有沒有被夷平成一個姓，我已經辭別村落，辭別姓氏了。同姓宗親之間鬥成那樣，還有什麼臉面？但塞翁失馬焉知非福，多虧你們回來把一切搞得殘破，四若我差點死掉才有今天的局面。假設我摸回去，誰能探聽出我在這裡的行蹤，如果探得出來，我就吃土了。兄弟，待會兒你就到區公安那裡報告，有個地主我在這裡假扮商賈，那我就得進火爐監獄裡蹲了。但你可憐我，你不忍這麼做對吧？喔，但我也改名換姓了。現在他們叫我謝鑫，在中文裡，鑫就是錢，謝鑫是一大堆錢的意思，我拜錢神。糟糕，我喜歡玩文字遊戲，已經『百年洞窟』了又變成謝鑫。謝鑫賣牛鞭河粉，牛鞭、羊鞭，還有無肉河粉。謝鑫河粉頗有名氣喔！」

老頭子自信而挑釁地滔滔不絕，人生裡，不清楚是頭舌或是肚子，我見大家都比我自信，我愈發地畏縮。我模糊了在庵村、茱村的風浪，我感覺到四若是連天界都敢打的齊天大聖，而我只是一隻青蛙在地上張開凸眼、抬起脖子仰望。

我啜飲幾口用迷你電熱水壺燒開的水所沖泡的新疆茶。過了一會兒，一個女孩端著托盤進來。托盤上，兩個大缽盛著一些彎曲得像籬笆的豬肋骨，油滋滋的熱氣蒸騰。燉河粉高湯的骨頭最好吃。「我賣河粉卻不吃河粉，我討厭碗盤亂七八糟，我只喜歡喝酒，啃骨頭。你陪著我。」

四若又介紹：「這丫頭是我的小女兒，她做銷售，她是銷售豬肉小姐，所以她爸才能有這種嗜好。這年頭第一是幹銷售，銷售最先吃，其次是內親，第三是外戚。」

這時看看那位我誤以為是小女孩的丫頭，才認出她是銷售小姐，穿天藍色西裝上衣，兩條辮子垂在背後，穿涼鞋，我一陣敬畏。誰不敬畏傲慢驕縱的銷售小姐，她把販售的蔬菜當作施捨那樣扔出來，扔哪一把就只能撿那一把起來。

我喝得不多，四若則撩起鬍鬚慢條斯理喝光每一碗。我跟著啜飲，漸漸興奮起來，於是把下午想要上吊的事情忘光光。喏，我這麼低賤，我怎麼跟屠夫阿牆相比，我才啃了一根骨頭就已經……

「四老爺，你有多少個孩子像銷售小姐這麼優秀？」

「人各有命，沒有誰像誰。」

「是這樣啊！」

從我坐在這座城市的「百年帳篷」床上開始，我愈來愈壓低身體，我拜服四若，然後像個餓鬼埋頭猛吃。很快就醉倒了，躺著不動。我的身體餓也苦，有得吃也苦，竟會因為暴食而快要斷氣。醒過來，看到四若照舊那個樣子，膝蓋一直抖動，時不時撩起鬍鬚喝一口酒。

「醒了嗎？來碗無肉河粉，熱騰騰的河粉，放很多蔥，吃下就清醒了。」

「我回去了……」

「回去幹嘛？你躺這個床多好，你家的床像個狗窩！」

「你知道我家？」

「我知道你站在五岔路口幫人打氣，知道很久了。」

還沒吃上熱河粉我就立刻醒了。我積習已久，打氣時總是忙亂轉轉螺絲帽、接引氣管，總是垂臉看雙手按著打氣筒，卻很少看人。

「來跟我工作吧。」

四若站起來，歪斜地伸手扶牆壁。

「這是你們土改的罪惡。四若我從監獄爬牆出來，瘸了一條腿。」

四若的每個舉動、每句話都像揍我的臉、揍我的肚子、揍我的背，我只能挺身承受。

「國家只給吃薏仁渣、焦糊的麵粉，河粉是國禁，要跑很多門路才能得到這碗酒、這根骨。明天到這裡來，一堆工作，你不會怎樣的。」

我不會怎樣已經很久了。上回那把錢早就花光了還能成什麼事情。一聽到他說，我就當作是老闆僱用工人。可以就點頭，不行就搖頭，不再臉紅。聽他說頗有道理，甚至也不錯，不用風吹日曬，不用嘴巴開開跳著打氣。至於那個該死的資產階級的包裹，又不知道何時才會再次從天而降。我點點頭，不知所措。

四若用另一隻手猛擊我的手。

「明天來吧！」

我踉蹌邁步，乏力，像隻病狗髮鬚糾結。等打開家門，看到長條布袋打成的環結還在屋子中間內晃盪，我才想起來。我彎下腰，把它扔回垃圾箱子裡。立刻忘記，就好像從來沒有想過要上吊一樣。

我睡得像死人一樣。隔天，我抱著打氣筒，酸痛蔓延上手臂，實在不能再依賴打氣筒了，那個錢包已經殺了我，想起和四若的一些故事更覺得痛苦。

某天早上，我去了四若家。

四若笑，拍拍我的肩膀。

「就知道你還想來想去好幾天，面子嘛，但那個打氣筒雖像一支香也還是很重的啊。」

我開始做一種很奇怪卻好懂的工作。不是廚房助手，不擦桌子，不端不抬，不洗碗盤或殺雞、殺豬——雞肉和每塊生豬肉已經由幹部銷售的小女兒每天偷偷帶回一塑膠袋的量了。

我去取河粉。那時，整個城市都依靠著米票。糕餅、粥飯餐館所使用的米和米粉都被禁，然而人們還是有辦法偷偷生出來。每天兩次，我像是去機關上班的人一樣，準時扛著一袋沉甸甸的河粉出來。

四若交代：「取河粉的這個地方很嚴格，你有幹部的毛式西裝，容易進去。但禁止說話，不准東張西望，把河粉帶回來。如果遇到『魚』[16]，就說半路有人託你賣出。我會幫你解決，不可以扯到我。」

長時間在人間浮沉，我終於領悟到街頭巷尾有多少妖魔鬼怪，比起當年我在單位裡經歷的陰謀與打擊，其段數簡直是爺爺輩的等級。

我來到坐落在安靜街區的一棟有花園包圍的兩層樓房子，閣樓的窗戶都緊緊關閉，應該是高級幹部的家，卻還沒高級到門口配有警衛。

我徑直往後花園走去。車庫旁邊有一個位於樓梯口的夾層房間。房間裡，有一口大鍋正滾沸冒煙，一臺轟隆運轉的電動馬達，幾個人打著赤膊在製作粉條。

一位中年人，面容光溜，身穿淺粉色卡其布的西裝上衣。看到我，他走了出來，握手──又握手，還不認識就握手。他摘下眼鏡──我懷疑是假眼鏡，他伸手一指。

「放在最外面最大的一包是你的。」他低頭看手表，「幾時汽車停在那邊，你就扛這包，坐在前排椅子。車子停下來，司機會開門讓你下車。不可以回頭看，不用跟誰打招呼，記住了？否則就會被扣薪！」

四若跟我講過，我早就記住了，所以懶得回答。眨眼間，一輛閃亮的黑色轎車開出來，後窗和車廂兩側都掛著大花布。司機打開前座門，我抱著河粉袋子上車，眼睛直視前方，聽到有人上了後座，接著關門。汽車滑順駛出大門。記得我那幾次去清化、太平土改，參加後賢、瓊菰的總結會議，有上面幹部來參加，他們也乘坐這樣閃亮的黑色龐然大車，一律穿著棕色上衣和涼鞋，不知道現在坐在我後面的人是穿棕色上衣還是穿西裝上衣。正胡思亂想著，車子已經悄悄地停下，司機伸手過來開門。我悶聲抱住河粉袋子下車。車子疾馳而去，這是三岔路口，拐彎一段路就抵達四若的家。

一天兩趟領取河粉也算清閒。大約十幾天，對於我所帶回來的河粉以及銷售丫頭的那些袋裝豬肉、豬油、排骨，我漸漸搞清楚全部細節。四若會自己扛去別的地方賣出，難怪他說謝鑫河粉有名是這個意思，他家的店沒有生意，他也不需要。

我還知道做河粉的那群人不是高級幹部的家人，也不是單位裡的員工，有門路的人找到這裡工作。所有的事務和金錢都跟老闆娘結算。在特殊的房子裡做河粉，那些「魚」就算聞到氣味也沒辦法，何況領導的汽車天天載著河粉出門，沒人敢碰。

做河粉的老闆穿毛式西裝，戴眼鏡，攜皮革公事包，像一名辦公室主任，天天來向領導請示意見。他跟我說話，嘖舌：「大家都要賺外快，哪個幹部不像他這麼幹。」

那口氣像極了四若，從容，夾槍帶棍，流裡流氣。或者也是從地方躲到城市裡來，現在名字叫作鑫，叫作錢。誰知道。

我去高幹的家裡取黑市河粉，對於當前社會的情況，我又找到了讓自己安心的想法。

偶然間，我聽說當初解僱我的那個組織部門的幹部被抓去坐牢了。那個「名字也叫鑫的辦公室主任」有一天看了報紙，轉述給磨粉的那群人，我站著聽確實是那個名字，那個前單位的名稱。之所以坐牢是因為老頭即將退休，便與看守倉庫的人合謀盜竊化學品。宣判後，老頭說了一句：「啟稟法庭，小的一輩子工作。」——法庭不讓稟，不給自稱小的，但他還是照說——「小的不偷一張紙、一枝筆，但小的要退休了，小的需要養老，小的只找塊錢來養老。求法庭垂憐。」老頭子六十三歲，我為他的人生境遇感到憂傷，我又忘記了他當年的冷酷鐵面。誰不是這樣，逼不得已才挨餓，誰不喜歡吃飽。

天黑的時候，我陪四若喝酒。我和他的關係不冷不熱，既不是主人，也不是僕人。我不太記得庵村的那位地主四若，但他記得牢，有時還會酸我幾下。

「我的這臺Oreon還很健康，收得到西貢、美國、英國的電臺。現在我才是真正的越奸，整天聽敵人的廣播。阿拒那個傢伙像頭牛無知愚蠢，收音天線綁在竹竿上嘎嘎叫，卻說是用來跟敵人聯絡的電報線。」

我不作聲，悠閒地咀嚼著。

一缽豬排骨冒出肥滋滋的熱氣，我要先吃一碗無肉河粉才喝酒。也注意一下，別像上次那樣喝醉癱倒。

我翻眼看向四若，老頭依然大口喝了幾碗酒，像站著賣河粉的時候，或拎著河粉豬肉袋子出發，老頭說自己猛做硬幹，高傲，有地主的血脈而他正在當主人，至於阿貝則是一隻斷了尾巴的壁虎。

我吃光一碗無肉河粉，自從這個城市常出現美國的無人飛機來偵查，沒有肉的陽春河粉也叫作「沒有駕駛的河粉」，不知道是諷刺自己還是嘲笑他們。我拿起酒瓶，倒一碗，我也正在為這戶人家掙錢嘛。

四若突然問：「嘿，那個土改隊長叫作阿居，還是阿拒什麼的？」

「阿拒。」

「嗯，阿拒，現在聽見那個名字還是會怕。昨天晚上，西貢電臺報說，我們這邊剛跑了兩個上校過去，阿河和阿拒，兩個人從臺灣參加亞洲反共會議回來。會是阿拒那個傢伙嗎？」

我心不在焉。

「誰知道！」

四若呵呵笑。

「你只管把鼻子埋在打氣筒上面，什麼鳥事情都不知道。說是這麼說，我哪裡知道阿居還是阿拒。我只不過是迷上西貢電臺的何清，還有黃鶯的聲音，她們唱得讓人打從心裡陶醉，這樣才是唱歌好嗎。時間到了，我找一下西貢臺的頻道。啊，電臺說今晚他們開記者會，你聽聽看是不是？」

我安靜地、悠閒地啃著豬排骨。阿拒、阿居遠在天邊與我無關。放在四若床頭的Oreon收音機已經泛黃，旋鈕在轉動時像老鼠奔跑般嗤嗤作響。四若湊近耳朵，著急著。「那裡，那裡……對……對……」四若起身，仔細把門閂上。我隨意地將耳朵貼放在收音機上。

人聲正說著：「……敬愛的各位『筒胞』，我們是上校八河、上校黃拒……日……去臺北全亞洲反共大會回來了。敬愛的各位『筒胞』，我想報告……」

我爬起來，慌亂地說：「對，黃拒……」

四若叫一聲，然後罵了一句：「我的天啊！操他媽的賤狗！」

我還在為那些阿廷、阿拒的往事混亂著，還想不透人世間的詭異顛倒。四若嚷嚷：「我們這邊有兩隻狗娘養的去投降。在這邊他一樣酒足飯飽。那時候，貧僱根串天天上市場買酒買肉回去給阿拒隊長。他派了阿緣、阿丹好幾次去買玉米麵餅、糯米糕。大家都數著，整個縣市場都知道。後來進入B區，[17]他摸出來找吃喝玩樂的地方。老人說得對，水牛找水牛。誰不喜歡舒服。我現在是過得比你舒服，但也不成體統，賣個河粉卻像是一名小偷。」

我無精打采地溜走，四若仍然一個人胡言亂語。不知道什麼時候，我躺在床上仍然聽見阿拒的聲音和四若的咒罵聲。是他，筒胞、筒胞，彷彿昨天才剛開會，剛剛集會。他爬得這麼高，我並不感到驚訝。那些詭計，厚顏無恥到極點。但又跑了，他還想去哪裡？我覺得我有點幹部癖好，我分析。

於是我又肖想那些從澳大利亞寄回來的藥盒。好吧，做人誰不想要過得舒服，那句話太過清楚了，跟那個打氣的我、取河粉的我很不同。我打了個盹，藥瓶零落掉在臉上，來不及揮開。

那輛閃亮的黑色汽車靜靜停在人行道邊。司機推開車門，我抱起袋子，笨拙地下車。現在我已經不再覺得香了，不再像剛坐汽車的那幾天那樣覺得屁股舒服了。我沒有回頭，不知道身後有哪個幹部坐著。我成了左幼先生，[18]被地理師所交代，回到那裡時不要抬頭看。太多的想法、堆積的思緒，想要安靜卻不能。汽車在馬路中央急馳，做著大事還是小事，雞毛蒜皮還是偷偷見不得人，我不可能知道，但我仍然想著。

我吃力地扛著河粉袋進入四若的家，放在桌子上，坐下來喘氣。有人緊跟進來。好幾個人，連同穿著黃色公安制服的人。似乎那些稅務人員和公安已經在馬路另一邊蹲著。我脫力，暈眩。

「請打開袋子。」

「我、我……」

「立刻打開！」

四若從「百年帳逢」的門洞裡踉蹌走出，還在睏著揉眼睛。

「各位先生好！哎呀，這個傢伙，這個流氓從哪裡跑進來？呀，他帶黑市的貨物，你想誣賴我家是嗎？」

四若衝過來對著我的臉、肚子接連拳打腳踢，一邊打一邊哇哇大叫：「你們快幫我把他綁到公安局，他媽的小偷，他爺爺的小偷！」

當四若凶悍毆打我的時候，幾個當差的坐在椅子上，拿筆記本認真做筆記，沒有人注意在他們面前被毆打的人。

四若揚起手中的藤條啪啪揮著，我沒命地跑了出去。回頭看，根本無人追趕。四周是熙熙攘攘的早晨，我氣喘吁吁穿過人群，也不知道他是真的打還是假的打，或是變著法子趕走我，坑了我的工錢。我的兩個膝蓋感覺快要脫落了。

當人們太悲傷的時候，總是喜歡陷入白日夢。但我的白日夢往哪邊都會卡住。又再次閃過阿牆和那個繩圈套，我家裡的長條布包好像還保留著打圈結的樣子，然而，我忘記上吊的事情了。

我摸嘴唇，手指沾滿了血。上頷破了一個洞卻不感到疼痛。斷掉的牙齒不知道飛去哪裡，或是在四若揍我的時候掉進我的喉嚨了？喔，那些被斷了牙齒的傢伙正在我眼前排隊，妓女阿提、阿廷、我……四若也是沒有了門牙，當年也是被揍到掉齒的嗎？

譯注

1 北越政府在中國共產黨顧問的指導下施行土地改革，越南語吸收了一批中文的土改詞彙，本篇小說呈現當時的用語風格。

2 農村中被土改幹部選為示範或配合當時土改政策之關鍵貧、僱農戶，稱為「根」(rễ)或「串」(chuỗi)。

3 土地改革將農村中的農戶依持有土地情況進行分類：有土地供出租、家庭毋須勞作者為「地主」；有土地供出租、但家庭成員亦投入勞作者為「富農」；有土地供家庭勞作、僅自給自足者為「中農」；土地很少、部分受僱為他人耕作以補充收入者為「貧農」；無土地、須完全出賣勞力者為「僱農」或「佃戶」。「貧、僱農」是土改中被拉攏的類別。

4 「社」(xã)是越南傳統的行政單位，設在省、市之下，最小者相當於包含數個村落的里，本書以雙音節譯之為「社里」。

5 北越政府的土改方式包括：將農戶進行分類；將地主再進行細分類；要求地主按照國家規定對旗下佃農給予土地租金減免；教育貧、僱農辨識地主罪惡；審判地主，全數或部分沒收其土地、財產。

6 一九五四年七月二十一日，《日內瓦協定》簽署，定北緯十七度為南北越分界。海防市及鄰近區域理應歸屬北越政府，然而法國軍隊仍停留當地，協助民眾移居南越，直到一九五五年五月十三日才撤離。在北越的觀點中，相當於海防被占領「三百天」，周邊法軍較早撤出的區域稱為「兩百天」區。

7 即與農民同吃、同住、同勞動。

8 成立於一九四一年，以越南共產黨為骨幹的反殖民政治組織，全名為越南獨立同盟會（Việt Nam Độc Lập Đồng Minh Hội），簡稱「越盟」。

9 指一九四五至一九五四年期間的河內北方山區，為越盟的抗法指揮根據地。

10 原文使用dinh tê一詞，源自法語rentrer發音，意指離開抗戰區回歸到被殖民勢力管轄的區域。

11 一九五四年三月至五月，法國殖民軍與越南民主共和國間的最後一場主要戰鬥，對法國殖民政權退出越南有關鍵影響。

12 指挖掘出、找出偽裝混入人民陣營的壞分子。

13 一九二七年，阮太學（Nguyễn Thái Học）以「南同書社」為基礎創立「越南國民黨」，主張以武力對抗殖民、爭取獨立。一九三〇年對法國駐軍發動總攻擊，遭到嚴厲清除，史稱「安沛起義」（Khởi Nghĩa Yên Bái）。餘下黨員後來加入由胡志明領導的「越盟」，不久，因雙方理念不合而被清算，故轉向反共。

14 DĐ是Dân Đảng，即（國）民黨的縮寫。

15 瓊狀元，越南民間故事中的機智角色。

16 指查緝走私的公安。

17 B區是北越政府泛指待解放的北緯十七度以南各戰區。

18 越南民間風水大師，大約生活在黎朝年間（十五或十七世紀）。相傳中國地理師傳授給左幼風水之術，並交代其於回鄉途中，經過紅嶺時切勿抬頭望，左幼不聽。

難眠之夜【選譯】

Giấc Ngủ Chập Chờn

——日進

日進 Nhật Tiến（1936—2020）

本名裴日進（Bùi Nhật Tiến），出生於河內的中產家庭。一九五四年移居南方，是活躍於南越共和國的文化人，曾於一九六二年榮獲全國文學獎，一九七九年偷渡至美國，仍筆耕不輟。著有《荒階》（*Thềm Hoang*）、《迷路的星星》（*Những Vì Sao Lạc*）、《籠中鳥鳴》（*Chim Hót Trong Lồng*）、《難眠之夜》（*Giấc Ngủ Chập Chờn*）等長篇小說與多部兒童小說。

日進搭船偷渡的路上，曾遭遇暹羅灣海賊，被拉至泰國Kra島監禁三週。獲得聯合國難民署解救以後，日進和記者友人楊服（Dương Phục）、武清水（Vũ Thanh Thuỷ）於一九八一年出版《暹羅灣的海賊》（*Hải Tặc Trong Vịnh Thái Lan*），揭發自己與同船者的受害過程，引起世界重視越南船民之現象。

日進的創作主題以孩童與普羅大眾為主，旅居海外後則著墨於海外越南人的回憶及生活處境，文筆流暢、富含人道精神。《難眠之夜》於一九六八年寫成，一九七五年以後受越南政權批評。本篇譯文根據日進網站（https://nhavannhattien.wordpress.com/）之電子文稿。

◎本篇以＊＊＊代表略去的未選譯段落

第一章

阿對老頭往爐子裡添一根乾柴。火舌猛竄起來，劈啪噴炸出殷紅的火花。肉鍋逐漸燒開，老頭掀開鍋蓋，用筷子攪拌均勻，火光映照出鍋內白嫩的蜥蜴肉塊，魚露味濃郁飄香。老頭深深吸一口氣，讓那股鹹香的滋味滲入肺葉裡。他蓋上鍋蓋，舉起剛才攪拌的筷子放進嘴巴裡嘖嘖吸吮。搞定一切後，阿對老頭縮起身子在夜色裡安靜地坐著。外面的天空漆黑如墨，透過廚房的門框，遠方黑黝黝的群山那邊，不時閃爍著極為短暫的光束。草屋頂上，傍晚的陣雨溼透了腐朽的竹管子，水滴滴答答有節奏地落到地板上。草地上，報雨的青蛙從下午就一直哞嘔哞嘔地不停鳴叫。從很高的上空，偶爾有飛機沉重的引擎聲音劃過，接著從渺遠的地方傳來一陣陣炸彈掉落的響動。富山戰場開打有兩個星期了。一號國道每天都有車隊駛過隴市場。站在永佑莊口望出去，距離國道差不多三百米，阿對老頭觀察到每班車都載滿突擊隊、傘兵、海軍陸戰隊。這回，阿對老頭還看到八十一釐米重炮，沉重的炮管跟著十二輪車滾動，輾壓在橋面上唧嘎作響。雨季已經來臨，大戰役處處爆發。雨水從上游灌流下來，隴市場橋的橋墩水位跟著高漲，水漫溢到岸邊草地以及一些坑洞工事。橋墩四周以尖刺鐵絲纏繞出的防守位置也被水給沒過。阿對老頭心想，這時候飛馬營裡的機動兵大概已經撤到路面上來，躺在橋梁的守衛塔裡。飛馬營設在一號國道旁邊，距離隴市場約兩公里。從永佑莊望過去，營區周遭圍著高聳的木麻黃，宛如度假村。瞭望塔自一排排營房的灰綠瓦屋頂延伸向上，旁邊就是發電機房，每到傍晚，機器轟隆轉動直到深夜十二點整。在這段時間裡，飛馬營散發出暗黃色的光影，折射到被茫茫夜霧所籠罩的樹蔭。偶爾，這片微弱的光芒遭到炮擊彈的強光壓制。偶爾，守在營區四周炮臺裡的士兵朝著隨機目標、溪流對面的蘆葦茂密生長之處按下一連串子彈。爆炸聲撕裂靜謐的空氣，遙遙傳導，形成一串串咳咳的哽咽，彷彿欲掙扎吶喊卻被堵死在喉嚨。雖然如此，自從飛馬營成立以來，還沒發生過大戰鬥。徘徊在附近幾個鄉鎮的越共勢力並未超過一個中隊。阿對老頭很清楚這一點，因為阿雄，阿對老頭唯一的兒子，捨棄家庭加入村莊的游擊隊。當初，他剛進解放區時，老頭罵他：「你愛跟誰我不管，跟這邊好歹還有雙鞋子、有件上衣可穿，去那邊光溜溜地死去，誰會可憐你？」

阿雄聽了老爸的話，只是悶不吭聲，不是他不想反駁，是他反駁不了。在區那邊學到的一堆理論，乍聽之下覺得滑溜順耳，想重複卻很困難。不是每個人都能像阿訓、阿年、阿紅那樣能言善道，像廣播機器一般只消呼吸就能播放出深奧的政治學說。

◇

當那根爛乾柴快燒完時，蜥蜴肉鍋就沸騰起來。火焰漸漸萎縮，爐子中心還殘餘著灼灼的紅炭。阿對老頭無精打采地走到院子裡，天色沉鬱，隔壁迎婆子家裡的微弱燈光早就熄滅。傍晚時分，周遭女人和小孩的嗡嗡喧譁也靜下來。到了晚上，永佑莊跟死地沒什麼區別，沒有搖籃搖動的聲響，沒有孩子哭鬧，也沒有昔日咿咿呀呀的搖籃曲。到這個時間點，所有屋子皆滅了燈火。所有門戶都緊閉並謹慎地多上幾道門閂。在沉重的時刻裡，每個人都想在暗夜中縮小自己。夜夜不停傳來槍響，不是在飛馬營就是在隴市場橋。閃光彈飛向高空，一簇簇照亮著樹叢、草堆，旋又幽幽穿過寒酸的門扉，在陳舊的布簾上印出死亡的黃色光暈。夜裡的子彈紅通通地交織飛過漆黑的天空，像無名的鬼火。但這些熱鬧的場面通常持續五分鐘至十分鐘就沉寂下來。冷漠且帶著死亡威脅的黑暗再度包裹一切。

莊裡的老人們嘆息：「又是幾個乳臭未乾的游擊兵，可憐那個誰又吃了流彈。」

在這裡，流彈穿進屋內如家常便飯。流彈釘入樹幹，撕破籬笆並在石灰牆上鑿出一道道疤痕。儘管這樣，莊裡才沒了四條命：一個老人、一個女孩、一個牧童與一隻公水牛。然而，光是這些就足夠讓地方上過半的人口撤退到省城去了。剩下的則是終日靠著土地過活的人們，耕地、種菜、抓青蛙、捕魚或是捕蜥蜴。天亮，他們意興闌珊地聚集在市街裡，天黑則躲進一些較牢靠的磚屋。一些婦人形隻影單地活著，一年沒幾次，老公和孩子才偷偷摸摸回來看她們。因為國軍也和共產游擊隊一樣，雙方都害怕永佑莊的一些巷弄、一些樹叢，一個人走來，另一個人把槍擱在隱蔽處，槍聲一響，結果就是女人與小孩們哭哭啼啼。至於老人家則沉默地坐著，緊繃起來的皺褶臉孔就像老樹根一般乾涸、粗糙。

阿對老頭闔上眼睛小睡片刻，聽到屋外有老鼠叫，老頭子睜開眼，翻起身來，將耳朵貼近木板牆。阿雄又叫了一次，這次，阿對老頭才抓到門閂並提起來。阿雄像隻狐狸快閃進屋內。父子倆相撞一起。

阿對老頭問：「今天回來得多嗎？」

阿雄回答：「只有『小』半吧。」[1]

「你吃了嗎？」

「我很餓，家裡還有吃的嗎？」

「有蜥蜴肉，但沒飯了。我煮粥，好吧？」

阿雄沒有回答，走向床邊躺下去。阿對老頭忙忙去取米。阿雄突然坐起來說：「爸，算了吧，這時候燒火不方便，我出去找碗冷飯。」

說完，他拎起槍，摸到外面。阿對老頭站在門邊望去，他高大的身影快速融進黑夜裡。老頭情緒低落地回到床上，手抱膝蓋坐著抽菸。老頭手上的表針指向一點多。約十五分鐘以後，阿雄回來。這回，他帶來阿下。阿下的聲音響起：「怎麼不點燈啊？」

阿對老頭猛醒過來，「啊，我忘了。這就去點。」

火柴一劃，點亮花旗油燈。阿對老頭將燈蕊轉低，把燈放在床頭。稀微的燈光照出兩個剛進來的男人身影。阿雄依舊是打赤膊和不變的短裡褲，阿下則穿短褲和黑色上衣。阿下的手從掌心到手肘裹著一圈抹布。

阿對老頭問：「阿下你怎麼了？」

阿下看著自己的手，微笑，「不小心被彈藥噴到，為了測試這個。」

邊說，他邊把一個形狀奇怪的罐子放在桌面上。罐子約牛奶罐的一半大小，罐身交錯綁著鉛線。阿下說：「一點也不輸給手榴彈，您今夜就知道了。」

阿對老頭張大眼睛看他，「你要丟在橋頭那邊嗎？」

阿下不答，只是淺笑，雙眼亮起一線凶悍的光芒。阿對老頭突然想起阿下當年那桀驁不馴的眼神。當年，他們都是小孩子，經常在月色明亮的泥地板上跳躍、奔跑。現在則是這個跟這邊，那個跟那邊，有的倒下來了，老頭子則滄桑得像老了兩倍。老頭強忍住喉嚨裡的嘆息。阿雄不知何時已經摸進廚房，將一鍋熱騰騰的蜥蜴肉端上來。他打開鍋蓋，肉香濃烈。他從槍尖解下一包新鮮的芭蕉葉，裡頭裝著冷飯。

他說：「阿樓家的飯。阿樓原本要從飛馬營回來吃晚餐，結果沒來，剩下的。算了，哪裡的飯不是飯，不是『國出國入』就是『共產共充』地吃吧！」

阿對老頭搖頭砸嘴。「你隨隨便便衝進他家，萬一撞見，被他斃了不見全屍。」

「哈，爸說得好像很簡單。我正想跟阿樓撞見呢，他有一把M2卡賓槍超好打的！」

老頭長嘆一口氣，強撐住積壓在心底的一股沉重壓力。老頭想起很久很久以前，這群壯丁的幼年時期，當時莊裡的生活既富庶又安詳。運動場上無時無刻都有小孩子吵鬧奔跑。鄰近三個村莊的少年友誼足球賽，阿雄他們總是為永佑莊拿下勝利。阿雄坐在阿下的肩頭，阿樓在前方搖旗奔跑，一群小孩子跟在屁股後面歡欣鼓舞。每次光榮歸來，阿對老頭總是招待他們一大鍋蜥蜴肉粥，月光瑩亮，清晰地照出泥地上的每一株草。小孩們稀里呼嚕地喝粥，競相述說每個人的功績。如此平安的日子竟飛快逝去。到了成年，阿樓喜歡跑跳，所以登記當兵。他參加過許多平原區的大戰役，獲得幾枚英勇十字勳章。為此，他藉機請調回到飛馬營，趁機與舊情人相逢，她還等著他一起走進美好的婚姻。兩人結婚將近兩年，最近孩子將要誕生。

至於阿雄，留在家裡，被人拉攏至解放區，回來以後加入村莊的游擊隊。阿樓知道後告訴阿對老頭：「既然阿雄跟隨共產黨，那我就不會跟他講什麼情分了。我尊重您，所以必須向您講清楚。一旦碰到，我不會放過他。先跟您說抱歉了。」

阿對老頭把原話轉給兒子聽，阿雄只是大笑。

「拜託，爸以為他說說就能立刻吃掉我的肉嗎？告訴他，阿雄會先吞了他的肝。」

而阿下則在一個稀巧的情況下加入游擊隊。以前，他和哥哥阿荒一起加入村莊民衛隊。他們的媽媽因為不用在祖先留下的土地上見證兄弟相殘的景況而開心。然而，某天阿下跟四、五名隊友閒閒地喝酒，酒進，話出，在氣氛最熱絡的時候，阿下的中隊長突然發作，他說：「幹！我對天對地發誓，我快要進美國突擊隊了。我真的去了喔。只是有一點，我老婆留在家裡，早晚會跟那群傘兵跑掉，太可惜了！真的，我老婆，我知道嘛！」

頓一頓，彷彿讓辛酸的感覺融入酒精裡，他又繼續說：「至於你，阿下，你年輕又帥氣、又愛國。你不愛國你進來幹什麼，對吧，阿下？」

「就是這樣！」

「對啊，我什麼時候說錯過，錯的話我就不會說了，對吧，阿下？」

「對！」

「現在我提議，在我進美國突擊隊之前，我把我的老婆嫁給你，你肯嗎？」

「算了吧，你醉了，開始胡說八道。」阿下爆出笑聲。

「幹你娘，誰說我醉，我就開槍掃射他們整個村子。」

「好，不醉就聊別的吧。」

「不聊別的！我真的要走了啊，我真的要進美國突擊隊啊，所以我要安排好家裡的事情。讓我老婆跟那些傘兵跑太浪費了。你喜不喜歡她，阿下？」

阿下不爽地說：「我不樂意！」

男人跳腳。

「幹！你為什麼不樂意？你看不起我老婆嗎？我告訴你，她品行良好，沒有瑕疵缺破，你憑什麼不樂意？我再問你一句，你要不要？」

「不要！」

男人撈一個酒瓶把阿下的頭砸出血來。阿下火大怒吼，踢翻搖搖不穩的桌子，撿起身邊的長槍對天空連連發射。糟糕的是槍管失去準頭，兩顆子彈釘入坐在桌尾的另一個民衛隊員，倒楣者倒在血泊中當場嚥氣。

阿下驚慌地提著槍直直跑進田裡。他背負「射殺同僚、攜帶武器的逃兵」之名，遭到通緝，轉而加入游擊隊。直到九個月以後，才有他的消息。那時，他的親哥哥阿荒要結婚。阿下託人帶一封信，信裡只寫：「聽說你娶了阿書，她是我的夢中情人。我發誓與你不共戴天！」

阿荒收到信，立即跑到阿書家裡。

「阿下是個小孩子，談什麼戀愛。難道他這樣宣布，我就要守寡等他一輩子嗎？」阿書輕浮地笑。

阿荒快樂地把信紙丟進火爐中燒毀。幾天以後，婚禮順利進行。阿荒把老婆留在永佑莊照顧老媽媽，自己則偶爾回家探視，晚上以安全為由撤回市區。

沒多久，一個伸手不見五指的晚上，阿下提槍回來，他鑽入嫂嫂的蚊帳。等阿書認出是他卻為時已晚。隔天，阿荒知情，氣炸了，他想帶槍去田裡尋找那個罔顧人倫道義的弟弟。然而，田裡零星長著一叢叢鵲腎樹蔓延至整個山谷緩坡，看起來無害卻充滿威脅與死亡。阿荒不敢冒險衝入，只是站在水圳邊發瘋似地發射一長串漫無目標的子彈，才回到家裡勒令老婆收拾行李搬到市區住。然而他的媽媽執意不肯搬，她決心要守住那片如她人生一般寂寥的家園。

◇

吃完飯後，兩個傢伙收拾東西準備離開，阿對老頭說：「你們不要走木棉樹那邊，我下午看到他們在那裡巡邏。」

阿雄咂嘴。「哎，爸不用擔心。不會巡邏啦，下雨天水都淹成這樣了，他們也會撤退到橋面上。」

阿對老頭生氣地說：「不要有恃無恐，像你這樣子遲早會沒命。」

阿雄不回答，低頭走出去，阿下跟隨，阿對老頭踩著沉重的步伐走在最後。老頭靠在門邊看著夜色，黑暗中望見高高低低隱約五、六個人影。這回他們人多，大概是場大衝突。老頭突然緊張，彷彿自己加入了年輕人們的隊伍中。自從開打以後，老頭是無數次的送行者。每次老頭都覺得他們是自己的身體骨肉，而他們卻拿出來跟命運打賭。死亡無時無刻在前後左右等待著他們，包括這邊的小伙子或是那邊的。有時候，他們完整歸來，但也有幾次，三、五個人靜默地抬回兩具屍體，絕不吵鬧，不像從前太平時期，他們逮到一隻沙坑中的蜥蜴或是釣得一條大魚。於是漸漸的，鎮裡的人稀疏，壯丁耗損，讓老頭子愈發恐慌自己必須見證無知的青春年華無感地上路，並與槍彈大開玩笑。

年輕人竊竊私語一陣便安靜下來，切過泥濘的腳步聲漸漸遠離。阿對老頭的心臟猛烈收縮，他感到異常的孤單，他需要人，無論是誰，能夠在此刻出現。然而周遭是一片沉重的黑暗，沒有搖籃聲，沒有小孩哭泣，這種安靜壓迫著阿對老頭的心肝使之劇痛。他懶洋洋轉身把門閂上，在榻上抱膝而坐。香菸在灰色的唇間燃燒，每次長吸一口，他那張刻苦的臉龐就在紅色的星火中亮一下。他在靜默中暗數著小伙子們的步伐，大概他們穿過籬笆轉下魚塘，在那裡，他們得越過打鐵區才到公里標示柱。那裡是埋伏在橋上的機動兵偵查的前沿。到這裡，他們勢必得像蛇爬行才能越過一片空地。有兩個應該是埋伏在路邊觀察，一個爬過醫護所的牆壁，一個穿過桃婆子的波羅蜜園，另外兩個則要自願爬上橋坡拋出炸藥。阿雄在裡面負責哪一種任務，老頭不可能知道，但老頭緊張，為所有人擔憂，這邊連同那邊。阿雄、阿下、阿荒、阿樓，老頭把每一個都當作自己的親骨肉。老頭在這裡生活很多年。老頭的媽媽未婚懷孕，將他生在圓潭附近的鵲腎樹叢下，從那時到今天將近七十年。七十年裡，他從未離開過隴市場附近幾十公里，那些茅草屋、野生香蕉樹，茂密的蘆葦岸或是小溪彎曲流淌過坎坷不平的山谷田野，老頭的身影與這些景物緊緊相連。所以，老頭熱愛自己的家鄉，知悉環境的每一個細微變化。老頭時常祈禱自己的狹小世界沒有任何改變，也祈禱在煙硝四射的環境中，村莊裡沒有誰倒下。沒有誰倒下，因為家鄉已經夠疲憊了。對他來說，每次有噩耗傳來，老頭感覺自己像一棵老樹又承受著樵夫新的一道揮砍。他的眼睛凹陷，臉孔皺縮，肌肉皮膚冰冷顫抖，徹夜靜坐著吞嚥晚年漸增的心酸。

過一會兒，橋那邊的槍枝激烈地開火，緊接著是阿下他們的陌生槍響，空氣騷亂如除夕夜的鞭炮被點燃。火焰直沖上天空，照亮了阿對老頭眼前的老舊桌椅，黃色光芒搖晃、顫動一下，縮起來，隨即消逝在黑夜中。阿對老頭爬坐起來，摸索走向大馬路。他抬眼望向隴市場，子彈聲在耳邊呼嘯。機關槍的殷紅彈道劃出一道道弧線，接著是一聲巨響撼動了黑夜。大概是阿下的土製炸彈吧。天空閃爍一道燐燐的綠光然後熄滅。從遠方傳來許多歡呼聲、嘈雜聲，像是召喚著殘殺，十五分鐘以後，槍聲漸漸減少，最終完全停止。阿對老頭坐著不動，傾聽一會兒才攀拉住草叢往上爬起。他的腳沾滿淤泥，褲管溼答答，步伐歪斜。老頭走到馬路邊，蚊子嗡嗡飛舞，有幾隻貼近老頭粗糙的臉皮盤旋，他舉起手輕拍。突然對面籬笆有聲音響起。

「對老嗎？」

阿對老頭認出是阿荒的媽媽阿九老娘的聲音。

老頭應聲：「是我。妳什麼時候出來，我怎麼不知道？」

老娘不答反問：「我看他們是想要破壞橋吧？」

「你家的阿下啊。哎唷，一個牛奶罐能怎麼樣。當初建橋時，我有看到，全都是水泥澆鑄的啊。」

老娘叫起來。

「呀！阿下幾時回來我怎麼不知道？下午淋到雨，有點發燒，天剛暗下我就睡了。」

她咂嘴。

「那個阿下有什麼情義，自從他亂搞阿荒的老婆，就故意避不見我了。」

她啜泣出聲，阿對老頭安靜站一會兒才開門進屋，女人又說：「你覺得他們會繞來這裡嗎？」

「大概會直接走。他們都吃飽了。我剛才煮了一鍋蜥蜴肉，他們配冷飯吃。」

「算了，直接走掉也好。來這裡，萬一外面的兵衝進來就沒命了，還連累我們。」

「如果要來也是等天亮。現在黑漆漆的，笨蛋才會進來。」阿對老頭咂嘴。

話才剛講完，突然有踩踏園子泥濘的腳步聲。阿雄的影子匆匆浮現。阿對老頭嚇一跳轉過身，男人湊近爸爸的耳邊悄聲說：「我方倒了一員，是阿平。他們已經把他搬過木棉岔口。幾時有人去省城，老爸捎個訊息給他爸媽知道。至於阿冊，他的腳中彈，讓他休養幾天。爸偶爾彎過去給他一碗粥，他躺在聾五老爹的地窖。」

講完，阿雄飛快隱沒在黑暗中。他匆匆的步伐在泥濘中跋涉，發出一些雜沓聲響。阿對老頭來不及反應，呆住了。他感覺到血液從手指尖快速流動，隨而湧上胸口讓心臟一陣尖銳的疼痛。老頭腦海裡浮現阿平，他瘦巴巴，膚色慘白如鉛，雙頰憔悴，兩眼無神深深凹陷。阿平今年十八歲，跟阿下他們走的時候，他才十五歲。十五歲卻看起來像十三歲的小孩子。他身形嬌小，手腳如蘆葦梗纖細，額頭低窄，眼神呆滯，嘴巴鮮少綻放明亮的笑容。大家都說他尷尬、愚昧、苦命。在村莊還平安的時候，一群小孩子中，阿平的頭腦最差。他不會爬樹，不會游泳，不喜歡踢足球，不喜歡參加孩子們的任何一種遊戲。他膽小，這也好理解，畢竟每樣遊戲都需要體力，阿平卻虛弱、病懨懨，看他雙腳浮起的青筋就知道了。另外，他爸爸很會揍人，他教育孩子不是希望孩子更好，而是想發洩自己的怒氣。夫妻倆不怎麼合，吵架如家常便飯。每次發脾氣，他就胡來，砸桌椅、砸鍋碗瓢盆，連阿平也砸。阿平呆呆地望著爸爸，卻被誤以為是故意挑釁，實際上阿平當時只是想著已經端上桌、還冒著煙的一餐，但爸爸卻怒踢一腳，碗盤乒乓摔破，空心菜碟覆上醬菜，湯碗扣上白飯，意思是現在饑餓的肚子須等到明天下午才能夠填飽。阿平愈長大愈呆滯話少。他唯一的嗜好是欣賞、觸摸民衛隊哥哥們的槍枝。那些民衛隊員，頭戴鴨舌帽，腰帶繫一排子彈，褲管束起來，腳穿越野帆布鞋，背上揹著木柄閃亮的黑槍管。阿平覺得那樣子才是個完美的人。對他來說，一把槍是可以解決一切麻煩的工具，尤其是像他這種瘦弱的人。只要把槍扛在肩頭，拉上槍膛，扣下板機，不難嘛！他未曾有機會開槍，卻仔細觀察那些動作。每天下午，他都在草地上晃蕩，觀看他人練習射擊。只是假裝射擊罷了，畢竟彈藥比金錢還貴重。阿平偷學各種射擊姿勢，站著、跪著、坐著、躺著。每次民衛隊哥哥扣板機，嘴巴喊：「砰！」草地這邊的阿平就咧嘴開懷大笑，他腦海中想像自己也做一模一樣的事情。不過，他射擊的是真的子彈喔，槍聲會清脆炸開，槍響將震動整個寂靜的區域，而子彈一定會正中任何一個他所瞄準的紅心。對他來說，沒什麼是困難的。紅心在那裡，準星在那裡，覘孔在那裡，拉一條直線，對準扣下板機，敵軍就倒了。他快樂，如同自己贏得了民衛兵哥哥們所夢想的成績，例如在射擊比賽中奪冠之類的，沒什麼困難。

阿平漸漸地跟一名民衛隊員熟悉起來。阿平給那人從家裡拿來的一切補給品：醬油、檸檬、辣椒、水果、鴨蛋、竹筍、木頭與竹子。反過來，每到他輪值的時間，阿平偷溜進來以一種極其呵護與敬重的態度摩娑著槍枝。初初，他只是碰觸、撫摸，後來他拿起來仔細看，還扛在肩膀上走來走去。民衛隊員微笑地看著他。

「別羨慕，你只要抱它十五分鐘，就會覺得像石磨一樣沉重。」

「我拿得動，常拿，又不重！」阿平得意地翹起臉。

「是啊，不重嘛。我賭你扛它十五分鐘，扛得住，我請你喝一罐啤酒。」

「真的嗎？」

「誰稀罕騙小孩。喏，現在是六點五分，到六點二十分如果槍還在你肩上，我就立刻去四婆那裡買罐啤酒給你喝。」

「簡單啊！」

「但要扛得端正，站得直喔！你挪動一下槍枝就是輸了喔！咦，你輸的話要給我什麼？」

「你要什麼？」

「雞蛋、鴨蛋都可以，好吧，十顆雞蛋？」

「不知道夠嗎，我媽今天剛拿一大籮筐到菜市場了。」

「不夠我就等啊，反正雞會一直生啊，不會停的。」

「好唷，我站了喔！」

「好，你站吧，站阿兵哥的姿勢，腳要這樣，手要這樣，動一下就輸喔！」

男人邊說邊裝出正經的樣子，彷彿他的當兵生涯從來沒有像此刻這麼正經過。阿平看著他，乖乖跟著做動作。那把巨大的加蘭德步槍壓在阿平瘦骨嶙峋的肩膀上，他將細瘦的腳併攏，青色的血管像蛇皮扭曲浮起。站好之後，阿平問：「對嗎？」

民衛隊員趁機挑剔，東調西整一次，才說：「好了，小弟弟就這樣站著。你搖晃一下，十顆雞蛋就沒了唷！」

阿平微笑，槍哪裡重了，頂多忍十五分鐘讓那個男人佩服我。他的十根腳趾抓著地面，雙手牢牢抓住木柄，脖子僵直，兩眼直視。他努力輕輕呼吸以免雙腳搖晃。那時，男人解下手表，搖一搖、聽一聽，表示他的手表還運行得不錯，然後鄭重放在桌上。時間緩慢流逝。五分鐘、十分鐘，他開始介意那個面無表情的小子。小子似乎沒有要頹倒的意思，他的腳依舊筆直，兩個腳跟緊緊黏在一起，十根腳趾愈來愈抓緊地面。只有肩膀看起來很可憐，一邊被槍枝的重量壓得低低，另一邊則翹起來。但他很硬頸，真的很硬頸，他耐心地跟疲累與難受展開拉扯。這一點使得民衛隊員愈發擔憂，他向盤旋在小孩兩隻腿周遭的蒼蠅求救，他想，只要幾隻就夠，幾隻像鬧騰他的睡夢一樣去鬧騰那個小子，讓他結束那種雙腳站穩得像是種在地裡的可惡姿態。然而，蒼蠅動搖不了他。十二分鐘過去，阿平的臉色只有微微變化，兩隻耳朵紅起來，下巴突出來，呼吸開始急促。他可能快要輸了，但剩下三分鐘太短了。民衛隊員不在乎啤酒，卻惋惜十顆雞蛋。夜裡值勤結束，煮一鍋粥，打一顆雞蛋進去就太美妙了。他必須爭取時間不讓香甜的粥插翅而飛，這很簡單，他裝模作樣在阿平面前來回檢查。

「很厲害嘛，說不定我真的輸給你一罐啤酒了唷，讓我看看，現在幾點了。」他說。

他一邊說一邊跑到桌子旁邊，拿起手表把長針調慢五分鐘。

他大喊：「呀，十分鐘沒了，你要努力啊，再過五分鐘就能喝啤酒了。」他把手表遞到阿平面前。他聽見阿平鼻孔的急促呼吸。阿平的兩隻腳愈來愈抖，細瘦的手似乎要把槍摔到地上。那男人得意地微笑，又說：「不許動，小弟弟，士兵的姿勢不是開玩笑的！」

然而，阿平已經撐不下去了，他的背彎下來，兩隻腳掌努力扣住地面卻仍翹開，將他的頭往下拉。於是，在失去平衡之際，阿平穩不住槍把，差點跌撞到木板牆。男人的臉亮起來，大叫：「好了，好了，輸了喔！確定了喔！你差點拿槍刺穿別人家的牆壁了。」

阿平臉紅起來。他放下槍枝，生氣跺腳。民衛隊員高興地撿起槍枝放回桌上，再倒一杯雨水給阿平。

他說：「算了，沒有啤酒就用這杯雨水敬你。安慰獎嘛。你算是蠻硬頸的喔！」阿平不接水杯就跑開了。男人急急追上去，他看見阿平消失在拐彎處的香蕉叢後面。

他大叫：「你耍賴，我剪掉你的雞巴。幹，記得明天拿雞蛋來給我啊！」隔天，阿平沒來。四天後，他才出現，帶足了打賭的雞蛋數量。民衛隊員大力讚美他是個有「良心」的人。當夜，幾個人輪番照看一鍋粥，吃飽饜足之後，民衛隊員倒頭就睡。他交代阿平幫他顧好槍枝。阿平開心死了，他扛槍到土堆邊坐著，如同一名真正的士兵。他感覺到自己像個大人，而且還是很重要的人，與槍彈作朋友，與死亡、危險和暗夜共處，絕不是他爸那種只會打罵老婆、小孩的大人。

不久之後，情況有了改變，周遭開始出現零星的游擊兵身影。阿平被阿下招攬，灌輸他一些仇恨家庭、仇恨所有人的思想。阿下慫恿阿平盜取民衛隊員的槍枝到區那裡立功。阿下給阿平看自己過去在區裡生活的一些紀念，特別是相簿，展開來是貼在摺疊紙帶上的許多照片，收起來像一本筆記本。這本相簿是阿下在某一期的學習比賽，努力進行服務、生產所獲頒的獎項。照片的內容有點吸引阿平。除了幾張領導照片，還有阿兵哥們拉著炮管過山丘，行軍穿過茂密的森林，在山洞中的篝火邊聚集生活。

阿下說：「你跟我去，那裡天天開心。每個人都把你當作親人，共產嘛，不會像這裡的人貪汙亂來。你偷盜槍枝，那把槍算你的，還會得到其他記功和獎賞。你還記得阿秋嗎？天啊，那小子比你還小，比你還呆，現在已經當了戰役英雄。你不會輸他，對吧？」

阿平不放心。

「我偷跑出去，以後回來，我爸會打死我。」

阿下笑起來。

「幹，看你胡說八道的。我告訴你，你去是為國為民，又不是去遊戲、偷摸盜竊。等你回來的時候啊，你比你老爸威風好幾千倍了。他不敢嘮叨什麼事，嘮叨就拉出去槍斃，哪有差。他太過封建了，我知道！」

「可是還有我媽，我愛她。」阿平猶豫。

阿下搶著說：「你愈愛你媽，愈要去啊。你看，你媽現在哪裡幸福了？你爸一天揍你媽好幾次，揍到只差沒吐血死掉，對吧？現在你進入解放區，以後回來解放你媽，總比留在家裡沒完沒了地被罵、挨打好吧？相信我，我經歷過啦，等你回來的時候，你爸不鋪花草席迎接你，那我就倒著用頭走路。真的，我說真的。」

「我這麼小，他們收我嗎？」

「哎唷，小才珍貴，愈小愈珍貴。人家只需要大精神，有大精神做什麼都好。等你出去，又帶著槍，一定會在各種比賽中勝出。人家會抬起你，為你歡呼，又給你獎狀，多威風啊！」

阿平很開心。

「那我去偷成哥的槍，他時常讓我拿他的槍。」

阿下鼓掌說：「那就是第一名了！我都輸給你啦！」

三天後，阿平果然偷取那把加蘭德步槍，跟隨阿下逃到解放區，害他媽媽哭到沒眼淚。

沒多久，阿平回來，沒有人如阿下當初所描繪鋪花草薦迎接他。進永佑莊的路比往日蕭條、枯竭，許多樹被掀翻了根，許多灰色牆壁布滿彈孔，露出裡層的白石灰，那是許多場衝突的痕跡。無論是這邊或是那邊的年輕人，有許多人永遠不會回來了。阿平比以前老成些，他的臉繃起來，雙眼比以前深凹混濁，因為缺少睡眠而身材乾瘦。有些時候在區裡，阿平想家，忍不住哭起來。阿下偶爾被煩到受不了，罵句髒話：「幹，像你這樣搞革命的話，全國就死光光啦！」

阿平委屈，哭得更大聲。阿下只好低聲安撫：「你很呆，你知道嗎？追隨革命卻一副一兩歲的小孩子模樣，同志們會笑死。以後去區裡跟隨訓練班，他們會指著你的名字說：『這位永佑莊同志是幼兒小班負責撒嬌的嗎？』幹，那時候該怎麼辦？天啊，要是我的話，我躲進洞裡算了，好丟臉啊！」

頓一頓，阿下又說：「你還沒上去那邊，你沒看過，有些傢伙比你還小卻發瘋似地為革命付出。有一次我看到一個小傢伙被美國飛機追，他邊跑邊用單槍反擊。每次飛機壓下來，連射一串子彈，他仰著躺下，還擊一發。就這樣，一整天，他用光一個衝鋒槍彈匣。美軍飛機衝下來超過二十次，他還擊發射超過二十次，像頭瘋牛。」

「那有打中任何一架飛機嗎？」阿平打斷他。

阿下大喊：「老天爺，打中啊，怎麼不中？他一個人打下十幾架美國飛機，贏得好多張獎狀喔！」

阿平質問：「你親眼看到的嗎？」

「如果我說謊，我就倒立著走。我親眼看到，千真萬確，人家還把這件事印在書裡面。哪天你有機會聯絡B4倉庫，就請那邊的同志給你說說陳孝明寫的《九龍浪翻》裡面的泰國竹筍的故事。我才不會亂扯。」

阿下頓一頓，讓小朋友的稚嫩腦袋相信自己的話，才接著說：「在革命的引路光輝下，什麼事情都有可能發生，什麼事情都可以做。哪有誰像你一樣哭哭啼啼想喝媽媽的奶，真是煩死我了，阿平！」

「離開就會想念啊，難道你不會想念你的媽媽？」阿平反駁。

阿下指自己的肚子。

「我想啊，但我放在裡頭。我已經發誓了，只要革命事業未成功，我才不稀罕回家。」

阿平瞪著眼睛。

「我們一去不回，萬一她死了怎麼辦？」

「死了就埋。誰不會死，但這樣死才有意義啊。雖然年紀老了，她去不了革命，但也算是為人民的革命事業做出貢獻了，總比把子孫留在家裡給美國人生吞活剝來得好吧？」

阿平再次瞪大眼睛。

「天啊，他們真的吃人肉嗎？」

阿下手舞足蹈。

「吃啊，怎會不吃。不吃怎麼會有綠眼睛、黃頭髮？看到了嗎，你的眼睛、頭髮這麼黑，因為你跟我一樣只吃蔬菜、吃牛肉、豬肉，什麼時候吃過人肉了？」

阿平跳起來。

「你讓我回去，我把我媽安頓好。有這把槍，看到美國人我就射。」

看見自己的論調轉到一個意想不到的方向，阿下急急地說：「你笨得跟狗一樣。你媽的肉又老又韌，誰想吃。要吃就吃那些女生啊，她們皮膚白、肉又香。」

「真的嗎？」

「騙你我就用頭走路，相信我吧，我有很多人生歷練嘛。」

「這樣我就要殺美國人立功，也幫那些女生報仇！」

阿下拍拍手。

「有志氣、有志氣。這樣才對啊，現在我就真的輸給你了，阿平！」

然而，幾個星期以後，阿下改變了立場。因為生活太過艱苦，阿下嘴饞想吃一頓雞肉煮竹筍。他慫恿阿平：「你回去看你媽吧，看她有沒有生病。走了一整年也很奇怪。」

「真的嗎？你真的讓我回去？」阿平快樂到顫抖。

「騙你我就用頭走路！但要快去快回。我只能代替你的工作一天。回來晚了，上面怪罪下來，你自己扛。」

阿平跳起來。

「我快快回。半天，頂多一天。幾時能走？明天一早可以嗎？」

「可以啊，記得挑一對大雞帶回來給我們兄弟煮粥吃吧！」

「這個簡單嘛。」

「嗯，簡單，萬一你媽不給怎麼辦？」

阿平笑嘻嘻地說：「不給我就拿。」

阿下輕拍小朋友的肩膀表示理解。

「對嘛、對嘛，不拿白不拿，哪天美國人來了，他們拿走不就浪費了嗎？」

隔天，阿平回到莊裡。踏上熟悉的地方，他看見門戶深鎖，木板牆潮溼發霉，蜘蛛到處結網。他的爸媽上個月已經搬到省城了。放眼周圍，小徑長滿青草，園子裡樹木乾枯，禽畜籠子清空，沒有半點生活遺跡，人煙渺茫。阿平失望地獨坐在屋簷下哭泣，眼淚流滿臉頰。他記起過去的一些事情，雖然那些記憶不見得美好，但仍然使他感到難受與痛惜。在這個角落裡，他爸揪起他媽的頭髮，腳踩在他媽的背上，像人們折磨一隻牲畜。在另一個角落，他媽蹲在那裡抽抽噎噎一整夜，他爸則不停地怒罵著，累了就躺在橫擋住門口的木榻上睡覺，鼾聲如雷鳴。阿平在屋裡，撬開一塊木板往外看，望著媽媽披散在消瘦肩膀上的髮絲忍不住啜泣。這些辛酸的記憶如暴風雨一般湧現在阿平的腦海中，他突然意識到自己的行為很莫名其妙，離家整整八個月，期間並沒有半次回來看望。他爸現在怎麼了？他媽現在怎麼了？天啊，阿平前所未有地感受到家庭的牽絆與催逼，愈想他愈難過，愈難過他哭得愈厲害。哭累了他滾到地板上睡去。等他醒來以後，一雙枯骨嶙峋的手正撫摸他的臉。天色昏暗，迷濛搖曳的光影中，他看到阿對老頭的單薄身影。他猛醒過來，想起柱子那邊有一把馬刀。馬刀還在，散發著冷冷的青光，那是阿下奪走他的長槍時塞到他手中的。

阿下說：「你把槍留下，免得掉了可惜。用馬刀防身就夠了。真的馬刀喔，粗粗一算已經砍下十來顆頭顱了。」

在驚慌的片刻，阿平探身到柱子那裡握住馬刀，阿對老頭出聲：「阿平是嗎？」

阿平怯怯地回答：「是我！」

「哎呀，你把天空當鍋蓋，民衛隊進來你就沒命了。」

「他們在外頭，不會進來啦。」阿平反駁。

「哼，最近不像從前了，他們走來走去，成天往這裡頭巡查。」

看阿平不吭聲，老頭又說：「你記得阿成嗎？」

「記得！」阿平點頭。

「你之前偷他的槍對吧？」

阿平不回答，老頭說：「他要賣掉三分地來賠償那枝槍，四處請託才沒被抓去坐牢。他發誓看到你就剁了你的筋，要小心啊！」

阿平聽了感覺脊椎骨發寒，他害怕地環顧四周，以為男人的粗胖身影正在黑夜中浮現，張著血紅的眼睛盯住他。阿平緊握馬刀，雖然如此，他後腦杓的毛髮似乎直豎起來，周圍的空氣彷彿充滿了危險。

過了一會兒，阿對老頭說：「走，到隔壁，你還沒吃吧？」

阿平低頭站起來，跟著阿對老頭越過小小的土路，朝向一間隱身在樹叢後方的小屋子。當時，永佑莊的一切作息已經沉寂下來。阿對老頭挑起土油燈蕊讓光線夠亮，才緩頓地取飯給阿平。阿平在黯色中咀嚼，雖然餓急了，但嘴巴卻苦澀，幾絲醬菜給他一種吃草的感覺。那時候，阿對老頭一邊看他吃一邊安靜吸菸。過了許久，老頭才問：「現在你在哪裡？」

「在裡面！」

「阿下也在裡面？」

「是，住在一起。」

「他還好嗎？」

「他像大象一樣健康。」

「他在裡面做什麼？」

「軍事教練。」

「了不起，你呢？」

「聯絡之類的。」

「去了也不找機會溜回來看你媽幾次。她好可憐，天天為你哭。」

「她現在在哪裡？」

「到省城了，你爸現在在那裡做生意，滿大的。」

「什麼生意？」

「跟誰一起承包什麼的，我不清楚。」

「明天我上省城去，您說好嗎？」

「你想逃兵上省城啊？」阿對老頭嚇一跳。

「逃！」

「無聊了嗎？」

「不知道耶，我只是想見媽媽。」

「小心啊，你上省城沒有隨身文件，被抓到，查到偷槍的事情麻煩就大了。」

「我這副小孩樣，誰會抓？」

「還是要想遠一點啊。」

「那您說應該去嗎？」

「應該啊，我很開心呢。讓我想想有什麼辦法躲過公里標示柱路段，阿成在那裡增設了一個守衛臺。」

「我躲到簍子裡，您挑著去可以嗎？」

「你說得倒輕鬆，我沒事挑簍子去幹什麼，他懷疑就會搜查。」

「還是我沿著稻田走，繞路國道那邊的圓潭，明天一早，您在阿桂婆子的店裡接我好嗎？」

「你是打算要我帶你去省城嗎？」

「我拜託您嘛。我一個人走，人家會懷疑。有您擔保，誰會查文件？」

「這樣也行。」

「明早喔，您愈早走愈好。」

「那你呢？」

「我現在就走，天色暗，容易鑽來鑽去。」

阿對老頭不回應，把最後一點菸草揉到木柱裡，坐著出神。外面沒有星星月亮，天幕漆黑。偶爾，從那片迷茫的虛空裡迴盪著飛機沉重掠過的引擎聲響。附近一些溝窪不時響起青蛙咚咚攪動的水聲，聲音雖細小，卻足夠驚擾一片死寂，宛如緊繃的琴弦只需很輕的碰觸就會苦澀地哀鳴。

阿對老頭的屋子彷彿縮小了，微弱的燈火不足以照亮幾根木柱，一片濁色黃暈將兩人的影子放大數倍印在木板牆上。默坐一會兒，阿平站起來。

「我走了，明天一大早見喔，對老！」他說。

阿對老頭微微點頭，男孩鑽過門時，老頭才交代：「小心喔！」

阿平轉過來，勉強擠出笑容。他的臉龐已經失去純真，消瘦的臉凸出兩排參差的白牙。到那時刻，阿對老頭才感到那小子變得陌生。活到這把年紀，像圓潭的水蛭一樣牢牢吸附著故鄉的土地活著，所有這裡發生的事情，即使是某棵老樹腐朽，某堆草叢枯黃，某隻雞染病死掉或是任何不尋常的小事，老頭都熟悉得像在身體裡流動的血脈。然而，現在看著男孩，老頭覺得自己和他之間有巨大的隔閡。老頭自問是什麼使他有這種感覺？是因為男孩不跟他分享生活裡的艱辛，男孩不跟他同樣想到一場足球賽、一場熱鬧的祭典，或是影響永佑人生活的天氣變化？啊，那昔日的記憶彷彿浸泡在老頭堅韌的意識裡，他們可能不記得，可老頭卻忘不了，這正是他不肯離開這裡的原因，即使這裡天天發生著槍戰與死亡。

阿平離開以後，老頭翹起耳朵聆聽，待他的腳步聲消失在靜謐的夜色裡，老頭才把門閂緊，爬上木榻躺平。他輾轉反側，他的家人、阿荒的家人、阿平，所有熟悉的人在他的腦海裡彷彿若隱若現。

一連串槍響伴隨從渺遠傳來的歡呼聲撕裂了靜夜，老頭驚醒過來。他彈坐起來，貼近牆壁傾聽。附近的槍聲持續響，過一會兒才轉為零星散落，最後靜默。阿對老頭的心臟劇烈跳動，他的血液彷彿凍結，手腳麻木。他喃喃祈禱阿雄不是受難者。

隔天清晨，阿對老頭依照約定尋到公里標示柱，卻沒有看到阿平。飄著霧氣的潮溼空氣中，老頭只聽見小壁虎穿梭在高高的樹冠上發出清亮的動靜，一些枯枝掉落在猶掛著露珠的翠綠草地。天色大亮，老頭看到阿荒帶著槍緩緩從營區走回莊上。

「昨晚發生了什麼事情？」老頭連忙問。

阿荒說：「阿平！天啊，那小子個子雖小、膽子卻大。您有看到他回來嗎？」

「哪個阿平？沒看到誰出來啊。」

「您隔壁家的阿平，那時他偷了槍跑掉，您忘了嗎？」

「嗯，他怎麼了？」

「昨夜他摸回來，這才誇張，差一點我就抓到他了。」

阿對老頭心裡竊喜。

「真的嗎？」

阿荒說：「昨晚，我在那邊的木棉樹下解尿。天很黑，什麼都看不見。回到醫護所的拐彎處就撞到他。我嚇一跳，以為是誰，我出聲要問，他緊張不回答。等我拿手電筒照他的臉，才發現是阿平。天啊，誰會忘記他的臉。我貼過去，他卻逃跑了。太可惜了，如果不是卡到手電筒，我就射倒他了。」

「那他去哪裡？」

「大概是爬回田裡面了吧。」

阿對老頭心臟一抽。

「為什麼是爬？他受傷了嗎？」

阿荒得意地微笑。

「不是傷也是殘了。我手忙腳亂卻也夠時間給他吃一排子彈。只是天色太黑，只能猜他中彈了。今天早上，我回到那個地方查看，草地上有很多血跡，不是他的還有誰的？」

阿對老頭愣住不回答。安靜一會兒，老頭跟男人告別，慢慢踱步回家。老頭從未像現在這樣感到緊張與焦慮，他想像阿平小巧的身影在黑夜裡逃亡，血跡隨著他的腳步滴落，他什麼地方受了傷？傷況如何？老頭無法得知。老頭祈禱阿平還有氣力逃回駐紮處，至少不是在遼闊的荒郊野地裡奄奄一息。

◇

這事件過去約兩個月，阿對老頭才又得到阿平的消息。阿平果然沒有死，只是躺著療傷兩個星期，他的腿雖被子彈射中，雙手還是可以握槍，所以阿下還是用他。沒多久，阿平第二次回到永佑莊，但這次他跟著一群人回來。戰爭已經在富山戰場掀開，掀開日後雨季裡的大戰役。阿下的任務是加強騷擾敵軍的後方，掩護主力奪得戰場主動權。接到這種工作，阿平終究不能多活幾個星期。

「我方倒了一員，是阿平。幾時有人去省城，老爸捎個訊息給他爸媽知道。」

阿雄的話和一份死亡證明書有著相同的價值，深刻地印入阿對老頭的記憶裡。

自從槍戰開打，老頭儼然成為一本生命紀錄簿，專門抄寫死去的人數，包括這邊的與那邊的。在未來的恐怖煙硝裡，還有誰將會倒下來？

第三章

前半夜阿平在橋上被射殺的消息持續引發附近地區的輿論騷動，尤其是在市場街上。跟其他無關緊要的游擊兵相比，阿平最為知名。第一是因為他年紀小，而身材又更小了，但成績卻比其他人出色。他的第一個戰功是利用了民衛隊員們的信任，偷得一把槍出逃解放區。後來，他連續參加多起殺戮：兩次引爆地雷炸掉國道上的客運、一次射傷民衛隊小隊長阮伯福、三次突襲隴市場橋。他在周遭幾個鄉鎮赫赫有名，口袋裡有兩份縣委的表揚狀、一張省委的獎狀，還有一張在殺美軍勇士比賽頒獎典禮上所拍的照片。現在他倒下來了，他的屍體被拖回民防營附近的聯絡室。他穿一件薄薄破爛補丁的上衣，過短的短褲竟還在臀部那裡補上兩塊不同顏色的布片。小男孩的頭髮蓬亂，臉色慘白，雙頰深凹，手和腳細瘦如蘆葦管，樣子十分悽慘，如同阿對老頭曾經勸過阿雄：「你愛跟誰，我管不著，但你跟這邊好歹還有雙鞋子、有件衣服可穿，過去那邊光溜溜地死掉，誰會可憐你？」

這句勸告悽慘地表白了被連綿不斷的戰爭煙硝所折磨的農村群眾的心理。那邊的主義，這邊的理想，自由、民主、和平、解放、民族、主權以及其他，多年來只是畫餅充饑。虛幻的餅並不能使貧苦的農民豐衣足食，反而使他們更加的饑餓與貧困，最後農村被摧殘得寥落、破敗。雖然，倒塌的房子可以重蓋，荒蕪的土地可以再耕種，但鄰里同胞之間的情感遭到仇恨分化，又何時能夠弭平？

這一點，阿對老頭最清楚。老頭見證過沾親帶故的人們之間的仇恨眼神，也見證了被摧毀到不懂得傷感、無動於衷的靈魂。他們的靈魂已經堅硬無感。在不安難眠的夜裡，人們埋頭躲在深挖到地下的防空洞裡。如果晚上發生衝突，那麼白天將是一片破敗，人們看見的不是惡夢，而是真切的實景。這個人的眼睛瞎掉，那個人的耳朵流血，誰的手腳四處散落，而恐怖的是親戚朋友間又有某個人永遠埋在土堆裡。在鄉野之地，家家戶戶都得替這邊或是那邊的死者立起牌位。這種悽慘的景況，讓位處火線上的農民產生了某種特殊的生活氛圍。他們沉默寡言，眼神不再靈動，舉止失去熱情，就這樣日復一日，他們引頸期盼戰爭結束，卻也依稀知道戰爭將永無止盡進行下去。

◇

在值勤簿上簽名交接以後，阿荒拎著一把湯普森槍緩慢步入街市。阿荒是阿下的親哥哥，同屬於阿對老頭所謂的不幸家庭，哥哥在這邊當兵，弟弟是那邊的狂熱追隨分子。阿下曾發誓與哥哥不共戴天，他威脅要用馬刀割斷哥哥的喉管。阿荒聽了勃然大怒，傳話挑戰弟弟出來面對，看究竟是誰才能割下對方的喉管。阿荒很看好自己壯碩的雙臂，他希望用那扎實的二頭肌夾住阿下瘦巴巴的脖子，讓阿下明白到底誰才是老大。然而，接下來要怎麼處理阿下，阿荒卻沒有真正想清楚。假如阿下開口乞求，阿荒有可能會放了他，也有可能在某個衝動的時刻，阿荒直接掐死弟弟。阿荒沒有再想下去，只是咂咂嘴自言自語：「等抓到了他再說吧！」

根據朋友的議論，阿荒屬於牛肺一類，性情急躁淺薄。他大約三十來歲，頭殼凸，額面凸，吊梢眼，眉毛濃密。四季只穿黑色衣褲，衣袖反摺至手肘，露出一邊手臂上的長條疤痕，那是跟幾個村莊的游擊兵打肉搏戰時留下的證據。另一邊手臂則是深藍色的刺青，刺著他極為得意的兩行字：「戰爭男兒、馬革裹屍。」

這兩句話似乎跟比較普遍的士兵刺青不同，後者內容通常多愁善感如「遠離家鄉」、「思念慈母」，或是一些對人生感到無奈的體悟如「紅塵打滾」等。

無論如何，刺到皮膚裡的字句多少會影響一個人的思考方式。阿荒活潑吵鬧，好勝又充滿個人英雄主義。在人群中，阿荒總是以大聲量來凸顯自己。在每一句話裡，他總是安插一些浮誇的詞藻，哪怕語意表達錯誤，他還是對自己的「知識」感到滿意。更何況，阿荒很花俏，他在脖子上時刻都繫著一條紅色的絲綢方巾，那條方巾從未離身，即使在最危險、最容易暴露、最麻煩的時刻，他都不肯解下。這種性格恰好和他老婆阿書驕縱、做作的性格不相上下。還沒結婚的時候，他們倆是村莊裡說長道短的目標。到了戰爭期間，殘破的局面蔓延到每一棵檸檬樹、每一顆橘子樹，當人們以防空洞為屋，窩居在洞穴裡躲避這邊及那邊的槍彈時，阿書依然能夠保持紅豔的雙唇和光澤柔亮的黑髮。她的裝扮雖然讓老爹們和老娘們議論紛紛，卻擄獲了年輕小伙子們的無限寵愛，其中包括阿下和阿荒。阿下懷抱著一腔祕密和絕望的情感，因為他長得差，個子矮小又黑又醜，講話粗魯沒有半點斯文。和哥哥阿荒相比，阿下差了好幾階。即使這樣，他還是愛。愈是看到阿書望向他親哥的那種晶瑩、挑逗的眼神，阿下愈發欲罷不能，愈將阿書的模樣放在心裡溫熱著。當然，這只是一股絕望的情感。在阿書眼裡，阿荒是一道強光，而阿下只是模糊的影子，沒什麼值得喜歡的。於是，在一個暗夜，大炮朝向黎洪峰密區轟隆打響的時候，阿書終於倒在阿荒的懷裡。婚禮只是將已經發生的事情搬上檯面，不會有人在意這些事，畢竟隨著戰事的演變，人們紛紛疏散了。一些家庭撤到省城，一些家庭則參加國家的屯墾政策。也有些人死去，幸好是在自己的家鄉裡千秋長眠，而這是老人家們的渴望，有些人如願，卻有些人無法預知自己的命運，只能懷抱著渺小的渴望，宛如水蛭牢牢地吸附著故鄉。雖然，大環境如此愁悶，但結婚這件事還是讓阿荒的內心充滿喜悅。阿書在阿荒的想像裡安放一身完美新娘的形象。無論何時何地，連親密的時候，阿書總是熱烈、活潑，讓阿荒感覺到自己被呵護、寵愛與侍奉著，阿荒飄飄然如喝下烈酒。

然而，漸漸的，阿荒發現阿書的風騷、調情不僅僅留給了他。阿書似乎將風騷對所有人均分，尤其是對最常碰面的一群年輕人。阿書輕挑地送出笑容、斜睨，伴隨著清脆笑聲與拍肩搭背。這種種舉動讓阿荒醋意滾滾，然而愈是吃醋、破口大罵或是粗暴地對待阿書，阿荒愈覺得阿書像是一枚飄忽的幸福，遠遠超出他所能控制的範圍。難道他必須得一輩子去追逐、挽留這樣一個火熱的人？

最讓阿荒記恨的事情是在被阿下偷鑽進蚊帳以後，阿書竟不肯掉下一滴眼淚。她依然故我、絲毫不覺得屈辱，她的良心完整不被啃噬。以至於每次喝醉提起這件事的時候，阿荒恨阿書更甚於恨阿下。他大吼：「妳到底有沒有腦子？假如我是妳，我他媽的早就投河去死。」

「我幹嘛要死？是他的錯，又不是我的錯。」阿書無所謂。

「是他，但妳為什麼不『叫』？」

「我叫，但誰聽見？你在營區裡躺，有老婆卻不好好守住，還敢說嘴。天那麼黑，根本看不見是誰，怎麼『叫』？」

阿書的話有些道理，因為很多時候，阿書熟睡得深沉，阿荒照樣壓著她做愛。可阿荒心裡還是不平衡。

「妳看不見，但事後良心要有一點不安才對啊，怎麼一副無所謂的樣子？」

「你是看得到我的良心嗎？怎麼知道我的良心不會不安？」阿書大笑。

「看妳的臉就知道。」
「我的臉怎麼樣？」
「真是氣死人了！」
「氣死就分手吧。說實話，你的臉也好看不到哪裡，只是人家不講罷了。不要老是窮漢子貪心。」
這些針鋒相對的嗆辣話語足夠讓他們兩個大打出手。最後，阿書在屋前哭泣，阿荒跑去喝酒。酒精漸漸腐蝕了他內心對於鄉里的眷戀。直到某個下午，坐在小店裡看著載滿軍人的車隊駛過國道絕塵而去，阿荒突然想要離開家去尋找新的空氣。這個念頭起初模模糊糊，接著凝聚成清晰的計算，最後變成他醞釀在心底的渴望。
「總有一天我要離開！」
離開也是對留下的人的一種報復，道理十分明顯。
◇

關於阿平之死的議論，阿荒聽見了卻沒有加入。在小市集的人群裡，阿荒喜歡湊熱鬧的本性似乎消失了，這種情況阿荒的所有朋友似乎都面臨過，尤其是他們獨自上街區的時候。這一帶不少民眾以對立敵視的目光看著阿荒和同袍們。人們有親人死於這一邊的槍彈，或是有熟識的人替那一邊活動。這類對立敵視被情感所驅動，而不是真正懂得理性比較兩邊的主義孰好孰壞。人們簡單的腦袋只關心田園、水牛、季節、太陽和下雨。看到那一邊的游擊兵無限期地過著缺飯少水的偷偷摸摸生活，於是動了惻隱之心。在這個時機點上，人們看戰爭的角度就是這麼簡單。

阿荒繞過一棵大樹下的擁擠人群，鑽進一個落魄歪斜的小鋪子。他叫一瓶酒配一盤乾蝦米。他解下身邊的湯普森槍，冰冷地放在桌上。他疲憊地想起家人、朋友和眼前分崩離析的景象。逃離一切的想法又隨著酒精滲入他的腦袋裡，使他眼花撩亂，覺得外面的陽光更加炙熱。他忽然想到作戰兵團經常性的移駐生活，雖然艱辛卻時刻變化，總是熱鬧生動，布滿著炸藥、子彈、煙硝、戰爭號角，以及身陷在焚燒火焰中的人們的徹夜嘶吼與吶喊。然後撤回後方，剩下的人瘋狂地活著，揮霍著短暫而珍貴的假期，玩女人、灌酒、破壞、打架，最後在萬籟俱寂的清晨或深夜裡幡然夢醒，又匆匆趕路邁向新的戰場。

跟這類豪情英氣的喧囂生活相比，枯守在瞭望臺上或是小範圍巡邏的日子，則是寂寥到讓他熟悉每一棵樹、每一根草，因此阿荒愈來愈有理由脫離這裡，如同已經這麼做的阿興、阿勇。此刻，不知道那兩個喜歡漂泊的傢伙究竟淪落到哪一個戰場上，阿荒也不清楚命運把他們推到什麼樣的處境。但阿荒相信，無論他們在哪裡、做什麼，應該是抬頭挺胸充滿氣魄，更勝於阿荒深陷在民衛隊員的崗位上，乾涸且動彈不得。

突然，從門前傳來吵鬧聲，人們的神色有些慌亂。阿荒甚至聽到子彈上膛的喀拉喀拉聲響。他連忙抓住自己的湯普森槍衝到門口。微醺當中，阿荒看到幾名同袍圍著一名年輕人。對方矮小的身材與枯瘦的臉龐似曾相識，阿荒努力搜索記憶，突然閃過一個念頭。

「噢，阿冊！」前面村子的阿冊，小時候曾在永佑莊打工，也曾有段時間和阿荒這群人在村小學裡讀書。

突然現身的阿冊點亮了阿荒過去一段村里沒有槍響的太平記憶。如今阿冊站在這裡，依然是昔日的矮小身軀，但皮膚慘白，神情憔悴，衣服破爛，左邊小腿肚以一團抹布胡亂綁著傷口。騷亂似乎是被這團沾滿血漬的抹布所引起。果然，一看到阿荒，阿荒小隊裡的一名成員阿友大叫起來：「荒哥來了！我們剛抓到一隻參與前晚炸橋的東西。」

阿荒穿過幾個人，一邊前進一邊問：「是前面村子裡的阿冊，你怎麼知道他有參與炸橋？」

「就是他的腳，你掀開來看看，是不是吃了我們的卡賓槍子彈？」

被懷疑的傢伙被阿荒認出來，臉色似乎恢復了絲絲血色。他小聲支支吾吾地說：「是啊，我是阿冊。荒哥，我是國家隊嘛，我完全不懂什麼炸橋炸梁啊！」

阿荒把阿冊左邊的褲管再拉高一些，問：「這隻腳怎麼了？」

「我……我……我摔倒！」

阿荒的同袍大叫：「摔倒個屁！這隻腳如果不是吃到子彈，就砍下我的頭！」

「把那團抹布剝下來看看！」阿荒下令。

「我跪你們，我求你們，這樣做我會很痛！」阿冊乞求。

他突然像孩子一般嗚嗚地哭了起來。這突如其來的態度讓阿荒更仔細地看他，兒時的記憶隱約浮現在腦海裡。然而，站在旁邊的人已迅速抽出一把短刀，彎下身來割開阿冊腿肚上七橫八豎的抹布結。抹布拆開以後，瘀青的血即刻冒出來，布滿乾巴巴的腿肚，流淌到腳趾頭，滲進乾燥炎熱的沙地裡。不知道是誰的手粗魯地按壓傷口使之裂開。幾張嘴同時吶喊：「明明是槍痕！」

「我被子彈射到，那天的流彈。我沒有加入共產黨，我是國家派，我發誓！」

阿冊絕望地挺著脖子爭論。

阿冊懊惱和害怕的神情讓阿荒猛然想起過去，許多次不肯讀書寫作業時阿冊跟老師爭吵，就是這種神情。他辯解，找藉口，然後乞求，最後贏得老師的心軟。十幾年過去，阿荒覺得阿冊仍然是阿冊，即使家鄉的面貌已經改變。正因如此，在阿荒眼中，學生阿冊壓制了游擊隊員阿冊。阿荒心裡冒出一股心酸，一如每次想起自己的親弟弟阿下。

是什麼命運導致共同擁有美好記憶的一群年輕人互相反目？是什麼驅使親兄弟在祖先的土地上互相威脅、殺害彼此？阿下再怎麼糟也是曾經和阿荒分享過往記憶的弟弟。阿荒還記得他媽媽曾說：「你要是愛我，就好好愛護你弟弟，他還很稚嫩，很可憐。」

有一次，阿下生病，阿荒守在他床邊兩三天，於是有機會仔細觀察他的光頭、幼稚的小臉，雙眼無神深凹如兩個小瘡孔。那時候，阿下就是一切，阿荒百般忍讓他，只希望他可以痊癒。而今，記憶被切割成分崩離析的碎片，疼痛而苦澀。阿冊慘白的臉，同袍的怒氣沖沖，應付眼前的事情讓阿荒莫名地感覺疲憊。幸好那時候，閱覽室爆出聲響，可能是手榴彈，也可能是炸彈。所有人驚慌推擠、奔跑。阿荒的同袍像松鼠一樣敏捷，提起槍枝飛跑。阿冊趁亂掙扎竄逃。阿荒困惑地望著爆炸的方向，又轉過來看著阿冊竄逃的方向。深紫色的血滴隨著阿冊的歪斜步伐在塵土飛揚的地面上連成一串。阿荒機械式地舉起槍尖，拉下安全閥，阿冊像眼前的肥美獵物，然而，阿荒腦海裡卻旋轉著一些衝突的影像：阿冊慘白、充滿淚水的臉，阿冊哭求老師原諒不要打他的模樣。在難以抉擇的一瞬間，阿荒無法確定該少年的位置，他是朋友，他是仇敵，他是分享記憶的同鄉同胞，抑或是摧殘、破壞鄉里的凶手？射殺他？放了他？

可是已經遲了。他的歪斜身影被慌張奔逃的一群人所遮蔽。阿荒衝上前去，阿冊又出現在射程範圍內。阿荒把槍枝托高至眉毛處，某個人衝過來把阿荒往前推移一點，這次，他果決地射出一整匣子彈，他感覺到自己的手筋抽緊，以至於有些子彈射偏向高聳的藍天。阿冊低頭猛跑，他越過一片矮籬笆，掠過翠綠的木棉樹，最後消失在幾間破爛房子後面。阿荒打算緊追上去，但他的腳似乎黏頓住了，子彈發射完以後，他失去了獵殺的興致。因為，在阿荒的眼裡，阿冊不再是搏命奔跑的游擊兵，而只是遙遠記憶中的阿冊。阿荒托槍的手垂下來，他覺得自己沒有充分的理由將窮途末路之徒逼至牆角。阿冊跟阿下、阿平、阿雄、阿榮等又有什麼不同？當家鄉還在承平時期，他們都是在田野間喧鬧、跳躍的一群天真的孩子。

第四章

剛剛的爆炸發生在聯絡站附近，那是聾五老頭的孫子扔出來的土製手榴彈。聾五老頭曾經是這一帶最富裕的人物，他擁有幾百畝稻田，園子寬廣而遼闊。他只有一名獨生子，兒子娶了老婆，生了唯一的孫子，也就是現在的阿用。後來，兒子死了，兒媳婦守寡幾年後跑掉再嫁。阿用跟爺爺、奶奶住在一起。阿用八歲那年，奶奶去世，全家只剩祖孫倆。老人遲鈍、糊里糊塗，小朋友則剛好十二歲。這正是阿雄覺得適合加入解放兒少團的年紀。阿雄已經完成拉攏工作，偏偏老頭子抵死不肯。

聾五老頭是在對抗法國殖民時期變得糊里糊塗，他有錢，人人皆知。但在離亂時代，有錢成為災殃。地方強豪勾結了法國殖民者，誣賴阿五老頭接濟抗戰勢力，他們抓了他，嚴刑拷打整整半個月，趁機挖走他積攢的家底。等到被釋放回家，阿五老頭的兩隻耳朵壞了，聽不見聲音，而且有點稀里糊塗。他的記性不再像從前那樣聰敏，一些遠的近的記憶在他腦海裡亂成一團。唯有一點不忘，如樹根牢牢扎深入土地——是他那分仇視強權和法國殖民者的心情。

剛開始實施拉攏工作時，阿雄問聾五老頭：「你還痛恨法國殖民嗎？」

聾五老頭大喊：「我死活都記著！」

「現在情勢改變了，法國人的壞是一分，美國人的壞是十分，你知道嗎？」

「美國人是誰？」

「就是美國賊啊！」

「他們在哪裡、做什麼，我哪裡知道？」

「因為你沒有出門才會不知道。現在法國賊走了，美國賊又來了。」

「他們幾時來，我沒看見呀！」

「天啊，都說了，你不出門當然看不見啊。美國賊也是尖鼻子、綠眼睛、燒房子、搶東西，殺害女人和小孩。哎呀，比法國殖民還壞十倍！」

「是喔？」

看老頭子沒有更多的表示，阿雄又問：「只有『喔』嗎？你要做什麼來幫助大家抗美救國呀。在區那邊，大家很積極追隨革命呢！」

「是喔？」

「有錢的人捐錢，有力的人出力，有孩子的人貢獻孩子，讓孩子加入革命力量。」

「是喔？」

「那……那您老爺怎麼打算？」

「打算什麼？」

「您要加入革命嗎？」

「我哪裡懂得革命革脈什麼的？」

「不懂沒關係，加入就懂。」

「算了，我家住得好好的，沒事去別的地方幹什麼？」

「您什麼都不懂，做革命在哪裡都可以做，沒有人逼你離開，你怕什麼？」

「但我加入能做什麼？」

「什麼都不用做，只要精神支持就可以了。」

「我有什麼精神可以支持啊？」

「那您就歡呼革命、讚美革命，誰有革命的覺悟您就稱讚他，誰反對革命您就批判他，那就是精神支持了。」

「但我誰都不認識，哪來讚美和批判？」

「怎麼不認識，周圍一堆人啊，阿用啊，他已經覺悟革命了，你讚美他幾句，鼓勵他，讓他振奮。」

聾五老頭大喊：「天啊！阿用他懂得什麼？算了，你放過他吧，他才張開眼不久而已。」

「您別這麼說，大家聽了會笑。愈小卻懂得革命覺悟才愈珍貴啊！」

「算了，算了，別人怎麼樣不管，我家阿用的鼻涕都還沒乾啊。」

「可是他全力支持革命喔，這樣才厲害喔！」

「他懂什麼支持？」

「天啊，你都不關心他的工作。他是這附近頭一個參加革命的兒少分子，將來他還會被選去裡面學習政治喔。」

聾五老頭立即彈站起來，他的鬍鬚倒豎，雙眼圓睜，看見自己人生最後的幸福被侵犯，他破口大罵：「去你的老祖宗！你們愛幹什麼就去幹，但想引誘我的孫子我就殺掉你。他還在吃奶呢，能懂什麼！」

阿雄失去耐性，也怒沖沖地衝著老頭子的耳朵大吼：「你都老到入土了還這麼膽小，只有膽小鬼才會亡國！」

聾五老頭舉起掃把打阿雄的頭，第一記沒打中，他一邊打一邊罵，聲音顫抖。「我想幹嘛不要你管。膽敢引誘我的孫子做不三不四的事情，我就殺掉你。」

這件事發生至今將近兩年了，當時所謂「革命之光」還沒有蔓延開來，也沒有足夠力量逼迫人們跟隨。但等到西寧省的第一記槍響後，火線擴大起來，一些埋在地下的武器被挖出來，一些恐怖的暗殺開始發生，以至於聾五老頭終究得屈服，而在農村的靜謐幽黑中還有多少人必須跟著屈服？人們僅希望能夠平靜地跟水牛生活，犁幾片田，此等微小夢想卻多麼難以實現！在戰爭的箝制裡，沒有人可以昂揚中立，只能被迫選邊站，不是這邊就是那邊。而無論跟隨哪一邊，樸實人民的生活都被翻攪成一團混亂。例如聾五老頭的遼闊園子就被搞成聯絡站和藏身的地窖。地窖從水圳的無花果樹根底下開始挖掘，橫穿過地下，抵達豬圈的底部。漸漸的，國道上的炸彈案、埋伏攻擊、零星射擊事件，或是破壞橋梁的攻勢等，都從這個特殊的藏身處發出。聾五老頭乾脆徹底裝聾。他不看，不聽，不說任何一句話。尤其是那天，他的寶貝孫子拎著馬刀回來，大聲威脅老頭不准反抗革命、不准攔阻人民的起義氣勢。無禮且忘恩負義的舉動，著實狠狠打擊了聾五老頭的耗弱精神。那分痛楚隱隱撕裂著他，使他經常生病且不時瘋瘋癲癲。老頭子躲避所有人，躲避跟阿用碰面。他的江山縮小到一個狹小、陰暗的房間裡。當然，這樣的生活作息是無法「阻攔革命」的，阿用因而獲得省級發下來的一些獎狀。阿用現在的任務是監視著國道上往來的車輛，提供訊息給在區域內活動的幹部和游擊兵。他家裡的祕密地窖被當成重要的聯絡據點。很少有搜索進到他那偏僻的村子，即使國家力量進來也只是粗略地看過。彼時，許多戰場同時展開，許多戰役激烈開打，區主力軍已經出現，但轟炸尚未真正毀壞偏僻的村莊。只是各地的日常生活節奏開始被攪亂，在同一個村莊裡，撕裂相殘正逐漸成形，在同一個家族裡，有人在這邊當兵，有人在那邊戰鬥。

◇

炸橋的當晚，除了阿平喪命以外，還有阿冊被子彈射穿小腿。阿德、阿下與同夥撤退過圓潭之前，他被放在聾五老頭的地窖。阿冊躺著呻吟老半天，傷口腫脹起來，他害怕要切掉一隻腳，所以哀求阿用帶他去市集那邊找一位當護理師的表哥。阿冊雖討厭美國、討厭國家，但又很渴望抗生素。聽說，抗生素是萬能的，可以醫治各種疾病，連風溼病、飲食匱乏引發的痢疾都可以去除。阿冊認為，只要一劑抗生素就可以醫好他的腳傷，他就不用癱在阿用家豬圈底部的潮溼地窖裡。因此，他冒險一拐一拐地摸上市集，阿用偷偷跟在後面護送。阿用的褲腰裡塞著一顆土製手榴彈，他想萬一有事情發生就可以用來保護阿冊。

於是阿用真的扔出那顆手榴彈。他對準閱覽室的大門扔出，製造騷亂，讓阿冊趁機逃跑。阿冊果然逃出阿荒那猶豫不決的射擊範圍，偏偏是阿用自己頹倒在離手榴彈爆炸地點不到四米的地方。這是阿用第一次實踐他所學到的手榴彈使用方法，跟他的遲鈍顫抖反應相比，這種殺人的東西爆炸得太快，以至於他全身插滿碎片。他陳屍在地面上，血液染紅了炙熱的沙地，旁邊則是一扇被摧毀的木門，一臺碎裂的機車，和一名被炸開肚子的民衛隊員。這個命數不好的年輕人才剛結婚滿兩個月，叫作阿西，但同袍都開玩笑叫他「么叔」。么叔個子小巧，皮膚細白，舉止羞怯像女孩子。阿西結婚的時候被全單位嘲笑逗弄，畢竟像阿西這麼害羞的人，誰都想不到他竟敢娶老婆，而且還比所有人來得早娶。阿西今年剛滿十九歲，他的老婆大他一點點，二十歲。才二十歲，才兩個月左右的新婚情濃，根本抵擋不了忽地降臨的哀痛。新寡的少婦在災難現場呆愣住，臉色死灰，失神的雙眼張得大大的，卻什麼都看不見。有人找到一張草蓆覆蓋在阿西破爛的屍體上，她才跳起來，衝上前吶喊掙扎。僅在一個短短的、炎熱窒息的下午，阿西姐完全變了一個人，原本水汪汪的黑眼睛充滿紅色血絲，柔亮的黑髮蓬亂且沾滿塵土和血漬。從事故發生的市集回到家裡，她一路上呼喊翻滾，身上穿的衣服被磨得破爛，露出滿是瘀青和擦傷的細嫩皮膚。周圍的人難過地望著她，且深深感覺自己的無能為力。當時候，天空依然飛過沉重的飛機，國道上仍駛過載滿兵團的車隊，而附近左右，在一些濃密的樹叢裡，依然躲藏著偷偷摸摸的游擊隊。

生命紀錄簿，也就是阿對老頭，又記上新的名字。安葬阿西之後的隔天晚上，阿對老頭啜飲著白米酒，傷感地想起昔日有關「幫傭阿西」的記憶，老竹哭嫩筍就是這樣吧！

老頭說：「他的個性很好，長期吃著聾五老家的糧食。他曾經揹阿用去村裡的學校上學。五老警告他：『你小心看顧弟弟，尤其是注意車輛。要是弟弟出了什麼事，我讓你活不了！』阿西俐落地把阿用揹起來，笑嘻嘻說：『他就這樣坐著一路到學校，我死他才會死！』沒想到，兩個人真的死在同一個時間、同一個地方。只是阿西死的情況讓人難以置信。」

有人問：「他是不是沒有爸媽？」

「不是啊，他爸爸去抗戰，說好兩年回來，結果一走了之。至於他媽媽，聽說改嫁給一名跑省道的司機。說也奇怪，不知道他怎麼想，竟然參加民衛隊。萬一將來他爸回來，父子倆對著幹怎麼辦？真的要開槍嗎？」

「這就難說了，戰爭裡的子彈不長眼睛，哪管誰是爸爸誰是兒子，但應該不會真心地互相射擊啦！」

「你說得好奇怪，你怎麼知道不會真心互相射擊？」

「相信我吧，我都這麼老了，怎麼可能胡說八道。別的地方我不知道，這附近的人，包括五鄉十四莊，人民都很質樸老實。我活了一輩子，沒見過哪一件是故意謀殺的。」

「以前跟現在不同，現在是戰爭，這邊跟那邊分得清清楚楚。」

「對，沒錯，殺就殺，但一定沒有真心在裡面。你現在當國家兵，遠在天邊的叔伯加入共產黨，你又不認識他，不知道他住哪裡，怎麼會真心殺他？殺就殺，射就射，但沒有仇恨。」

另一個人插嘴：「嘖，真心也死，不真心也死，死了還坐起來聊『真心』。」

這句話讓所有人爆笑起來，阿對老頭尷尬地閉起嘴巴，但心裡還是不高興。過一會兒，他又說：「還是不一樣啊，如果有什麼事情驅使人們互相射殺，那也會有什麼事情讓人們和平共處啊。同一個村子，同一個國家，又不是陌生人，怎麼會真心互相仇殺。」

「不錯，不錯，那事情發生了嗎？」

「幾時發生啊？你就算去問我爺爺，他也不知道該怎麼回答。」阿對老頭苦澀地笑著。

聊著聊著，忽然掉入靜默而沉重的空洞當中，黃昏趕走了白天，又帶來暗夜的焦慮。在黑魆裡，每個人的黑眼睛似乎睜得更大，每個人都懷著忐忑不安的心情，沒有人預知今夜將會發生什麼事情。

第五章

阿荒的媽媽還沒聽完兒子的話就已經顫抖、崩潰。

「你真的要走？」

阿荒堅定地點頭。

「我真的走。媽，我想清楚了，參加美國突擊隊，就是跟這個古怪地方斬斷關連。媽，您不是擔心哪天我和阿下在祖先牌位前面互相殘殺嗎？」

老娘嗚咽抽泣，哭聲讓阿荒尷尬為難。他本想找一句話來安慰，但只是靜靜站起來走到屋外。他不敢再看媽媽，媽媽的消瘦、憔悴，單薄的肩膀所堆疊的憂傷，很可能使他改變主意。阿書從院子外面進來，臉色冷淡。

阿荒說：「妳到後面來，我有話跟妳說。」

「我知道了啊，你打算加入美國突擊隊嘛。」阿書聳肩。

阿書平常的態度讓阿荒覺得好處理，他發現告訴老婆這個消息並沒有想像中困難。阿荒立刻說：「不用打算，我明早就出發了。」

阿書眼神發狠。

「你馬上出發也可以，關我什麼事。」

「怎麼這樣子說話，好歹我們是夫妻啊。」

「哼，你好意思提夫妻兩個字，如果是夫妻你就不會半路丟下我走掉。」

「我走了以後會再回來，難道是永不回來嗎？」

「這年頭會怎麼樣很難說。但說說而已，我沒有挽留你啊，那是你的自由嘛。」

「我拜託妳幫我照顧媽媽。」

「呵，這件事我沒辦法答應。」

「怎麼沒辦法答應？」

阿書眼睛瞪圓，口氣不屑：「能怎麼辦？天地這個樣子，哪知道誰先死、誰後死。一場翻車，一顆炸彈就沒命了，哪裡能答應。」

阿荒長嘆一口氣。

「這麼說太極端，也有平常的時候啊。」

「沒有什麼平常的了。如果是平常，阿下就不會跑去打游擊，你就不會參加突擊隊，我就不會變成孤家寡人。算啦，你的事情，你自己管就好了，別多想，想多了會累。」

說完，阿書跨上臺階，閃過阿荒高大的身體，直走進房間裡砰一聲關門。阿荒失魂落魄地站立在原地，心思騷亂，他看不見外面的一切，連媽媽在木板牆後面的啜泣聲也充耳未聞。

那天傍晚，阿荒沒有回到守衛塔。他拎一瓶酒到阿對老頭家裡，想在出發之前跟老頭喝醉一場。然而，阿對老頭臉色發青，像驅邪一般驅趕他。

「沒什麼好玩的嗎？怎麼會想今晚待在家裡？立刻回營區去！誰知道他們什麼時候回來。」

厭煩的思緒讓阿荒什麼都不在乎了，他嘻皮笑臉。

「誰來我都不怕，明天我要走了。我想呼吸家裡的空氣一個晚上，明天在戰場死了也不後悔。」

「你就胡說八道，人去哪裡都是命中注定。」

「對啊，如果您相信命數，那今晚我注定會死的話，在哪裡都會死。躺在營區裡，不小心誤扣板機也是沒命。最好是跟您喝光這一瓶，忘光這個世界。」

「我不能喝啊，你杵在這裡，我怎麼喝，萬一他們深夜回來怎麼辦？」

「您以為我怕阿雄啊？」阿荒皺眉。

「連小孩子都要怕，別說是阿雄。槍藥、炮彈又不是開玩笑。你沒看到小屁孩阿用搞到阿西粉身碎骨嗎？」

「您說的也有道理，但我預感不會發生什麼事情啦。今晚又有月亮，等一會兒應該會很亮。這景色讓我想起以前上學的時候。」

「以前不一樣，現在不一樣。」

「當然囉，所有男孩子都在，阿下、阿雄、阿冊、阿良。哎呀，踢球真好玩，每次回來，您都請我們吃蜥蜴肉粥。」

「我希望天下太平，可以再煮蜥蜴肉粥給你們吃。」阿對老頭嘆氣。

阿荒咂嘴說到：「到那時候也湊不齊人了。每過一天就是少一個，只怕我們這一群不會有誰活下來吃您的蜥蜴肉粥。」

「我求神拜佛讓我比你們先死，我不想要總是老竹哭嫩筍，太悽慘了！」

頓一頓，把激動的情緒壓抑下來，阿對老頭接著說：「像聾五老才真的慘。阿用死的那天，他叫喊得有多傷心。一代竹子哭兩代筍，阿用他爸，再來是阿用，有哪個時候比現在艱辛的嗎？活太久有什麼用，只是更多負罪罷了。」

「還沒呢，最殘酷的戰爭還沒真正延伸到這一區，但聽槍聲也是近了。我聽說他們在靠山那邊的密區裡練隊整軍呢。」

「那會打得更激烈嗎？」阿對老頭擔憂。

「一定是了。」

「但這一區有什麼好擔心呢，他們要占也占領別的地方吧？」

「一號國道是主動脈，而永佑莊又不遠，就在一公里內而已啊。」

阿對老頭長長嘆一口氣。天色真正暗下來了。所有事物皆被初月的黯淡光芒所籠罩。所有樹叢、草地、草屋頂、牆壁都像是緊密編在一起、黏成一團且沾滿牛奶色的巨大物體。阿荒劃一根火柴，想催阿對老頭點燈，卻被阻止。

「這樣坐比較放心，萬一他們摸回來，你還能開溜。」

「但黑漆漆的喝酒沒意思。」

「哪裡需要燈火。等那鍋蜥蜴肉熟了就分兩大碗，一人一碗不就好了。我去看看，說不定已經熟了。」

說完，阿對老頭站起來。他熟稔而快速地摸黑從前屋走到廚房。不一會兒，他又伴隨著香濃的魚露味出現。一老一少靜靜地咀嚼、喝酒。酒氣辣辣的，夜裡的空氣涼爽舒服。過了一會兒，阿荒提起前天發生的事情。

「如果我的手握穩一點，阿冊就倒了。不明白為什麼瞄準他的時候，我竟會發抖。」

「我希望你們拿槍的時候都發抖，如果沒有人插手，那阿下和你，阿冊和你，阿雄和你，沒事幹嘛要殺死對方。」

阿對老頭話才講完，就有腳步沙沙踩踏在大門外面的枯葉上。老頭閉嘴，匆忙把阿荒推向黑暗中。好在那人出了聲，讓老頭鬆了一口氣。

「對老啊！」

阿對老頭站直起來，穿雙拖鞋，踏下臺階。一個熟悉的身影在黯淡的月光下出現，阿對老頭叫起來：「五老！」阿對老頭快步向前，湊近老朋友的耳朵說：「老天爺，烏漆摸黑的是要去哪裡？」

「下午，從阿用的墳墓到這裡。」阿五老頭朝著內田的方向抬下巴。

阿五老頭手上的提籃內，瓶罐碗盤喀啦相碰，他說：「可憐阿西的老婆，她不肯回來，可能想在那裡睡。」

阿對老頭大叫：「她是傻了嗎？怎麼會想在田裡睡，就算沒有流彈，這時節的天氣也會生病死掉。」

「我拖她走還被她罵。後來，她跑進圓潭那邊，等明天天亮，你叫幾個人去找她。」

說完，阿五老頭就走了。他瘦癟、頹喪的背影消失在黑暗的大門口。阿對老頭遲疑幾秒，才剛轉身就撞到不知何時出現、站在身後的阿荒。

「阿西的老婆？」阿荒憂慮。

「是啊，她還在外面打轉，真可憐。」阿對老頭嘆氣。

「不能這樣，要接她回來。」阿荒說。

阿對老頭驚訝地說：「你也跟她一樣犯傻了嗎？這時候到田裡會死。」

「哎呀，您想太多了。我們怕，他們也怕，又不是三頭六臂。我要去叫她回來，可憐的阿西，他自認是大家的老么嘛。」

阿對老頭想了一下說：「那好，我自己去。你別去，麻煩！」

阿荒不同意。

「我不能讓您牽連到這件事。對得起阿西的情分，是我的責任。」

來回爭論一會兒，結果兩人一起摸索走到田裡。天空清朗，雲結成一片片反射著朦朧月光。風呼呼地吹，竹節草沙沙響動。遠方的飛馬營在淡弱黃光中寂然不動，蘆葦連成一片幽黑印在天際。路愈走愈崎嶇，低矮的鵲腎樹開始像小土丘聚集，河水正高漲，水漸漸四處擴散，漫成看不盡的一大片。

突然間，阿對老頭舉手示意阿荒停下。在兩人面前是一間小草寮，草屋頂很斜很低，周圍長滿茂密的野草。在太平時期，這種小草寮通常是牧童、釣青蛙或是抓蜥蜴人們的落腳之處。太久沒有人使用，有些草屋頂完全塌陷，還有三、兩間零星分布在通往圓潭一帶的路上。眼前的小草寮雖完全被黑暗所覆蓋，但阿對老頭似乎聽到異樣的聲響。阿荒往前邁幾步，側耳傾聽，確認真的是有人在小草寮裡面。那是一種模糊不清的嗚咽，還有枯草上摩擦的聲響，而周遭則有昆蟲一陣一陣地鳴叫著。阿荒驀然想起年輕、充滿生命力的阿西姐，他打了個冷顫，掃視周遭的黑暗。阿下、阿雄他們簡直就是習慣躲在黑暗中窺探的狐狸，而阿西姐無疑是一塊美味的餌。阿荒的腸胃滾滾燃燒起來，他嘩啦踩過一窪水，轉一圈已欺近小草寮旁邊的矮土丘。阿對老頭連忙緊貼在他身後。小草寮內的聲響沒了，一片寂靜沉重地壓下來。但那只是片刻，陌生人從裡面踩破小草寮的另一邊牆壁飛奔出來，旋即在鵲腎樹叢後方消失。

方才的嗚咽聲又響起，阿荒衝到小草寮門口，認出有人被綁縛掙扎的聲音。又是一分鐘寂靜。阿對老頭早已站在阿荒旁邊，老頭巍巍顛顛擋在門中間，大聲說：「我是老對，你們不要亂開槍。」

老頭的聲音沉入黑夜中，無人回答，也沒有阿荒等待的槍聲。阿對老頭趁機迎著風點燃一根菸，踏入小草寮。那時候，阿荒才敢快速閃一下手電筒。手電筒的綠光照在一具近乎全裸的身體。一股義憤升起哽住男人的喉嚨。他想起矮小的同袍以及共同生活的日子。如今阿西死了，而阿西的老婆則淪落到這等慘況。阿荒的眼睛冒出兩滴辣辣的淚水。他將自己的衣服蓋在女子身上，把人抱起來，垂頭喪氣地走出來。黯淡的回程中，淚水布滿他的臉孔。

第七章

幾天後，阿對老頭掏盡所有積攢的家底，湊出兩千多塊錢。他摸索到市街，進到區域裡唯一的西藥店，把阿問的紙片攤在櫃檯上，充滿希冀地望著店鋪老闆。老闆只是瞥過一眼就聳肩。

「全都是稀有的抗生素，這裡怎麼可能會有。」

「拜託您幫幫忙，我急著需要醫治病人。」阿對老頭乞求。彷彿怕說溜嘴，他接著說：「我家媳婦懷孕又生病，很危險。」

「知道啦，但這裡只是代理，怎麼能夠齊全。我只能賣給你一兩樣，剩下的你要到省城裡才有。」

阿對老頭咋舌。

「天啊，我怎麼可能去省城，家裡沒人啊。」

「那怎麼辦？」

「我把錢放在這，拜託您幫我買。」

「不行的，老人家。我要把這間店收了，這整個月以來，做不了生意。情況這樣，你沒看到嗎？」

「那省城應該有吧？」

「應該有，那裡的店家多，去那邊逛逛，說不定都有。」

阿對老頭沮喪地把紙片放回口袋，走出店外。隔天，他換幾趟車坎坷進省城。老頭子買夠所有藥品裝滿手提袋，才在隴市場橋下客運，就被一群士兵攔截。

「送抗生素給越共嗎？」其中一人淡笑。

阿對老頭嚇一跳，呆住了。他認出眼前三個熟人是阿仲、阿興和阿樓。他略略安心，勉強笑著說：「哎呀，怎麼控告這些天大的罪名啊，各位老弟。」

「整個市街都在談論您去搜刮抗生素，對吧？」其中一人出聲。

「胡說八道，我買藥治病而已呀。」

「怎麼了，您哪裡病？哪裡痛？」

「唉，年紀大了，頭痛、打噴嚏、筋骨痛，亂七八糟的。」

「那讓我們看袋子吧，是不是草南山補腎丸？」

一個人欺近搶走阿對老頭手中的提袋。阿對老頭抽回來反抗。

「難道筋骨痛就要吃草南山嗎？這年頭有更多、更好的藥。」

「那就給檢查吧，不是接濟越共的抗生素就算了。」

「是抗生素沒錯，但不是給越共什麼的。」

阿樓始終保持安靜，到現在才開口：「那您給弟兄們完成分內工作吧，如果沒事就好，不會有誰為難您。」

袋子打開，一盒盒藥品有盤尼西林和達比黴素，負責搜查的男人一一念出藥名，所有人叫了起來：「我的老天爺，都是抗生素類，不是接濟越共那要幹什麼？」

「買來用啊，你們看看，一點點怎麼可能接濟誰啦？」

「螞蟻慢慢搬也能搬滿螞蟻窩了。來吧，請您跟我們回局裡解釋。」

一群人押解阿對老頭走回市街。阿對老頭一邊走一邊嚷嚷，他的鬍鬚翹起，臉色通紅。

「應該不會把您關起來啦，這裡有誰不知道您？」阿樓安慰。

「不關我那拉我回局裡幹什麼？」

「那也要跟村里行政部門報告才是。您做得太張揚了，大家都在傳您搜刮抗生素，大家都很好奇啊。您是不是買給阿雄？」

「他是我兒子，我有權利買給他吧！」

「可他是游擊隊。」

「什麼爸爸都有權利愛護兒子。難道他生病了，我不管讓他去死嗎？」

「所以才希望行政部門的人理解我們嘛。您安心吧，我相信沒事。」

「天啊，我都這麼老了還要關監牢，那簡直沒天理！」

「誰把您關監牢了？」

「押解成這樣不是要關監牢是什麼？」阿對老頭生氣。

「拜託您理解我們一下，如果真要關您，我們早就把您給捆住了。」另一個人插嘴。

在村里行政辦公室裡，阿對老頭被帶去坐在靠牆壁的長椅上。行政主管不在，但有保安委員，這個人是阿對老頭妻子那邊的遠親，稱呼阿對老頭姨丈。他接過手提袋，把十二盒藥排在桌面上。

「姨丈好傻啊，誰教您去買這些危險東西？」他說。

「有什麼危險，省城裡大家自由買賣的。」

「省城是一回事，這裡是一回事。姨丈您不知道，為了準備在雨季裡的大攻打，越共撒錢去各個西藥店搜刮抗生素。」

「他們搜刮他們的，不關我的事啊。」

「是，我也明白，我會在筆錄裡照您的話寫，但我沒有權決定，要等主管。」

「我覺得不會有事，您放心坐在這休息一會兒。您餓嗎？我去買麵包。」阿樓又安慰。

「算了，我沒心情吃東西了。」

仔細看從阿對老頭手提袋裡挖出來的藥品，人們認出，連醫治破傷風的藥都有了，明顯是購買者有意用來防止傷口感染。阿問的遠慮害阿對老頭的情況沒有如阿樓想像的順利擺平。一切細節都被記錄在公文裡，從村里轉到郡，從郡轉到省，而省那邊則留住阿對老頭以進一步調查。如此就很難知道阿對老頭幾時才能夠回到熟悉的村莊，回到他所發誓無論戰爭演變到什麼情況他都不會離開的地方——要死也死在那裡的地方。至少能夠埋在老家，至少能夠在閉起眼睛之前，最後一次看到茅草屋頂、綠竹叢，呼吸最後一口生活了超過六十年的熟悉空氣。

◇

照阿樓的意思，阿對老頭在永佑莊的角色不可或缺。唯有阿對老頭阻止得了阿下、阿雄的瘋狂計畫，這些人滿腦子仇恨思想，巴不得清算曾經跟他們一起分享溫馨回憶的親朋故舊。也是阿對老頭多次掩護他們躲過飛馬營國家軍隊的大肆搜捕。老頭簡單卻顛撲不破的想法是，在這個充滿憂傷痛苦的局勢裡，所有人都是受害者。有些人被解放的理念驅趕入火爐，有些人則以自衛的理由反擊。然而，這場漫長戰爭的本質是這樣嗎？無論擁護哪一種理想或主義，至少都要尊重人的生命權，而人們卻以生命權之名去製造毀滅。一旦毀滅過程太漫長、太殘酷，就找不到什麼合理的招數去維繫了。

這些念頭讓阿樓很困惑，如果他和朋友的路途能夠被照亮如白日就好了。把自己的生命押在沒有方向的賭局裡，不啻是一種痛苦和折磨。每次跟弟兄們在一起，阿勇准尉經常提起自由、公平社會、保障生活等理想。這些華美的語言如過去文人雅士的筆跡被裱框珍惜，供大家欣賞、仔細收藏著。然而，那也不是生活無時無刻的必需品。自由、公平、保障無法時刻成為人們行動的動機。還是需要比這些華美名詞更具體的什麼事物才好。它必須讓人們感覺得到、為之感動，尤其是對那些質樸老實的鄉下村民，他們終年只會為自己微小尋常的夢想感興趣。

好在這些糾結的心情不經常使人們自我審查或自我批判。生活還有更多枝微末節占據人們的心思。每個人有每個人的環境和狀況，每個人都要擔心生計、疾病和千萬種現實問題，這一切已經遮蔽了人們所能意識到的精神空白。

例如阿樓現在最關心的事情是他的第一個兒子即將出生。阿對老頭夾在兩名士兵之間，站在國道邊等待客運遞解到省城的身影，僅是稍稍讓他感慨。等到阿樓踏過產護所的門檻，那些紛擾、零星的想法即迅速消除，讓位給更加強烈的憂慮。整整兩個鐘頭內，他在一張歪斜的木桌邊緊張、坐立不安。低矮鐵皮屋頂散發下來的熱氣讓他大汗淋漓。他周遭亂扔著菸蒂，他的嘴巴燥苦，唾沫像是在喉嚨裡黏稠、收乾。他的眼睛黏在緊閉的褪色木門上，四周安靜彷彿分擔著阿樓姐一陣一陣的吶喊。她叫他的名字，她想要媽媽，她要到省裡的大醫院。她想要死，讓阿樓在嘗到幸福以後付出代價。

突然，阿樓姐叫得更大聲，她的吼叫像是要把阿樓的心肝捏碎，緊接著是嬰兒哇哇大哭。阿樓把菸蒂扔到門口，跳向前猛力拍打木門。門打開，接生婆一臉疲憊地出現。

「忍一忍，等一等，還沒呀！」

阿樓著急問：「兒子還是女兒？」

「兒子，開心嗎？」

阿樓什麼都聽不見了。他拎著槍直奔馬路，他想要告訴任何熟人他的老婆生了兒子。他最先遇到的人是阿書，雖然他不怎麼喜歡這個花枝招展的女人，阿樓仍喜孜孜地說：「我老婆生兒子了，阿書！」

跟阿樓的預料相反，阿書以一種熱絡而乾脆的態度接收消息。她歡呼起來，且急忙地跟所有人通報好消息。

「喏，阿樓姐生了，生兒子呢，開心吧！」

阿書的熱絡讓阿樓對她稍微有好感些，他說：「妳會去探望他吧？」

「去啊，但要去買些東西吧，他有衣服、尿布了嗎？」

「什麼都不缺，妳去探望就很好了。」

「好啊，去完市場之後就去。」

阿樓來不及說謝謝，他拚命跑回飛馬營。阿書微笑望著，身體搖啊搖。自從阿荒走了以後，她覺得生活變得輕鬆，如風一般自由。阿書做的第一件事是換新自己全部的化妝品，再怎麼說，用新的口紅還是比舊口紅好，腮紅也可以刷得比以前更豔一些。把屬於阿荒的事物還給他，而我們就可以像鳥兒在天空中翱翔，可以看見許多新奇的風景。只可惜這裡的青年人太少了，年輕的男人都走了，留下來的都是蒼老的面孔。阿書唯一能渴望的對象只剩下飛馬營的阿勇准尉。然而阿勇是那種過分多疑、膽怯的人。生活在這裡的這段時間，阿勇准尉看見誰都懷疑他們是越共。每次走出飛馬營，阿勇准尉都要拉上幾名士兵跟隨。在飲料店裡，他選最裡面的安全角落，在小客運上，他只坐在司機旁邊，出聲威嚇：「從這裡到木棉樹三岔口，不准停車，停下我就先斃了你！」

那雙冷冰冰的眼睛、性感的嘴唇、健壯的體魄，只能動搖阿書每每於輾轉難眠中的心智。失眠的夜裡，阿書脫衣服在水槽邊拚命沖水。只有那些時刻，阿書才覺得阿荒離開是有些道理的，阿荒捨棄這裡的狹窄生活去尋覓更為遼闊的天空。阿書把搬家到省城裡的想法跟婆婆商討。

「搬到省裡，然後呢？」阿九老娘酸澀地笑。

「我們做生意啊，在這裡死待著，一輩子窮光蛋啊，媽！」

「這時候談什麼窮或富，算了，在家裡能活多久算多久。」

「您這麼說就沒辦法了，隨便您，但我要走，您不反對吧？」

老娘抬頭望著阿書，片刻才回答：「妳的事妳自己打算，我怎麼管得了？」

阿書滿意地微笑。

「是啊，我先跟媽說罷了，我也還沒打算到那裡啦，等阿下回來，我打聽情況再說。」

「哼，算什麼算，他沒臉再回來了。」

「媽怎麼知道？」

「從那時候到現在，他怕阿荒，哪裡敢回來？」

「現在不同了，他應該知道他哥進突擊隊了。再怎麼說，他也要回來看媽媽才是。搞革命怎麼好意思丟掉老母親？」

果然如阿書的猜測，阿荒離開後不久，一個夜晚，阿下摸回來。這回他閉嘴站在窗戶旁邊往屋子裡看。深夜的微弱燈火無法照亮陰鬱的大房子。在後面的房間裡，老娘睡得沉，鼾聲陣陣。在外面的床上，阿書還醒著，反覆看著一張快被揉爛的舊週報。一會兒，阿下舉手輕輕敲門。阿書嚇一跳，憂慮地往外看，問：「是誰？」

阿下遲疑地說：「阿書姐，是我。」

阿書站起來，把燈挑亮再走到門口。門閂緩緩抬起，阿下出現在微弱燈光中。阿書微笑。

「阿下小叔，這麼晚了去哪裡？」

「我回來看看，能讓我進去嗎？」

阿書退後，讓開給他。

「進來啊，你的家嘛。」

「少來了，我是共產黨員，廢物嘛。」

「誰這樣說你？」

「阿荒啊，能有誰！」

「他已經走了，提他幹嘛？」

阿下安靜，露骨地把阿書從頭看到腳。這種目光讓阿書不自在，她連忙說：「你快進來啊，難道要一直杵在這兒？」

「媽媽呢？」

「媽睡了。」

「我餓了，有吃的嗎？」

「有冷飯和酸魚湯。」

「哇，熱一下多好！」

「那就加熱，簡單嘛。」

「太好了，我來幫妳。」

邊說，阿下提起燈走到屋後，阿書安靜跟著。片刻，火點燃起來，在廚房牆壁上映出一片搖曳的亮光。阿下依靠在碗櫃邊坐著，雙腳伸直，他喀拉地扭展身體。阿書則在爐火邊不出聲，火爐的熱氣讓她的臉頰愈來愈紅，頭髮慵懶披肩，一兩根髮絲貼在平坦的額頭上。阿書穿一件棕色絲綢上衣，袖子剪到腋下，露出豐滿、成熟少婦的細滑肌膚。

兩個人有一搭沒一搭地對話，聊了幾句就無話可說，四周只有木頭劈啪炸裂的聲音，酸魚湯鍋裡的湯水滾動，廚房屋梁上幾隻老鼠奔跑。突然，阿書感覺到脖子後方一股熱氣，不用回頭也知道是阿下偷偷靠近。他的喘息像是要壓過了即將燒開的湯鍋，他的手輕輕撫摸阿書的肩膀。阿書傾聽前屋的動靜，周遭一如那夜阿書與阿下第一次共度的緊張與歡愉。阿下的手掌像蛇輕柔地爬繞阿書的脖子，她輕輕顫抖，把火夾子丟進火爐裡，她感覺到阿下的手扶住她的秀髮如溫軟的枕頭。湯鍋沸騰起來，水嘶嘶地從鍋蓋邊緣冒出來，火光猛亮起來復又收縮。小廚房沉浸在無邊的黑暗裡，阿書感覺到自己在美妙中飛翔，和阿勇准尉。勇哥，我多麼渴求著你！

第八章

＊＊＊

星期天，一大早就悶熱，憋著雨的空氣十分窒息，使人煩躁不安。沒有一點兒風，田野筆直平鋪在刺眼的陽光下，天空中的白雲紋風不動。等車的時候，阿勇准尉跟阿樓說：「這麼安靜的農村，沒想到正在發生殘酷的戰爭，對吧？」

「是啊，他們老盯著我們，久了大家都厭煩疲憊。有時候，我只想當一名農夫也做不到。」

「那不只是你的夢想啊。我也希望能有一天可以退還軍服，回去讀書。以前還沒當兵，我喜歡、渴望一種四處飛奔的生活。但入伍之之後才發現平民的自由生活才是最珍貴的。再說，英雄豪傑的浪蕩生涯只會在小說中顯得美好，實際踏進去了，才知道那是作家的忽悠。」

「為什麼准尉您不結婚？」

「哎呀，這年頭還談什麼老婆孩子。那些不小心結了婚的就算了，單身沒什麼不好。誰知道我的命幾時還在、幾時沒了。我想心安理得死去，好過閉眼睛時還心痛地想到留下的人。」

「萬一這場戰爭拖拉十年、二十年，准尉還是這樣一個人？」

「肯定是的，不是我有多厲害或堅強，我單純只是怕擔起家庭責任。」

一臺小客運在柏油路轉彎處出現，阿樓舉手攔車。那輛車漸漸減速停在馬路邊，阿勇准尉看進車裡，打量司機的「國家」程度。那是一名約六十歲的老男人，身形消瘦，凹陷在一件寬鬆的卡其布上衣裡頭。他的頭上鬆垮蓋著一頂呢絨帽，幾乎遮住曬黑且皺巴巴的臉。在後車廂，有兩排椅子只坐著三個人：一個老人，一個少婦和一個小孩子。

「請准尉坐到後面去，後面很寬。」司機說。

阿勇准尉看著阿樓示意。阿樓默默爬上後坐，阿勇則坐到司機旁邊的位置。司機叫：「請准尉見諒，這麼坐很容易顯露目標，很危險呢！」

阿勇准尉聳肩。

「沒關係，你就放心開車，我必須坐在這裡，發生混亂時比較好處理。」

司機的臉閃過一絲不滿，他的經驗得知游擊隊喜歡藏身在沿路的茂密樹叢中，有時候他們只是被派來觀察國道上的行軍車隊而不許開槍，然而，一旦看不順眼，他們也會掃一排子彈，尤其是結束值班要返身回田野裡的時候。剛好有哪一輛車不幸經過，特別是車上隱約有穿綠色軍服的身影，鐵定會引來一連串的槍聲。子彈可能會射中目標，但也有一些平民倒楣中彈。死亡隨機而至，如同隨機而至的槍手，畢竟在幾分鐘前，那傢伙未必想過要扣板機。

然而這趟車不會掉入這類隨機狀況中，畢竟阿雄從天濛濛亮就展開埋伏。打從聽到阿對老頭被押解上省城，阿雄苦澀地用他那固有的沉默來滋養仇恨。他仔細詢問了在隴市場橋引起輿論譁然的那一場抓捕的細節。他忘不了的場景是阿興站一邊、阿仲站一邊，阿對老頭眉鬚直豎怒沖沖地夾在中間，阿樓尾隨在後，頭低低地彷彿說明了他就是逮捕對老的主動發起者。

「可惡的阿樓，我要像射死一條狗般射死他。你要幫助我幹這一場嗎？」

阿雄問阿下的意見，但阿下直接拒絕。

「你沒看指示通知啊？這段時間我們只能根據第一軍區委員會的命令去調查偽集團[2]的日夜活動。其他會妨害到新戰役準備工作的亂七八糟事情一概不准。他們養尊處優、得意忘形，我們才會明確打贏，你忘了嗎？」

「你不用教我這些基本的道理，我只問，你要不要幫我？就這樣。」阿雄煩躁地說。

「我不要，萬一被告發說你我破壞大計畫，誰來承擔？」

阿雄覺得沒意思，轉去找阿冊。此時阿冊還躺在聾五爺家的地窖裡養傷。他的傷口已經癒合並開始長出新皮，他多次拜託阿雄調他出來稍微活動一下。老是躺在地窖裡無異是被活埋而逐漸死去。阿雄總是安慰他：「你安心休養，培養戰鬥精神吧。會有很多重要的任務要交派給你，只怕到那時候，你退縮了，害怕吃苦，執行命令不夠果決、認真、明快咧。」

現在阿雄找到他，又問：「你的腳能用到什麼程度啦？」

「七八分了。」

「有能力走動了嗎？」

「哎呀，跑來跑去都可以。」
「你想跟我到國道上攔截小客運，嚇唬他們一頓嗎？」
「嘖，這時候有山竹，你准我撈個幾十顆來吃嗎？」
「什麼都可以，但也沒像你想得這麼簡單，到了那裡再說。」
「我的任務是什麼呢？」
「我攔截，你護衛。」
「簡單嘛！」
「但不准胡亂開槍，非常危急的時候才能開，知道嗎？」
隔天，星期天，兩個人一大早埋頭出發。阿雄太熟悉阿樓的習慣了。這個偽軍有一個致命缺點就是非常準時。這一點讓阿下、阿德懷疑起飛馬營裡頭機動兵團的作戰技術。但也有可能是他們主觀、輕敵。阿荒不是說過嗎？「這些鼠輩游擊兵算什麼！」阿雄的腦海裡已經預想一切，如果情況順利會是這樣的：「八點鐘，阿樓在面向國道的五號守衛塔臺交班。他會到門口攔車去隴市場橋看望還住在產護所的妻子。車子會在有岔道通往圓潭的迴旋路段被攔截，如果阿樓是一個人，就威脅他，把他拖進潭子裡，數落他的罪行以後，在他額頭正中央賞一枚銅糖果。如果人數比較多，就不會靠近，而是丟一顆手榴彈到車子底下。」按照以往經驗判斷，如果他們超過三個人，阿雄都會遇上M1加蘭德或是M2卡賓步槍，這兩種武器都比阿雄他們使用的老舊Label槍來得厲害。不過，一小群出現的情況很少發生，因為在星期日，雖然有很多人回隴市場橋，大部分卻都在清晨就跟隨有護送的運米車出發了。

在阿樓額頭上釘子彈的想法讓阿雄感到滿意。這些天以來，阿雄沒想過去見阿問的事情，他必須張羅眼前的事情，再來才能跟阿問解釋任務為何失敗：藥物買不到，老爸還被抓。如果就這麼束手無策，那就太屈辱了。故事需有結尾才圓滿，結尾就是了斷阿樓的性命。阿對老頭被捕的主謀，反動分子必須償命！

◇

引擎聲愈來愈靠近，一輛熟悉的車子出現在岔口。阿雄看到一個傢伙坐在駕駛座旁邊，確定那就是阿勇准尉。那是阿勇准尉的習慣，他們早已知曉，而阿樓應該是坐在後座。

車輛即將進入射程範圍內，車速如飛箭，阿雄絲毫不猶豫地往車頭射出一槍，又撥第二發子彈上槍管射出去。車子顛簸起來，越過他前面，像一隻受傷的野獸搖搖欲墜，最後衝進路邊的一叢鵲腎樹。阿雄看見阿勇從車子裡跳出來，在草地上翻滾，後座響起少婦的尖叫和嬰兒的哭聲。阿雄清楚看到阿樓高大的身影急忙跳出車外。連綿的槍聲貼著阿雄的耳膜呼嘯而過，不是阿冊的槍聲。去他的，不知道他在幹嘛，怎麼還不反擊回去？阿雄大喊：「阿冊，你在幹嘛？」

「卡彈了，這顆臭子彈挖不出來。」阿冊慌張地說。

「幹！這樣還想要山竹吃。」

阿雄驀然覺得肩膀刺痛，那就是中彈了。阿樓比想像中來得迅速，加上阿勇准尉又是敢開幹的人。阿雄發現情況不利，他拔掉土製手榴彈的塞子，扔出去。兩聲震天巨響同時響起，阿冊也動用到他的「水瓶」了。要快撤離，趁著塵土昏天暗地的時刻，阿雄跑向阿冊。他抓住阿冊的小手掌，把人拉起來。阿冊因為手腳虛弱而慌張，臉皮似乎因為疼痛而皺起。阿雄催促：「可以快跑嗎？」

「我好痛啊……」

「幹，撐著點！」

阿冊再努力，他提起槍枝往新長的玉米叢裡奔跑。真的是大笨蛋，頭不低下來，背部也不彎下來，他呆呆地跑，像和平時期跟阿雄、阿樓一類男孩比賽跑步時的樣子。他突然大叫起來，他的手掌異常用力地捏住阿雄的手。阿雄瞥看他一眼，發現他的臉皺成一團，皮膚慘白，平坦的額頭上冒出汗珠溼透了髮根。他的五根手指打顫，剛剛用力捏的手勁似乎放鬆了。

「加油，加油，快到沼澤了！」阿雄心裡焦急，連忙催促。

然而，阿冊已經頹倒。阿雄才看見他的背上布滿鮮血。阿雄的雙耳轟鳴，雙眼幾乎被紅色的血跡緊緊遮蔽。他咬牙彎下身來，將阿冊乾瘦的身體拉到肩背上。血滴滴到地面上形成深紅色的印子。阿冊的重量使阿雄重心不穩，他努力站直起來，奔往茂密的鵲腎樹叢。槍聲似乎不再追逐著他們，但從後方遠處傳來受難者的驚聲尖叫，可能是坐在後座少婦的聲音，也可能是阿勇或阿樓。如果不是阿冊拖累，阿雄早已繞回去看。阿冊現在癱軟在阿雄的肩背上。阿雄耳邊聽見虛弱的哀嚎。風呼呼吹過來使他的臉色愈發蒼白，薄薄的嘴唇緊閉著卻漸漸抽搐起來。阿雄感覺到阿冊的血流出來溼透了他的背部，這一點讓阿雄忘記自己手臂上的灼熱傷口。阿雄尋找圓潭邊一處隱蔽的地方，把阿冊放下來，撕破自己的上衣暫時包紮阿冊身上的傷口。阿冊的臉糾成一團，哀嚎聲更大了，他跟阿雄要水喝。阿雄找到一汪清水，將水捧在手掌心，緩慢地滴在阿冊乾枯的嘴唇上。阿冊看起來比較清醒，張開眼睛看著頭頂上的遼闊藍天。阿雄高興地問：「怎麼樣？」

阿冊勉強微笑，搖搖頭，說：「我們贏了，對嗎？」

阿雄拚命點頭。阿冊接著說：「應該這樣才是，我們主動掌控戰場嘛……你有拿到山竹給我嗎？」

阿雄尷尬不回答，但阿冊又說：「我好想吃山竹啊，記得以前這個時候，省城的貨車經過這裡，往市集裡傾倒一大堆山竹……」

「這個超級簡單呀，努力好起來，以後我們就去找，不怕沒有……」

「你要找給我喔。吃山竹讓我想起以前揹阿達去學校時，他會跟芒果樹下的七婆子買山竹，你記得嗎？」

阿雄點頭。
「記得啊，怎會不記得。」
「然後有一次阿荒逗他玩，他扔出山竹果皮，卻扔到老師，你記得嗎？」
「嗯，記得！」
「哎呀，他嚇死我了，以為老師要罰他了。好在沒什麼事，你知道為什麼嗎？」
「忘了。」
「因為那天老師比平常開心，你記不記得過幾天他請假結婚？」
「嗯，記得，老師娶了前鄉管先生的女兒。」
「不是啦，那是二年級的老師，還有四年級的老師呀！」
「啊，對了，是阿賢老師。」
「對，是阿賢老師。」
「阿賢老師去年死了。」
「可憐老師人太好，一整年下來，阿用都沒有被他打過。」
說著說著，阿冊皺起臉來，他往旁邊稍微挪動一下，換個姿勢又說：「阿用……

哎呀，他很呆耶，阿雄哥。」

「嗯……」

「幾時有空，你讓我去看他的墳墓好嗎？」

「先好起來再說。」

「我覺得好痛……」

「算了，不要多說了，也少動些，休息一下，回到站裡給人醫治。」

阿冊乖乖躺著，他的眼睫毛垂下，雙唇乾枯，臉色又更蒼白些。過一會兒，他又討水喝。阿雄又捧少許的水滴給他。這回，他的聲音變成氣音。

「雄哥……」

「什麼？」

「你還在嗎？」

「還在呀！」

「你不要丟下我喔，一個人躺在這裡，我會怕。」

「不要怕，沒事！」

「我好冷喔！」

阿雄伸手摸他，幾乎感覺不到溫度，阿冊接著說，逐漸陷入譫妄。

「我們一起分條被子吧……暫時嘛……等槍戰結束，國家和平，我們每個人都有一條棉被，對吧，阿用？」

阿雄狐疑地看著阿冊的眼睛，他的眼瞼似乎要僵硬了。阿雄驚慌地搖晃阿冊，阿冊突然張大眼睛，但明亮的光線讓他又閉起來。阿雄叫：「阿冊！阿冊！」

阿冊稍微睜開眼皮，乾枯的嘴唇微動，過一會兒，他呢喃：「雄哥、阿雄哥是嗎？」

阿雄欣喜。

「阿雄在這，在這裡……」

「再給我喝點水吧……我好渴喔！」

「喝太多不好吧，撐著點！」阿雄猶豫。

「我求你了……哥，我好渴！」

阿雄長嘆一口氣，站起來。他又捧回一捧水。然而，這次清涼的水滴動搖不了阿冊的雙唇。阿雄連忙撐起阿冊的背，大喊：「冊！阿冊啊！」

然而，阿冊的身體在他的手中已經沒了氣息，在阿冊稚嫩、皺巴巴的臉上，依稀可以看見疼痛的痕跡。

第九章

於是包括這邊和那邊的所有人所期待的最大戰役開打了。首先，區主力大量出現在和風、和美邊界的山區，接著是最早的幾顆重炮轟炸著一號國道沿線從富山至隴市場橋的行政區。民用客運完全中斷，軍事車隊、軍需車隊、兵力運載車接連被炸。公路遭到完全破壞，路面遍布各種洞坑、防禦堆或障礙物。從直升機往下看，許多富庶的農村已然成為死亡之地。許多綠樹成蔭的區域如今露出焦灰光滑的地面，櫟樹倒塌，徒留光禿禿的枝椏。人們揹著扁擔、牽拉攙扶，在雨中成群結隊地奔跑。每個人的臉上清晰地印著驚懼和悲傷，慌張如離群的鳥兒。小孩、少婦和白髮蒼蒼的老人頭上倉促裹著白巾，抽泣聲混雜著哀嘆、訴說和禱告的聲音。農村籠罩在痛苦和悲傷裡，四處充滿子彈、炸藥、煙硝和火焰。

兩個星期以前，阿下的游擊小隊收到許多必須緊急學習的材料。阿冊與阿雄於五月二十六日擅自在國道上朝小客運扔炸彈一事，讓所有人必須從中學習檢討。「凸顯個人英雄主義的作風、輕視集體、無紀律、無視黨團的決議和指示，在備戰的階段中嚴重違反協同作戰的精神。更甚者，在群眾當中製造恐慌，降低了群眾的支持度；激起偽隊伍的憤慨，製造良好機會給他們培養精神、統一思想、精心安排警衛工作、確保偵察巡邏和防禦；為集體黨員、團員、幹部和戰士在戰爭前後及過程中製造困難……」

這些嚴厲的指控足以讓人們看到阿雄的命運，他被召回聯省級的第一軍事委員會接受激烈的檢討。

第二筆材料是關於強力推動雨季作戰的黨任務和政治任務，指示如下：「提高黨員、團員幹部的角色，堅決模範鬥爭、果敢行動、發揮創見，提高單位領導的機動性謀略，良好執行黨的指示，加強團結，統一每個人、每個團體、每個團隊，經常組織學習讓大家都充分且準確地瞭解自己的任務，從集結占領陣地到出發進攻，制定在困難、激烈情況下的作戰計畫。」

在那種迫切而慎重的準備氛圍中，阿下清楚地知道快速發展中的事態，肯定會有許多巨大的變故，阿下催促媽媽和阿書：「不能再猶豫了，這次不走就會死。」

老娘堅決地說：「去哪裡？房子都在這，我又老了，你打算叫我去哪裡？」

「那我帶媽去解放區，那裡多的是分派給媽這種老人的任務。」

「要走就去省城，去區裡是打算吃芭蕉根和野山藥嗎？」阿書微笑。

阿下生氣地看著嫂嫂。

「妳說話怎麼這麼奇怪。對，就算吃芭蕉根和野山藥，又不只妳一個人吃。抗戰，長期革命，同甘共苦，大家都要犧牲吧。」

「我不是笨蛋。在省城，再苦也不用忍受有一頓沒一頓。理想哪裡比得上不餓肚子。」

「妳這麼說不覺得有辱正在高漲的群眾革命精神嗎？阿荒莫名其妙拋棄妳，照理說妳要覺悟而加入偉大的共同事業才對……」

「你哀求沒用，我的人生，我已經好好打算，好好準備了。」

老娘嘆氣。

「你們想怎麼打算隨便，但不要打算我。我這輩子已經承受太多磨難了，怎麼能夠再承受一次？」

阿下威脅：「難道媽以為只有媽一個人受苦啊？情況已經完全改變，這一區域都落在戰役裡，一是走，二是死，就這樣，還能選擇什麼？」

老娘冷笑，「哎呀，你以為我怕死啊？我還巴不得死呢，這種日子多活一天是受辱一天，有什麼好的。」

「算了，媽這樣講就沒輒了，阿書姐作證，以後有個萬一，媽不要怪我不說。」

「誰閒著沒事怪你，如果死了，怪罪也沒有用了，孩子。」

老娘站起來，邊走進房裡邊哭泣，阿下與阿書默默地看著對方。過一會兒，阿下說：「老實說，我建議阿書姐去那裡出任務，革命很需要像妳這樣的人，如果妳忘記了荒哥，我就跟妳在一起。」

阿書驚訝地看他，聳肩。

「我早就忘記阿荒了，但跟你在一起是絕不可能。」

「為什麼？至少我們已經、已經……」

「收起那些陳年爛事，不會再發生了。」

「為什麼？」

「沒有為什麼。我高興就做，不高興就不做！」

「我聽他們說妳迷上阿勇准尉。」阿下諷刺地笑。

「誰說的？」

「都傳半天了妳還想遮掩。那天阿雄他們攔車，阿勇的腳吃了一計手榴彈，妳還去醫院探望他。」

「那又如何，他是阿荒的前長官啊！」

「瞎扯，就算是阿荒哥受傷妳都不見得會去探望，何況是他的長官。」

「你不要沒禮貌，別忘了你是我的小叔。」

「我跟妳什麼，自從那一個晚上，我就不再是妳的小叔了。」

阿書的臉飛紅，她拿起桌上的杯子往地上猛砸，生氣大叫：「沒人性的東西，快滾出去，沒有人受得了你！」

阿下大笑，輕浮傲慢的笑聲讓阿書氣急敗壞，她匆匆走進房間，砰一聲關上房門。巨大的聲響讓老娘跑出來，雙眼還泛紅著。

「你們怎麼了？」

阿下望著母親不回答，一秒後即聳肩出去，到門檻處，他突然停下，猶豫一會兒，他轉過來傷感地說：「這種情況下，我沒辦法像以前那樣經常回來，媽媽不要等我。」

老娘望著他，嘛嘴欲哭。阿下用一種玩笑而苦澀的語氣接著說：「又說不定，萬一運數到了，我就一走了之了，媽。」

老娘跌坐在門階上大哭。和以前滿不在乎的樣子不同，阿下顯得手足無措。他第一次意識到媽媽的孤獨與年邁，媽媽的頭髮近乎雪白，單薄的肩膀在陳舊的棕色衣服裡凸出，皮膚皺起。阿下很久沒有看過媽媽笑，但他沒有注意到這一點。他暗暗惋惜剛剛那些短暫的時光，他應該讓大家開心地為自己送行。笑容實在是必要的，「萬一運數到了，我就一走了之了，媽。」

這些念頭讓阿下雙腳一頓，想到未來幾天那些雜亂且堆積的任務，他眷戀起從前還小的時候，在媽媽的保護下捉弄阿荒哥和其他人。現在媽媽的蒼老模樣與過去的燦爛面孔大相逕庭。阿下想要找一句很溫柔的話語去翻轉周遭的陰鬱空氣，然而他的腦袋混亂不已。媽媽愈哭愈大聲，讓他更加手忙腳亂。無力感讓阿下感到不舒服，如果在別的時候，阿下早就輕易地飆髒話來驅散煩躁了，但這時候，阿下卻只是偷偷瞄著媽媽。過了好一會兒，他才怯怯地說：「算了，又沒人怎麼樣，媽哭幹什麼？」

阿九老娘不回答，愈發哭得厲害，阿書很不悅的聲音從房間裡傳出來：「媽都說不走了，你怎麼搞得她一直哭？」

阿下瞪大眼睛，怒吼起來：「閉上妳的嘴巴，我不想跟妳說話。」門打開，阿書盛氣凌人出現，她怒吼：「你說什麼，再說一遍看看？阿下！」場面將要衝突起來，突然附近響起一連串尖銳的槍聲，人聲騷動。阿下臉色大變，他叫起來：「他們進行下午掃蕩，媽，我走了！」

來不及看媽媽最後一眼，阿下跳過樹籬笆。清脆的槍聲接連響起，比之前更加緊繃，阿書連忙拉婆婆起來，大聲說：「進屋裡去，媽，這裡有流彈，很危險。」但是老娘掙脫阿書的手，跑向大門口，一邊跑一邊喊：「阿下回來，天啊，他現在跑進田裡會死……」像是發狂了，老娘尖叫：「阿下！阿下呀！」

一串尖銳的槍響緊貼著老娘，蓋過她的聲音。阿書把高跟木屐扔到一邊，衝出去。她看見老娘消失在一片開滿紅色花朵的藤蔓叢後方，阿書努力追趕。村裡闃靜無人，但在一些穿越水渠的捷徑裡，零星散布著國家士兵或是民衛隊員的身影。他們正搜索著樹叢、水溝底下，或是一些高聳的稻草堆。

到了彎進大母廟之前的一片空地，阿書追上阿荒媽媽。只見阿九老娘站在人群中。阿書認出飛馬營的中尉指揮官和相關隨從。他們把搜索行動的指揮部設在這裡。老人、婦女或兒童都被驅趕出來，集中在狹窄的地方，四周包圍著荷槍實彈的士兵。通訊器正在密集工作，俚語、暗號、簡短的命令熱鬧播出，所有人都轉過頭來，一臉好奇與困惑。只有阿荒媽媽還在中尉面前的一名士兵手裡掙扎。

阿書聽見老娘吶喊：「拜託中尉，懇求中尉，請中尉饒了他。他是游擊隊員，但他哥哥是國家士兵，他哥哥曾為政府立功……」

老娘的叫喊聲湮沒在水渠邊上一連串清脆的槍聲裡。

「他，是他，上士小心，他有槍……」

幾輪子彈又接連掃射過來，接著有歡呼聲和砰砰地奔跑聲。阿書手腳癱軟，她幾乎要跌跪下來。她的耳邊響起阿荒媽媽的慘烈叫喊：「孩子呀！孩子呀！」

現在，阿九老娘橫躺在地面上，白髮散亂，兩隻消瘦的手在黏膩的泥巴地上抓出一道道深刻的痕跡……

終章

阿書站在一個小丘上，遙望有許多黑色煙柱的方向。四周一片迷茫，天空陰鬱潮溼。永佑莊、隴市場橋、飛馬營和一些鄰近區域都在那裡。激烈的戰役從週初拖拉到現在還不見結束。大槍炮永無止盡地砰砰作響。灰鉛色的雲厚厚地推積在天空中，飛機的引擎聲整天整夜地轟隆。偶爾一串炸彈被拋擲下來使地面震顫。看著眼前的破敗景象，阿書意外地發現自己滿不在乎。沒有半點記憶讓她眷戀分毫。似乎炸彈愈大，煙柱竄得更高，過往的事情競相在她的冷淡中更加快速消散。沒有什麼值得記憶或是惋惜，畢竟一切都在轉眼間遭到毀壞。榕樹不在了，廚房屋頂也沒有了，阿書經常在夜裡沖澡的一缸雨水和狹小空地一併消失，熟悉道路兩側的香蕉樹也被炸爛。失去發生得太快、太殘酷，令所有人都麻木了心腸。有時坐在臨時收容所的帳篷裡，阿書問阿樓姐的媽媽：「房屋倒塌了，您心疼嗎？」

老婆婆抬起幾乎全盲的眼睛，看向老家的方向長聲嘆息。

「人都沒辦法心疼了，哪能心疼房屋、土地。」

老婆婆一邊說一邊痛惜地抱起阿和。他可愛得像天使，天使在年幼時就成為孤兒。當第一聲槍響在田間響起，老婆婆仍然不肯離開。婆媳孫子三個一起躲進床底下的防空洞裡。

「樓哥應該在園子裡。」阿樓姐傻傻地說。

老婆婆默不出聲。阿樓姐把阿和交給婆婆，自己爬到外面。老婆婆一把拽住她的衣服，死命拉住她。她埋怨：「媽怎麼不讓我出去接他。他一定會回家看我們呀！」

老婆婆斥責：「他怎麼回得來！他要當兵。妳現在爬出去，槍炮亂成這樣怎麼避開？」

阿樓姐乖乖縮在角落。朦朧的夜色從上方依稀落在她憔悴的面孔。以前她話不多，自從阿樓被阿雄埋伏打死，她話更少了。莫名的，她習慣自言自語。她呢喃如同阿樓仍親暱地守在她身旁。當時候，她的雙眼發光，閃爍著紅色的血絲。好在她的瘋癲只是輕度罷了。她把阿樓的衣服拿出來縫補。有時她覺得衣服髒了，就全部拿到水渠邊刷洗。某次，聾五老頭去看望阿用的墳墓回來，看到她便停下來問：「阿樓姐在做什麼？」

「我在洗衣服！」她抬頭笑得滿足。

阿五老頭靠近她，指著那些男人的衣服。

「天打雷劈那些游擊隊，他們強迫人民伺候是嗎？」

阿樓姐不解。

「哪裡？游擊隊在哪裡？糟糕了，您趕快叫阿樓哥躲起來吧！」

「妳說什麼？」

「我拜託您，您千萬不要指出阿樓哥藏在哪裡喔。」

阿樓姐把衣服埋在泥濘裡，連忙站起來，拿起掃把假裝打掃院子。阿五老頭吃驚地看著她，阿樓的娘出現在臺階上大喊：「她犯傻了，您別跟她計較，五老。」

聾五老頭轉過身來，發現老婆婆，他微笑鞠躬，老婆婆接著說：「她就這樣而已，並不凶。」

阿五老頭連連點頭。

「對，對，我看見一整團大炮車過橋。但這樣不凶怎麼可以。準備跑吧！」

然後，他眼巴巴看向國道。他個子高瘦，白髮幾乎碰到了水渠旁邊的苦楝樹垂下的花朵。他的衣服沾滿泥巴，褲管折到膝蓋，露出如兩根蘆葦慘白乾細的雙腳。一陣風颳向樹叢，樹上的雨滴叮咚落下。老頭子微微顫抖，連忙撐起破傘，他邊走邊大聲說：「阿用、阿冊、阿下、阿樓，怎麼一直還輪不到我？」

＊＊＊

在防空洞裡躲躲藏藏的日子持續整整三天。到了第四天的朦朧天亮時分，震動整個圓潭區的一陣大炮爆炸以後，火焰自一場大火中滾滾蔓延。黑色的卷煙被旋風帶起，火苗竄得更高，遠遠看去像一條火龍。眾人像老鼠群遭到煙燻，紛紛湧出來，跑步聲響夾著哭喊聲，更多時候被驚人的巨響給吞沒了。難民爭相跑到靠近國道的堤壩上匍匐橫陳。閃光彈與炸彈的光芒將天地照亮得像烈日炙燒的白晝。

在永佑莊，阿樓媽媽的家從前廳被火焚燒，嗆辣的煙霧瀰漫進防空洞。阿樓姐瘋癲症發作，死命抱緊孩子不肯離開，不停呢喃：「等他爸爸回來接。」

婆媳倆互相拉扯，老婆婆一把摟住孩子，踢開大門跑到水渠邊。阿樓姐陷在煙火裡出不來，這麼一來，她總算滿足了自己的願望。

「等他爸來接。」

提起那場恐怖的慘劇，老婆婆嚎啕大哭。

「要是我拉得動她，要是我早點叫她走，要是她不突然發瘋……」以及千百個「要是」，啃噬著老婆婆的靈魂，她感覺到自己終其一生將監禁在悔恨裡。

難民被集中在一塊空地，匆匆搭建起的許多帳篷如倒扣的碗一般緊緊相挨，但對於阿書來說，卻感覺到自己自由得像一陣風。她沒有了親戚，阿下在掃蕩中倒臥在聾五老頭的籬笆下。這是阿荒媽媽千萬種不幸中的幸運，因為他不是吃了哥哥的子彈而倒下。他們永遠離去，自從阿荒加入美軍突擊隊，就再也沒有寄一封信回到家裡。然而，這樣已經夠讓老媽媽可以安心閉上眼睛。她如願以償地死活都在故鄉貧瘠的土地上。

阿書憂愁地盯著洶湧滾動的黑色煙柱。她想要為在那裡生活的一段時光留下最後的烙印。此後她將永遠告別這一片憂傷而殘破的土地，重新翻過人生篇章，有可能更辛苦、更悲慘，但確定的是，會與過往不一樣，與當下窒息的空氣截然不同。

長途客運的車票緊握在手中，阿書惋惜以前不肯幫阿下、阿荒、痛苦的老媽媽和自己拍下任何一張照片。不過這分惋惜只是輕輕掠過，輕輕如同她惋惜自己與阿勇准尉的無聲愛戀。

搭車之前，阿書最後一次來到避難所。所有人看她的眼神像是在看一名逃兵。阿書的頭髮依然柔亮，臉頰粉嫩，雙唇豐滿，繫在額頭上的白喪巾更襯托這名年輕寡婦愈加美麗。這就是她僅有的本錢，但對於一心想要進城的人來說，是必要的，那燈火輝煌的奢華城市至今仍未品嘗過戰爭的滋味。

因為還得忙著準備一場會議，聾五老頭匆匆接待阿書。他連連埋怨在臨時收容所當所有難民家庭代表的工作，他跟阿書說：「開會亂糟糟的，沒有組織，沒有紀律。問題還沒解決，鄉親父老就嘮叨起自己家庭的遭遇，還哭哭啼啼。總得讓我完成自己的任務吧！」

譯注

1　指一小隊的一半人數。

2　地下共產黨視對立當局政府為「偽」政權。

一個下午

——阮氏瑞宇

Một Buổi Chiều

阮氏瑞宇 Nguyễn Thị Thụy Vũ（1937—）

本名阮氏冰領（Nguyễn Thị Băng Lĩnh），出生於湄公河三角洲永隆省（Vĩnh Long）的一個富裕文藝家庭。著有三本短篇小說集《夜貓》（*Mèo Đêm*）、《飛入火海》（*Lao Vào Lửa*）、《午後悠悠》（*Chiều Mênh Mông*）；七部長篇小說《青苔覆蓋的古宅》（*Khung Rêu*）、《荒野之獸》（*Thú Hoang*）等。

阮氏瑞宇是一九七五年以前南越著名的五位女性作家之一，另外四位為萃紅（Túy Hồng）、阮氏凰（Nguyễn Thị Hoàng）、雅歌（Nhã Ca）、重洋（Trùng Dương）。曾於一九七一年榮獲全國文學獎。她最初是一位鄉村小學教師，後前往西貢學習、尋求發展。透過朋友介紹，為小酒館女性從業人員教授英語，因此得以近身觀察當時都會底層女性的生活及她們與美國駐軍之間的藕斷絲連，將之化為創作養分，發表作品即引起社會轟動。

除了都會女性主題，她還書寫了飽受戰爭影響的南方風土人情變化，文字質樸而大膽，保留特定時期九龍江平原的語彙風格。在一九七五年以後，阮氏瑞宇受到公安干擾，加上生活負擔過重，故完全停止寫作。蟄伏超過四十年以後，二〇一七年，她的十部作品獲得作家協會出版社重新出版，才回到公共視野中。〈一個下午〉於一九六三年初次刊登在《百科雜誌》（*Bách Khoa*）第一六二期，本篇譯文以《百科雜誌》的版本為底本，另以作家協會出版社的《夜貓》短篇小說集版本參校譯出。

I

通往七賢區的武性路讓我感覺既熟悉又淡漠。我走過這條路很多次，想法始終沒有改變。我對於首都[1]的氛圍仍然感覺陌生，沒能在這兒體會到絲毫愉快。這地方雖然熱鬧，但我擁有另一個私密的世界，一個寂靜的世界，宛如我還住在龍川省的時候。

星期六下午，武性路依然冷清，宛如郊區。騎在Vélo Solex機車上面，我沒有催油門，讓車子如腳踏車一般緩慢地爬行。馬路兩邊零星分布一些破爛房屋，偶爾有幾名年輕人手挽著穿緊身短裙的豐臀女子，雙雙從靜巷中走出來。這條路上車輛不多，我經過了百多祿神父[2]的陵園，經過了整齊豎著白色十字架方形墳塚的法國人墓葬區。馬路愈發靜謐，只有偶爾一架從頭頂飛掠過的直升機撕裂墓區沉寂的空氣。

我抵達一位美國朋友家的大門，兩旁種植玉蘭花的小徑將我引入一間半隱匿在樹蔭底下的白色別墅。我繞過後方廚房，爬樓梯上閣樓。這裡，我能聽得見在黎文悅路上遠征軍隊移動的轟隆聲響。我摸索找到了朋友兼教師瑪莎・史密斯的房間。

這段時間，瑪莎理應在共和游泳池游泳，她卻答應要接待我。輕輕步入房間，我走近她身邊，她沒有察覺，瑪莎正專心閱讀一份越南報紙，因為她正在學習越南文。我出聲：「哈囉，瑪莎！」

她嚇一跳，手中的報紙掉落，她拍拍我的肩膀。

「我下星期要去頭頓，現在為妳保留整個下午。」

相較於其他西方女生，瑪莎個子略微嬌小。她曾經問過我：「玲，妳覺得我像華人女孩嗎？」

確實，如果她的髮色是黑的，就很像一名華人女性。瑪莎剪了聖女貞德的髮型，她很少穿裙裝，只喜歡穿西裝長褲、短袖襯衫，看起來有運動員氣質。瑪莎說自己喜歡唱越南歌，即使聲音有些僵硬，然而她很能模仿越南歌手的腔調。我立即鼓吹她：「瑪莎，為我唱一首越南歌吧！」

她馬上答應，沒有推託。她迅速站立起來，拎出一把吉他，把吉他靠在椅背上。

「玲，假裝這個是麥克風，今天我要為妳唱一首〈森林之雨〉！」

瑪莎突然從口袋裡掏出一條手帕，左手捏著帕子，右手扶著琴頸。我馬上知道她曾仔細地觀察過越南的女歌手們，便不覺笑出聲來。起初，瑪莎裝出夢幻的表情，接著握著手帕，一邊唱歌一邊頻頻眨眼睛，還扭動著身體。

歌唱結束後，她問我：「為什麼越南女歌手們唱歌的時候要拿著手帕？」

我不知道該如何回答。於是，我以一種黯然的聲調回答：「因為多愁善感，她們捏著手帕以防自己哭了，憂傷的音樂很容易讓我們越南人落淚。」

瑪莎驚訝卻又想了想，「可是我看到她們表演快歌呀，而且她們唱歌的時候笑得很燦爛。」

我胡謅：「她們笑，但會在後臺哭。」

瑪莎笑得東倒西歪。隨後，她去泡茶，她一邊張羅一邊輕輕歌唱，神態活潑。幾分鐘後，我們坐在一起聊心事。瑪莎的聲音並沒有像剛才那麼輕快了。我追問：「妳為什麼一個人來這裡？妳不想家嗎？」

瑪莎皺眉聳肩。「偶爾吧。但我喜歡離開家，我想要尋找新的空氣，何況我想……像今天這樣遇到妳。」

瑪莎取出一根菸，點著火柴。她的動作緩慢，彷彿正在整理過往零亂的記憶。一圈灰色的煙霧從她嘴裡逸出，她在沙發上伸展身體，眼睛望向天花板。

「玲啊！我之所以來這裡，是因為我失戀了。我在密西根愛上一名男同學，但他移情別戀了。我覺得煩悶，我想要遠離家鄉的寒冷空氣，所以找到妳這裡來，讓自己感覺溫暖。」

「那除了越南，妳還去過其他地方嗎？」

「有啊，我會去日本、泰國和柬埔寨。還沒去那些地方，所以我感覺妳的家鄉給了我許多難忘的記憶。」

我以一種親暱的眼神看著她表示感謝。

「在周遊亞洲之後，妳打算做什麼呢？」

「當然，我會回故鄉的農場養老、寫回憶錄。無論如何，在我的回憶錄首頁裡，妳肯定是個重要人物。」

她突然把吸到一半的香菸按熄，如彈簧般彈坐起來。

「玲，比爾要來看我了。」

我連忙告辭，瑪莎卻挽留我。「為什麼要走？今天，我為妳安排了一個驚喜，坐著等我一下。」

不知為何，我乖乖地坐回去，瑪莎走進房間，關上門。

我環顧四周，長方形房間粉刷得雪白，中間是一套深棕色海綿沙發。一張沙發椅靠著牆壁，旁邊擺著一臺收音機，對面是一個整整齊齊的書架。

有一次，瑪莎說：「我簡單布置這個房間，但有它特殊的意義。每次下班回來，躺在沙發上抽菸，那時我就會忘記自己離家很遠。玲！這個房間跟還在德州的時候我媽留給我的房間一模一樣，只差一座老式燒柴暖爐罷了。」

在安靜的空氣裡，突然響起隔壁老修女的豎琴聲，令我忍不住打瞌睡。

II

「玲，還好嗎？」

我轉過來，比爾已經走到我旁邊，他熱絡地跟我握手。

比爾個子高大，眼珠像貓眼睛一般透綠，頭髮微黃如籬笆上的爬藤色澤。我透過一位女性友人認識比爾，然後他邀我們到他家。比爾帶我們去參觀七賢區的一座畜牧場。比爾喜歡開玩笑，斯文有禮。有一次，他開車載我們去參觀一座種豬莊園。來到那些關著巨大豬隻的籠子邊，牠們的氣味使我們捏住鼻子，比爾看我們受不了的樣子，便哈哈笑起來。

「玲，我正帶妳來香水工廠喔！」

他領我們從豬圈走到馬廄，每到一個地方，他都會幽默地解說。除了視察畜牧場，比爾還耐心地教我英文。比爾和我一見如故，他曾說：「玲，我喜歡跟越南女孩做朋友，她們怎麼這麼友善，尤其是害羞的時候特別可愛。」

比爾抬起眼睛把房間掃視一圈，我立即明白他是要找瑪莎。

「等一下，瑪莎要給我們一個驚喜，等著看看。」

比爾笑著在我旁邊坐下，我們四隻眼睛貼在瑪莎房間的門上等待。房門打開，瑪莎在一襲粉紅色的越南長衫中現身，手裡拿著斗笠，最奇妙的是她的短髮變成長髮，漆黑地垂在胸口。她緩慢地向我們走過來，鄭重點頭。

「哈囉，比爾！玲！覺得我怎樣？」

比爾笑，「瑪莎，妳實在太棒了！」

瑪莎轉向我說：「玲，我們去逛街吧，有我在，妳應該不會拒絕跟美國男生出去吧？」

我喊出來：「瑪莎，妳的睫毛怎麼是褐色的？」

瑪莎大叫：「哎唷，我忘記了。」

她飛奔回房間，重新坐在化妝桌前。我留比爾一個人在客廳，坐到瑪莎身邊當她的美妝顧問。瑪莎用一支小毛刷把睫毛刷成黑色，再看鏡子，雙眼夢幻，嘴巴得意地笑著。她跑到比爾身邊催促：「走吧，比爾！你今天跟兩位越南女孩一起逛街。玲，我們上車。」

我在意自己是多餘的人，推託有事情要忙，拒絕了。比爾是我的朋友，瑪莎認識他是因為我的介紹，而他們現在在談戀愛。

III

我不想回到青街區的租屋處，便直直把車子騎到白藤江渡口。天色暗下來，這裡的生活更加熱鬧，大多數人結伴出來遊玩。我獨自遊蕩，突然覺得全世界遺忘了我。然而，我卻覺得自在。驟冷廣場上的二徵夫人[3]塑像彷彿冷淡地俯視著喧鬧的人群。我寄放了Solex機車，漫步在鋪著碎石的小路，黯淡的燈光下，種植在長方形草盆子裡的柳樹垂頭喪氣。我靠近廣場中心的金魚池，這些華麗魚群倒是過得繽紛，我買一包奶油爆米花，一顆一顆地扔進魚池裡餵牠們。

莫名的，我感到難過，離家在外的瑪莎缺乏家人的關懷，但她卻獲得許多人的迷戀。她擁有許多戀情，她的東亞姿色很容易吸引像比爾一樣喜歡異國風情的人們的喜愛。

我遠離家人。我失去阿維。記得我剛來西貢的時候，每天下午，阿維都會來接我去逛街。

如今，在陌生的城市裡，我像是丟失魂魄的人。四周的景物照舊活動著，一點也不在乎我。而阿維不在這裡，一切似乎都轉過去背對著我。

當年，我爸媽到朔莊省創業，我妹妹已經來西貢讀書，只剩下我一個人留守在龍川省的沉寂老屋。我當實習教師，工作辛苦且薪水低，朦朧的憂愁彷彿無法停止下來。

每天早晨醒來，還沒洗臉，我就到門口等待賣糯米飯的女人。只花一塊錢就有一頓早餐，然後準備去教書。雖說是準備，其實只是套上一件上衣，臉色慘白沒有粉妝。從家裡到學校的路上（村校離我家只有十分鐘腳踏車程），我一邊騎車一邊胡亂暢想。有時候，我會追隨一場十分傻氣的白日夢。我想像自己中彩券成為億萬富翁，許多美好的事情接著發生，這類想像使我發笑。如果有朋友剛好碰到我的古怪笑意，他們會大叫：「笑什麼啊？」

我只能再以笑容來回答那個突發的問句。

學校的生活依著時鐘滴答而穩定運行。在吆喝孩子們的時間結束後，我回到陳舊冰冷的老屋。每夜，我都會聽見屋後的河水滔滔地流淌，平底船噠噠地駛過，幾乎每夜，我都沉浸在這些聲音裡。我必須離開。離開這間屋子，我的人生才會改變。

我是這麼確信著。趁著得肺炎的時候，我提出辭呈。

我的請辭獲准以後，校長悄悄地辦了一場惜別餐會。

餐會在省裡的一家中等餐廳舉行，包含校長在內有八女三男，共十一個人。女同事似乎真的眷戀我，大概是可惜從此少去了一名丫頭敢帶頭頂撞有點「色」的校長吧。果真，在校長致詞後，女同事們流露出感動的樣子，而我明白他只是行禮如儀地對待下屬的離職或轉職。然而，我還是為了即將的改變而感到難過，即使這份改變是我所深切渴望的。

餐會結束，每位朋友送給我一個拍肩或是緊握到差點捏斷手指的握手，我黯然回到家中。屋內愈發冷清，像藏屍間一樣冰冷。我趕忙收拾一些隨身用品。安排妥當以後，我爬上床努力入睡，然而許多快樂和憂傷的念頭接連來攪和我。我輾轉難眠，以為長夜漫漫無窮盡。時鐘猛然敲響五聲，我起床準備出發。我只把堂哥叫醒，請他代為照看房子，然後安靜離開。天色未亮，堂哥還沒完全清醒，我呱啦說個不停，卻不清楚自己說了什麼。不過，我需要把腦海中的混亂思緒釋放出來，這裡的生活壓得我喘不過氣。

離開老屋以後，我如釋重負。然而，如同長期窩在黑暗中的人被陽光刺到眼睛，我的眼淚突然湧出。堂哥連忙安慰我。關於新生活的想像已經無法使我感到振奮，我如今像是一顆離位的星星。老家的天空向來淡漠，卻為何偏偏在此時此刻牽絆著我？在天色黯淡中獨自離開，頹喪的感覺使我以為自己是被本地人遺棄。

美順河永不停歇地流著，這個季節水質混濁，幾片遠帆隱約出現在早晨的陽光裡。我已經過河，卻不是為了結婚。[4]雖然如此，我相信自己會遭遇另一種人生，又想到自己突然從舊有的生活中拔除，心裡不免感到微微惋惜。然而，我必須走，這裡的生活停滯不前，我想要尋找跟我目前所擁有的不一樣的什麼。如果我像一隻狗，嘴裡叼著一塊肉走過橋，看到水中比較大的肉塊倒影，急忙跳下河撈取，至少我也獲得了些許經驗。

我離開得突然且安靜，三個月以後，朋友阿娥寫信給我，轉述同事們對於我離開這件事的一些評價。有人說我逃跑是因為要去生孩子，有人則說我跟著校長走，因為在我離職後一週，校長被調去紅土區。讀著阿娥的信，我恍惚出神，不知應該開心或難過。他們謠傳成這樣是因為我的省城太小了，什麼事情都被拿來講八卦。

他們想像力豐富且喜歡編派。再說，女老師突然辭職不外乎兩件事：生產或是跟男人跑了。對於一些不幸的女生們，這種事情經常發生。

隔了幾個月，在逛濱城市場的時候，我遇到以前的女同事兼同鄉。我藏不住欣喜地握住她的手，無意間卻發現她的眼神掃向我的肚子。我忍不住笑了起來。我瞬間明瞭那種充滿寓意的眼神，不過，在離鄉五個月後，她卻看不到我的肚子有絲毫凸起的樣子。

◇

維哥！我現在正學英文，重新當一名學生。已經二十七歲了，我不再有少女學生的情懷了。

我還記得在老家的時候，每星期六下午，我穿著白衣，帶女學生們去省城郊區散步。師生聚集在樹蔭下，她們低頭向著繡框，而我則講述一些富有道德意味的古老故事。你來找我，看著我。我周圍布滿樹葉的翠綠，你說我是天堂草地上的仙子。

現在我在這裡。我那笨拙的鄉村土味無法和西貢的璀璨色彩相契合，離開舊環境，我不再是仙女了。

現在你已經走遠……我想重溫學子生涯。我的夢想很大，孤單感卻不小。我們之間的拖沓愛戀只會帶來更多的無聊。我已經過了適婚年齡，我需要一份真正的事業。我得節吃省用存下每一分錢。若只是當一名沒有工作的老女人，依靠著妹妹過生活，像奶媽那樣幫她照顧孩子，還有什麼比這更辛酸的呢？每次看著妹妹夫妻倆的恩愛情景，我會自憐，接著忌妒別人的幸福。我很害怕，維哥！

我騎車返回嘉定區，剛才的念頭使我難過，但那種難過又有些好笑。車子沒油了，我卻不停下來加油，只慢慢地踩著。到了白藤街的幽暗路段，一個小孩子攔住我說：「姑姑，有一位華僑要跟妳說話喔！」

不知為何，我剎住車，在模糊的黑影中，一個胖、矮、啤酒肚的華僑，說著不靈光的越南語：「哈，姑娘，妳好，姑娘吃飯了嗎？妳跟我去看電影吧？」

我詫異，然後震驚痛楚，如果我跟阿維走在一起，就不會碰到這種情況了。我聲音顫抖地回答他，也不明白眼淚為何幾乎要滾出來：「你誤會了，我剛從夜校上課出來。」

他尷尬地道歉。我冷漠地把車騎走。馬路空蕩，我必須騎快一點。想到待會兒我將在夾層閣樓裡躺著，我想立刻返回龍川老家。在那裡，屋後的河流將滔滔地安慰我，而我將在熟悉的天空下躺下，重溫著童年的故事。

譯注

1 越南共和國（一九五五—一九七五，亦稱南越）的首都為西貢。

2 百多祿教士（Pigneau de Béhaine，一七四一—一七九九），法國人，越南民間稱為「大父」（Cha Cả）。曾協助阮朝創基皇帝阮福映聯繫法國求援，又募款招聘軍事人才，培訓歐式軍隊，反攻西山阮氏。因長年陪同阮福映艱辛復業，深受倚賴，去世時隆重安葬於嘉定城（即西貢、胡志明市前稱），冊封「悲柔郡公」。

3 二徵夫人或二徵婆（Hai Bà Trưng），是徵側、徵貳姊妹的合稱。她們曾領兵反抗東漢政權的統治，自稱女王，建都於麊泠（Mê Linh），被視為越南民族英雄。

4 越南河川遍布，尤其是九龍江平原地區，村落之間以水相隔，早期出入多倚賴船隻。在越南語境中，「橫渡」或「過河」隱喻為女子結婚離家。

水神的女兒

Con Gái Thủy Thần

——阮輝涉

阮輝涉 Nguyễn Huy Thiệp（1950—2021）

出生於河內，著有短篇小說〈退休將軍〉（Tướng Về Hưu）、〈沒有國王〉（Không Có Vua）、〈花薩之風〉（Những Ngọn Gió Hua Tát）、〈水神的女兒〉（Con Gái Thủy Thần）等；長篇小說《親愛的二十歲》（*Tuổi Hai Mươi Yêu Dấu*）、《小龍女》（*Tiểu Long Nữ*）等，另有劇本、詩、評論、散文等。

阮輝涉年輕即從事寫作，但到一九八〇年代末才以〈退休將軍〉享譽文壇。創作主題著眼於當代社會變動底下的農村、農民與庶民，敘事雜揉歷史傳說與神話典故，筆鋒銳利，善於使用隱喻，風格獨特、易辨識。

阮輝涉被公認是一九七五年以後最有創造力的作家，也是較早受到西方學院注意且作品被譯為最多國語言的越南作家。長篇小說《親愛的二十歲》甚至於二〇〇五年先在法國出版法文譯本，遲至二〇一八年才獲准在越南發行越南文版。阮輝涉曾於二〇〇七年獲法國頒發藝術文學勳章。去世後，獲越南政府追贈國家文學藝術獎（Giải Thưởng Nhà Nước Về Văn Học Nghệ Thuật），河內作家協會也頒發終身文學成就獎（Giải Thưởng Thành Tựu Văn Học Trọn Đời Của Hội Nhà Văn Hà Nội）。〈水神的女兒〉初版於一九九三年的同名小說集，本篇根據文學出版社的《阮輝涉短篇小說集與各畫家的插畫》版本。

什麼樣的情啊
借了胭脂的顏色離開……

古歌詞

第一個故事

應該有很多人還記得一九五六年夏天的颱風。

那一場颱風，在大河的浮灘上，天雷劈斷了臭芒果古樹的樹梢。不知道是誰說看見了雙蛟龍緊緊交纏翻滾把一整段河攪得混濁。雨停，臭芒果古樹下躺著一個新生嬰兒。那小孩是水神遺留下來的。

地方上的民眾都叫那小孩為大母。誰養大母，我不知道，依稀聽說是棣廟的廟公帶回去養，又傳是蠔大嬸帶回去養。另有傳聞是隱修道院裡的修女們帶回去，給大母取了聖名為黛安娜．段氏鳳。

大母的故事糾纏了我整個少年時期。某次，我媽從下游市集回來，講了大母救了兌下村那邊的阿會老頭父女。阿會老頭蓋房子，帶了八歲的女兒去挖沙。沙坑像青蛙嘴裂開，崩落，活埋了父女倆。大母正在河裡游泳，看見了，幻化為水獺賣力挖掘救出兩人。

某次，鍾四老頭挖井，宣稱挖到一個銅鼓。縣文化部門來將銅鼓帶走。過河的時候，突然電閃雷鳴轟隆，風浪驟起，大母游在河上，命令：「把鼓扔下來。」一船隻搖晃快要翻覆，大家只好把銅鼓扔給大母。大母坐在鼓面上砰砰敲擊，果然雷散、雨停。大母抱著銅鼓潛入河底。

大母的故事亂七八糟，半真半假。我的童年憂鬱且忙碌，工作多且辛苦，我沒什麼時間去關心旁人的事情。

我家種田、挖紅土岩，另兼剝取用來編帽子的竹篾。種田不用說，大家都知道不輕鬆。十四歲的我是合作社裡的犁田主力。凌晨四點鐘，農耕隊長在大門外喊：「阿章，今天是去犁偽塚坡那邊的田喔！」我連忙爬起來，匆匆吃碗冷飯就走。天色未亮，田鼠在河灘邊的玉米地裡沙沙地奔跑。我半睡半醒，步伐踉蹌，死認著城鎮電燈的亮光將水牛趕過去。偽塚坡的田地在那個方向，是最貧瘠的一塊田，乾枯灰白，偶爾還藏著石頭。我一口氣犁田到中午，到了太陽高掛當頭就牽水牛回家。我媽說：「阿章，阿蟯老頭說，我們家這個月還欠八十顆紅土岩，前天你爸才剛繳納四百多顆。」我扛起鏟子走上蘆葦坡。蘆葦坡的紅土岩挖到第六層就沒了，只剩下泥土。紅土岩只能在晴天挖，下雨天則泥濘軟爛、泛紅，岩質易碎。通常是賣命一個下午，挖得二十顆。阿蟯老頭經過稱讚：「很熟練嘛，以前我挖這個，不小心切掉腳拇趾。」他伸出穿塑膠拖鞋的腳讓我看那根斷趾。阿蟯老頭的腳是交趾腳，拇趾不筆直而是往外翻，大概沒有靴子能夠合他的腳。

晚上，我坐著剝竹篾。野竹材料是跟船商批來的，刮除青皮、去掉節眼、分小段，放到鍋裡煮。煮了還要燻硫磺、曬乾，綁成束擱在屋頂上。要剝時就取下泡水幾天，以刀子剝取。剝竹篾要很小心，跟鐵匠訂製的刀子，刀刃極薄，割斷手可不含糊。把竹料剝分出裡外部分，再撕成整齊的條狀，僱小孩編織。每一卷竹篾長度是二十米，賣給有縫紉機器的人家縫製帽子。我媽說：「這工作沒辦法賺錢，只是讓小孩子終年有事情做，沒空頑皮。」我的弟妹們四歲就懂得編竹篾了，動手編個不停，去哪裡腋下都會夾著一束竹篾。雞鳴三更我才去睡覺。滿滿一整天幹活。睡著以後，大母的影子穿插在夢中的某個微小縫隙裡，不是經常發生，我不確定一年有沒有一次。

某段時間，辰二先生升任合作社主任，告訴我：「阿章啊，村里的壯丁都當兵去了，你個性老實，我打算調你去當會計，可你的文化程度太差了，就去當監察和保安吧。」我問：「監察是幹嘛？保安是幹嘛？」辰二先生答：「監察是看我們有沒有偷吃、偷拿什麼，再去跟村書記告狀。保安就是，我們合作社有塊甘蔗田，浮灘村那夥人時常來偷竊，看到誰來偷，你就扛槍出來對空打幾發嚇唬他們。」我說：「我不要當監察，告密很差勁，我要當保安。」

河邊的甘蔗田有幾十畝，巡守不容易。我蓋了一間草寮，躺在裡頭讀小說，讀不進去，睡著了都不知道。有一次，我夢見犁地，把偽塚坡的田地犁完就犁城鎮，一直犁，鎮民相攜逃亡。有一次，夢見挖紅土岩，切到腳拇趾，過一會兒腳拇趾長回來，又切到，如此反覆十幾次，每次都很痛。又有一次，夢見剝竹篾，刀子割斷全部手指，吃飯得像狗一樣把臉就著碗。我的夢境大抵都是這類，都是日常的幹活，沒什麼稀奇。但那是因為我的想像貧乏，長大成熟以後我才明白，而當時的我才十六歲，又能懂些什麼。

某夜，月色透亮，我記得是農曆七月，我巡邏甘蔗田，月光照得明晰，那些甘蔗根有點像是榕樹的垂鬚在各個節點參差刺出，被風吹得又乾又細的河沙灘上，甘蔗叢撒下一片拖長的黑影。偶爾，風在甘蔗田中沙沙作響，聽了會渾身打冷顫。有甘蔗倒下的響動，我跑出來看，甘蔗亂亂堆在沙地上，太糟蹋了。我氣急敗壞，朝天空打一發子彈。五、六名赤裸的孩童衝出來，一個像是帶頭的年約十二歲的女孩還拖著一根甘蔗。我大吼：「站住！」他們慌張地跳入水中，匆匆往浮灘方向游去。

我扔下槍，脫衣服，跟著跳。我決心抓到一個小孩，抓到一個就可以查到一群，公安常常這麼做。

那女孩拖著甘蔗游開，胡亂踏水的樣子好像不太會游泳，加上逆著水流所以游得很慢。我追上去，她轉過來吐舌頭，很頑皮。我繞到前面，她往我臉上踢水。我潛下水底，估算距離想抓住她的腳，她掙脫掉。就這樣，女孩在我前面游，總是保持著不遠不近的距離。游了快半小時我卻還抓不到她。我突然明白，我的對手很懂水性，要抓到她恐怕不容易。她要我好讓那群小孩脫身。女孩一邊游一邊逗我，我很生氣，張開手腳划水追上去。女孩咯咯笑，飛快游到河中央。她說：「回去吧，要是槍不見，就死定了！」我嚇一跳，覺得她說得對。她告訴我：「你是抓不到我的，怎麼可能抓得到大母。」我驚得寒毛直豎。難道她就是水神的女兒！水潑得我的臉溼答答。我瞥見水光閃爍的裸背正柔軟地扭動，水汪汪的月光下，很詭異，但很美。轉瞬間，一切都消失了，我在寂靜、遼闊的河流裡愣住了。彷彿什麼事情都沒有發生。河流從以前到現在就這樣子，從昨天，前天，從五百年前就這樣子。我覺得尷尬，大半夜的，莫名其妙在河裡裸游，這是為什麼呀？幾根甘蔗又值多少錢？收成的時候，合作社丟掉一大堆，或雨季的時候，一場洪水就毀掉好幾畝也是常有的事。我忽然覺得難過，任由水流把我推向岸邊。原來損失很少，幾根而已。我坐下來，折一節甘蔗來啃。甘蔗寡淡無味，我丟掉，回到草寮裡輾轉難眠到天亮。我很努力卻沒辦法回憶起大母的長相。閉起眼睛只看到熟悉的臉孔，啟二婆子的臉愈看愈大，鼻子粗得像橙子皮，或是阿永姐的臉，長且灰暗如水牛鞭，喜姑的紅臉如煮熟的蝦子，阿余哥的下巴突出像馬臉。沒有一張臉值得稱為人臉，每張臉都像畜生，充滿慾望，不是流氓、狡獪就是痛苦、委靡。我翻出一片破鏡子試著照自己的臉。鏡片太小，照不清全臉，只見鏡中有一雙如廟裡的木偶的眼睛正呆滯地望住自己。

同年年底，我離開保安隊，轉到水利隊。「一土二木」，挖剷扛背的工作雖然辛苦，但因為我年輕所以幹得有勁。如此過了三年，超過一千天，計量那些我揹過的泥土都可以堆成一座小山。然而，我的家鄉哪裡有山，只有平坦的枯竭田野，縱橫的溝渠四處穿梭仍然挽救不了乾裂的土地。

一九七五年是值得觀察記錄的一年。我的家鄉舉辦了盛大的廟會，有划舟比賽，摔角比賽，省文化工作隊下來演出。兌下村的摔角選手大贏其他村落。浮灘村的居民剽悍，推舉出四名摔角手全數在初賽被刷落。收拾了浮灘村，兌下村氣勢大漲。摔角手阿詩猛力擂鼓大聲問：「再沒有人進來，我就把獎項拿去給兌下村啦。」我村裡的壯丁氣不過，慫恿我進場。坦白說，我不懂摔角，但我力氣大。但凡我的手抓住哪裡，簡直就像鉗子，我不懂什麼外力內功，只需一握，磚頭都會粉碎。

我脫下外衣褲，只剩一條棕色短褲。大家哄然大笑。他們拉雜地解釋一陣，意思是我想要奪獎的話，得跟五個人摔角。我村裡的壯丁不肯，雙方吵嚷起來，最後才妥協成，我得先贏過兩個人，才能跟最高分的阿詩比賽。

摔角手阿進進場，我馬上跟進，阿進壯碩，勾住我的腳。但超過一千天的踏泥扛土使我的腳像打樁一般站得牢牢的。阿進橫地轉、豎地轉，我始終紋風不動地站立。我雙手抓到阿進的肩膀，死命捏住，約三分鐘阿進就肢體僵硬，臉色慘白倒地，裁判宣布我贏了一局。

輪到選手阿蟯。阿蟯個子小巧敏捷，像一隻笛鴴蹦跳，擅長躲閃，只過了幾招，我就知道阿蟯想要虛招來騙我，他想等我重心偏斜就伏身打撈，用肩膀頂我跌跤。於是我故意前後腳歪著站立，略微後仰。阿蟯彎下腰，把頭鑽到我的兩腿中間，打算把我拱起，那姿勢很惡毒。我切換腳，併攏膝蓋，用盡力氣抓住阿蟯身體兩側，大力捏住肋骨。阿蟯像條大蛇一樣扭動，過一回兒，見他再也扭動不了了，我才把他仰著放，猛拍他的肚臍。觀眾歡聲雷動，有人塞給我一節皮已經削乾淨的甘蔗。所有人圍攏過來，用衣衫往我的臉上揮舞，像照料拳擊手的樣子。

鼓聲又響起。選手阿詩個子大，雙眼像水煮的豬眼睛。他展示一記漂亮的短拳，現場發出讚嘆。我則冷冷進場。阿詩站在我面前，威脅我：「想活就馬上認輸，兒子！」我說：「哪有這麼簡單？」阿詩罵：「你媽的，顧好你的鼻子，老子讓你嗆到血看看。」他立刻衝過來，膝蓋頂起，相當驚險。

過了十分多鐘，阿詩扳不倒我。他轉採暗中打擊的策略，他用手肘、膝蓋踹我。比賽很緊繃。裁判明明應該要抓犯規，偏偏他是兌下村人，故意視而不見。我很生氣，一邊抵擋一邊問：「這是摔角還是打架啊？」阿詩說：「你媽的，老子打死你他媽的。」鼓聲連連催促，大家吶喊卻無人出來阻止。很多加油聲鼓勵阿詩：「打死他，打死他媽的！」一股義憤從我體內湧起，我發現我的眼睛花了，我的耳朵聽不見了，鹹鹹的血水從我的嘴唇滲出。阿詩踢出雙飛腿，我躲開，順勢抓住他的腳踝。阿詩用力掙開，而我雙手牢牢如鐵鉗，阿詩在地板上打滾。周圍嘶喊：「輸了！輸了！」裁判說我不按規矩摔角。我不言不語，把他推開，直直走到桌邊抱起獎品，走掉。有人拍拍我的肩膀說：「很好！夠流氓！」我不明白流氓二字的意思，大概是表示讚美吧。

離開摔角場，我拐進小店買糖果給弟妹們，買把梳子給媽媽，再穿過稻田抄近路過河灘回家。到河邊時，天色暗下，轉彎處突然衝出一群氣勢洶洶的人，帶頭人是摔角手阿詩、阿蟯和阿進。阿詩說：「想活就站住！」我問：「攔路打劫？」他們不吭聲，衝過來就打，我還手也夠狠，然而孤身勢弱，過一會兒，我暈過去了。醒來以後，我發現自己躺在稻草窩上，渾身酸痛。我媽問：「疼嗎？」我點頭。我媽哭：「阿章啊，你跟天下比輸贏是為什麼？拿自己的身體去娛樂大家不覺得屈辱嗎？」我默默地哭，覺得媽媽說得對。我媽說：「答應媽，以後不再這樣了！」我愛我媽，所以答應了，但想著下次出門要帶把刀。我問：「誰救了我？」我媽微笑：「大母！」我還想問，但我媽已經離開去烘芹菊葉煮水給我喝。

我恢復得很快，主要是因為年輕，不是因為藥。哪有什麼藥，只有烘乾的芹菊一邊揉敷一邊煮水喝。等可以走動以後，我的第一個念頭是拎刀去找阿詩。然而，合作社派我去鎮上讀一個計畫業務的課程，集合令下得太緊急，我只好放棄報仇。

我們班有三十個人，學習六個月，我們被教導各種社會主義科學、歷史、政治經濟學、各種會計管理業務。我第一次知道各種陌生的名詞、概念和術語。我很興奮。過幾天，我難過地發現自己學不來，字詞老是溜來溜去，我無法分辨各種代收代付原則、各種帳戶、各種統計表格，也理解不了唯心、唯物概念。對我來說，辯證法是勇往直前，排除萬難，大概像我在夢裡犁偽塚坡的田土那樣。否認規律，我認為是像阿詩那幫人的下賤報復，我恨它，它成了規律就要報仇，要揍他就要揍得比他們揍我更痛。我學歷史，卻完全混淆各種分期。老師們很生氣，說我沒有學習能力。

全班沒有人喜歡我，我害班級競賽掉了分數。我又傲慢。全班沒有人像我那樣穿，他們穿著城鎮的風格，很好看，我也喜歡，可我沒錢只好認了。我穿棕色褲子、鳥蛋青上衣。大家一起吃飯，我自己煮來吃。共食有限度，我卻每餐吃八、九碗飯，一天三餐，誰受得了。

在教室裡，我窩在角落猛打瞌睡。老師們覺得煩，停止刁難我，每次考試都給中間分數五分。

學期快結束時，上面派鳳老師來教會計。鳳老師從國外留學回來，個性爽朗，她穿牛仔褲、T-shirt，上衣塞進褲子裡，揹布袋，像電影明星。

發考卷的時候，鳳老師突然問：「誰是阿章？」我答：「是我！」全班大笑，因為鳳老師年輕，跟我年紀相仿。鳳老師忍住笑，說：「我看不懂你的答題，你的會計方法特別神祕。」全班又笑。鳳老師說：「下課後請你來找我，我重新講解各種經濟規律給你聽。」

下午下課後，我去找鳳老師。人們說她騎機車到河邊了。我悶悶不樂，揹起裝著書籍、錢和證件的包包，四處遊走。

不知怎地亂逛，我繞到河邊，卻看見鳳老師獨自坐著，旁邊停一臺機車。風景跟我的家鄉一模一樣，前面是河流，後面是甘蔗田。

我走近，看到鳳老師在哭，雙手遮臉，肩膀顫抖。我結結巴巴地打招呼，鳳老師嚇一跳，抬頭發現是我，很生氣地說：「滾開，你們這些垃圾男人！」我驚慌不解，愣愣地杵在那裡。鳳老師拿拖鞋砸我的臉，高跟拖鞋有釘子，我來不及閃躲，臉上流了血。血流太多，我跌坐下來，頭昏眼花。鳳老師跑來，跪下拉開我的手，緊張地問：「你有怎麼樣嗎？天啊，我怎麼會這麼瘋狂？」

我走下河水邊，掬水洗傷口。鳳老師一直在我身邊兜轉，拚命道歉。我讓鳳老師看阿詩那夥人留在我肩膀上、手上的傷疤，我說：「沒關係的，這種傷不算什麼。」鳳老師說：「我很抱歉，我遇到了太難過的事情，我控制不了自己。」

鳳老師拿出麵包、香蕉勉強我吃。她說：「請你原諒我，我愛、被背叛。我受不了。如果你愛過，你才懂。」我說：「我沒愛過。但我想，誰要是背叛了愛情，那真的很糟糕。」鳳老師痛楚地笑著。「你什麼都不懂，背叛者也是好人，只是不敢犧牲罷了。」

鳳老師抱住膝蓋坐著，看起來嬌小、憂傷且美。我內在湧現一股憐惜，像是憐惜我的妹妹。

鳳老師說：「我錯了，人家不願意為我犧牲是對的。我是醜陋的女孩，是嗎？」我搖頭，我想誰能夠愛上鳳老師那真是很幸福。我告訴她：「不是的，妳很美！」鳳老師笑了，她拿起我的背包拍了拍。「裡頭裝什麼？」我有點尷尬地說：「有書本、錢、身分證件、共青團證。」鳳老師說：「阿章，如果你愛了，你敢為愛人犧牲嗎？」我困惑不知道該怎麼回答。鳳老師說：「這樣吧，如果我愛你，你敢把這個背包扔進河裡嗎？」我點頭。鳳老師說：「你扔吧！」我站起來，拎起背包往河中心一丟，背包沉了下去。鳳老師很吃驚，臉色發白。「你敢拆掉那邊的籬笆嗎？」我靜靜走到包圍甘蔗田的籬笆旁邊，扯斷刺網鐵絲，拔起鐵樁折彎，扔到鳳老師腳下。

鳳老師說：「你過來。」她摟住我的脖子，吻我的嘴唇。我不知所措。鳳老師說她很快樂：「你知道嗎？我竟然為一個自私的男人而傷心，真不怎麼樣嘛。」鳳老師騎上機車飆走，扭過頭來交代我：「忘掉那些該死的經濟規律吧！」

我呆住了，那突如其來的吻讓我暈眩，我感覺快樂。於是我跳進河裡游到對岸又游回來。月亮明亮，我覺得人生真美好。

那天以後，過兩天班級就解散了，鳳老師並沒有出現，聽說是有事情要去河內。我憂愁地收拾東西，跟大家說再見就返回村裡。

回到村裡，我被選為會計長。過了一個月，辰二先生說：「你去上課只是浪費米飯。」村裡把我革職，我也不難過。我回到日常幹活，十年前的工作：早上犁地，下午挖紅土岩，晚上剝取編帽子的竹篾。工作繁重，我卻忘不了鳳老師。

有一次，我尋個藉口進城，彎進舊學校去探望鳳老師。這裡已經沒有人認得我。值班人員問：「你找哪個阿鳳？學校有很多鳳，陳氏鳳、郭氏鳳、黎氏鳳。有位小姐年紀和你差不多，她離開學校了。她以前住在隱修院，聖名叫作黛安娜．段氏鳳。」我嚇一跳，猛然想起多年前關於大母的傳說。

值班人員沒辦法透露更多。暑假的校園冷冷清清，我在城鎮上晃蕩，不知道該問誰。最後，我想到去拜訪隱修院。

大修女接待我。她已年邁，有一雙憂愁的眼睛。大修女說：「黛安娜．段氏鳳從六到十二歲期間住在修道院。她的父母託我養育她。」我驚訝：「那怎麼說黛安娜．段氏鳳是大母，是水神的女兒？」大修女說：「黛安娜．段氏鳳的父母住在河內。她是做魚露生意的段友玉的私生女。」我難過失神地離開。大修女還說：「我不認識你的大母，至於黛安娜．段氏鳳則是上帝的孩子。段友玉把孩子寄在上帝之家，就像把孩子託給幼兒園。然而上帝並不生氣，上帝原諒，上帝向來仁慈。」

那夜，我坐在隱修院的外牆邊，城鎮馬路上的車輛往來轟隆使我睡不著。隔天一大早，我沿著河堤找尋棣廟。

棣廟靠河，危危立在一座堆疊得很仔細的石臺上。棣廟的廟公叫阿儉，打魚謀生，年約六旬，住在廟裡面。我走進廟裡，只見中庭曬滿了魚隻，連兩邊的過道橫梁都擱滿了魚。阿儉老頭給我喝酒配烤魚。他說：「我看守這座廟四十多年，一個人住，只養一隻烏龜作伴。」他指給我看綁在床底下的烏龜。我向他打聽大母。阿

儉老頭說：「我不知道。但我記得那場風暴，浮灘上的臭芒果古樹被雷劈斷了。你
去那裡問問看。」
　　我跟阿儉老頭廝混了一個早上，幫他整修小廟漏水的屋頂。晌午，我向他告別，
抄捷徑去浮灘。
　　回浮灘的路經過兌下村，我打聽阿會老頭的家，聽說以前父女倆被大母救下。
阿會老頭已經老糊塗。阿會老頭說：「挖沙，青蛙嘴裂，坍塌，很重，吐血……」
再問也只是反覆這些。阿會老頭的兒子說：「老人家不記得什麼，耳聾三、四年了。」
我悶悶不樂地告別了父子倆。
　　我游過河到浮灘。被雷擊的臭芒果古樹枯死多年，樹根下，小孩子玩火燒出
一個黑黝黝的洞穴。我拐進附近一間看守魚的草寮。望進去，我打了個冷顫，只見
在黑暗的角落裡，有個老頭躺在地上的稻草窩。看到我，老頭子問：「摔角手阿詩
嗎？」老頭子爬起來，我驚悚發現他跟鬼沒兩樣，髮鬚亂糟糟，雙眼混濁。我猜他
的下肢廢掉了，雙腳萎縮，腳毛像豬毛。我跟他打招呼，驚訝地發現老頭子腦筋清
楚，言談流暢。過一會兒，聽了原委，我知道老頭子是兌下村摔角手阿詩的爸爸。

老頭子殘廢數十年，只癱在一處看守漁網。

不斷閒聊著，我問老頭子關於大母的事情。老頭子捧腹大笑，動彈不得的兩隻腳看起來很恐怖。我沒見過像他這麼恐怖的人。老頭子說：「你有看到那個破竹篩嗎？雙蛟龍在裡頭交纏喔……」老頭子又笑。我膽戰心驚。老頭子又說：「那時候我的腳還沒廢。我捏造出大母的故事，大家都信了。大母的墳墓在那裡，你想知道大母的樣子就挖起來看吧。老頭指著臭芒果樹根部旁邊的土堆。我拿起草寮中的鏟子走到土堆那裡，挖開。我以人們挖墳撿骨的方式挖掘。大約超過一米深，我從下面拉出一段形狀不明的腐朽木頭。我在木頭旁邊坐了很久。魔鬼一般的老頭子停止了笑，大概是在草寮中睡著了。

在我面前，河流不斷地流著。河流入大海，海洋非常遼闊。我不知道大海，而我卻已經活了一半人生……時間也是不斷地流著，還有幾年就到二〇〇〇年……

我站起來，走回家。明天我要出海，海上沒有水神。

一九八八

第二個故事

跟媽媽辭行出海的時候，我哪裡知道海洋在哪裡？

我媽說：「阿章啊，你要拋下媽媽走啦？拋下弟妹走啦？」我不吭聲，逃離似地奔向大門。我知道如果這時候停下來，我就再也去不了了。我將回到十年前的工作，我就這樣幹活過完一輩子：白天犁地，下午挖紅土岩，晚上剝取編帽子的竹篾。我將磨蝕我的一生，像我爸爸，像阿蟯老頭，像辰二先生，像家鄉裡那些善良而艱苦的村民。

我走，我朝著太陽升起的方向而走。身上沒帶任何行李，除了一把我費工到兑下村訂製的鋭利刀子。這把刀是用汽車板簧的鋼煉製，尖頭，閃著鐵藍光。關於大母，關於黛安娜．段氏鳳的念頭糾纏著我。水神的女兒，如果我找得到她，我將不會後悔這一生。不知是什麼原因，我總認為她在那裡，在遠方，在海洋⋯⋯

我經過許多村落，一邊走一邊打工維生。我經過的那些村莊都寂寥、蕭條，無非就是那些事物：稻禾、玉米、地瓜、幾樣常見的蔬菜，就是那些活兒：耕田、採摘、澆灌。

天濛濛亮，我來到村頭站著，在榕樹下或是歪斜的小店前，有時是路邊的小市集。有許多像我一樣的人，男的女的，他們都是農村的流民，或是村落裡的貧困人口。這類人力市場從雞鳴開始聚集……雇主手持火把照我們的臉，按捏每個人的手和腳。他們問：「會做這個嗎？會做那個嗎？」他們和我們談好價錢，工錢通常很低，算起來，挖地工幹一天只換得兩斤半至三斤稻穀，插秧工更低，約一斤二兩至一斤八兩。我喜歡接戶外的工作，如插秧、收割、播種、施肥等。我不喜歡接家裡的工作。田野的空氣比較清爽，頭頂上是自由的天空，我跟人們沒有絲毫羈絆，那些僱用我的人不有錢，他們也要埋頭苦幹，有時候為了支付工錢，他們還得餓肚子。

老家沉悶、停滯的空氣使我感到麻痺、酸楚。每個人慌張、匆忙去尋覓吃食。風俗成見十分沉重，我看見父權思想毀壞了多少人的人生，我也看見一些性別桎梏和道德枷鎖殺死了少女們臉上的豔麗。青年人很少。田間只有老人、婦女和失學的兒童在幹活。

到了三月，農務變少，我經常找不到工作，有好幾天要餓肚子。在瀰漫的霧氣中，我沿著河堤走，粉狀的水滴懸掛在眼前，在左邊，在右邊，在背後。風呼呼吹，「饑寒交迫」，前人的說法一點也不誇張。某次，我看見一名老乞丐餓死在河堤邊。一種朦朧的憂慮從我內在升起，我開始想到死亡，這是以前沒有想過的。饑餓、寒冷，孤獨感像風搧摑著臉頰。我心裡有一股焦慮、躁動是關於大母、水神的女兒。她是誰？她美麗還是醜陋？她住哪兒？在哪個天涯海角？

我開始想像她，她璀璨地浮現出來。她的臉部線條清晰，眉毛秀麗、果敢。乍看之下，她甚至黝黑、冷淡。她不美。我們想要彼此，卻不想互相隸屬。我意識到，為了擁有她，我必須過著流放者的人生，我必須把自己榨乾至死。她的靈魂盡吃一些野蠻的食物：那是一塊塊我的鮮活人生。我想像她以指甲銳利的纖纖小手撕裂我的屍體，她咀嚼一塊塊肉，伸出尖尖的舌頭舔舐溢出來的血液。

上述想法並不是立刻降臨當時的我，當時的我又饑又渴地在街上流浪，很久以後的我才想明白。我正在敘述的是我還愚昧、充滿成見與誤解的時期。我是一個蠢笨的年輕農民，心裡牽掛著對人群的零星愛意，既唯心，又無形，又普通。我還不懂得輕視自己，也還不懂得輕視知識。我不懂得愛自己的方法。包裝在浪漫傳說當中的我的那些對於家的眷戀和鄰里情誼，也都是低級、累贅的文化。我還沒有覺悟到個體或是群體存在的道理。

七月底，我接了一位山西鄉老婦人的造磚工作。老婦人八十歲，有個當兵的兒子在柬埔寨駐軍，有一個遠嫁他鄉的四十二歲女兒，名叫阿時，偶爾才來看望媽媽一個下午，打掃收拾一下就走。老婦人獨自住在面積超過一分地的荒園裡，屋子是稻草屋頂、竹編夾泥牆，了不起捱過兩個雨季就會倒塌。兒子是工兵大隊長，叫阿世，尚未娶妻。老婦人給我看他從柬埔寨磅遜省寄來的書信，字跡流暢，語句清晰，足以證明是個孝順的兒子。

媽媽呀，請您保重身體，即使是為了讓我少點擔心。我答應明年會請假回家建房子，娶老婆。請媽媽幫我物色村裡的一位姑娘，麻子臉也可以，寡婦也可以，只要她喜歡我們就好。只要十天假就辦完所有事情，媽媽要是到了九泉之下也將感到舒心。至於我，我很健康，大家都喜歡我。我常常想念媽媽，想念像一根刺我在園子裡挖土，製作磚塊。一塊素磚的工錢是五毛，老婦人煮三餐給我吃，扣除米和菜錢，實際工錢是三毛半。老婦人說：「我想替他燒製六萬塊磚，他蓋屋子用掉四萬塊，剩兩萬塊就蓋廚房。你算一下，如果我僱用你，進爐加上出爐，有辦法在冬至以前完成嗎？」我說：「可以。」老婦人又說：「我太不會打算了，竟然在雨季裡僱人燒磚，是不是很麻煩呀？之前，我老是在猶豫，都怪阿時，我叫她替我賣掉耳環，她老撒謊說賣不掉。幸好遇到你，你可憐我，雖是打工卻像為自家人而做。也是我的命數，能為兒子積攢些福氣……」我眼睛熱辣辣的，我要對蒼天吶喊，我想要結束合約好繼續上路。糟糕的是老天一直下雨，才做出幾百塊磚就得搬東西來遮擋。我餓，我沒有別的工作。我被迫接下這份該死的工作，而這份工作有可能讓我白忙一場。

我將不會講述我怎麼工作。老婦人雞鳴就醒來，去園子裡摘取地瓜葉、莧菜、鷓鴣菜來煮蟹醬湯。配菜常是炒小蝦、芝麻鹽、河蟹。土鍋煮飯。老婦人很會煮，飯粒糯，從不爛糊，鍋巴軟而不乾、不夾生。老婦人的心力都集中在六萬塊磚上，我也希望我的心力能專注在這樣具體的物質。如果這樣就能夠……而如果能夠這樣……

十月，我做足了六萬塊磚，準備同時燒兩爐。望著素磚塊高高堆疊，感覺很過癮。老婦人嬌小、瘦弱，凹陷地站在磚堆中間啜泣。我說：「如果爐子燒起，園子裡的這幾棵楊桃樹、香蕉樹都會死掉喔！」老婦人說：「死就死吧！」我說：「如果木柴不夠就要拆房子來燒喔！」老婦人說：「拆就拆吧！明年我兒子就有新房子了。」

就在冷透肝腸的冬至，我起火燒兩爐磚塊，野戰式的燒火。起爐的祭盤上有一瓶白酒和一隻水煮豬腳沾豆醬。我喝掉半瓶酒，罵一句髒話就扯下屋頂的一把茅草點火。老婦人躺在竹榻上，蓋一張舊氈子。她正在生病。我拆了半個屋頂才終於把火升起來。磚爐火勢猛烈燃燒，通紅、炙熱。天氣寒冷而我卻只穿一條短褲，汗流如洗。燒了三天三夜，園子裡的樹木全數焦枯。到了第三個晚上，老婦人就死了。老婦人走得輕鬆，不嘮叨。我夢遊似地抱著她的屍體繞兩座磚爐兜圈子。六萬塊磚，老婦人總共欠我二十一萬塊錢。

第二天早上，老婦人的女兒阿時帶著一群頭綁白巾的孩子跑來。阿時摸索媽媽的屍體，取出一對金耳環當作工錢支付給我。我把耳環放進衣裡，在人們給老婦人釘棺木時走掉。身後傳來哀怨的哭聲。我在這裡工作耗費將近半年，海洋還很遙遠……

清晨時分，我敲H鎮一間黃金鋪子的門。可能是我的模樣很恐怖，超過半年沒有剪頭髮，從離家到現在的一套衣服已經破損，全身上下只剩一把尖刀。

我張開手心兜售金耳環。金鋪老闆打赤腳，跪下來連連膜拜：「怎麼會有這種耳環啊？這是小孩子的玩意兒，市集到處都有賣。一大早才剛要營業，求你可憐我……」

我頹坐在花磚地板上，金鋪老闆取出櫃子裡的各種首飾，跟我解釋什麼是黃金，什麼是西金，什麼是七成金，什麼是十成足金，什麼是銅、白金或是藍寶石。我像鴨子聽雷一般。老闆帶我走到路邊的一個小攤，指給我看給孩子玩的耳環、戒指。老婦人用來付我工錢的耳環跟那些一模一樣，可以掰碎。

我向好心而膽小的金鋪老闆告辭。我站在三岔路口，霧很濃，四周寂靜無人。我拔出刀子，決心要刺死第一個走過我面前的人，好要到一千塊錢吃一碗河粉。我餓，我像黑猩猩一樣饑餓。我像野豬一樣饑餓。我像地獄裡的野獸一樣饑餓。我已經餓半年了。這半年來，我只吃地瓜葉、莧菜、鵪鴣草，全都是讓人失血的野草。

我站了好長一段時間，霧漸漸散去。一群挑著扁擔的婦女走過來。一嗓子酸溜的女人聲音笑著：「阿鳳啊，有人等著妳僱用他挑扁擔呢！」人群停在我面前。我失神地認出喚作阿鳳的女子的臉，那張臉在我夢境裡揮之不去。就是那張臉，線條俐落、果敢，既純真又冷淡。阿鳳說：「這位哥，受僱挑扁擔嗎？」我說：「有！」阿鳳把扁擔遞給我並交代：「你替我把米挑到市集，我再給你錢剪頭髮。」大家笑起來，她們拍我的肩，搥我的胸口。我挑起米擔跟著她們走，就像應該這麼做，我不明所以。阿鳳走在我旁邊，搖盪著紅色假皮側背包。

接近年關的市集像廟會，阿鳳一下子就賣光了米。阿鳳說：「我跟你一起去吃螃蟹米線。等我買些貨物，你再幫我挑回家吧？」我點頭跟著她走進米線小店。我吸溜兩口就吃光一碗。阿鳳噗哧笑，再叫一碗。她問：「你餓了幾天啦？」我莫名地掉下眼淚，告訴她：「已經餓了六個月了。」店裡的人住嘴，靜靜地望著我，大概沒有人相信我說的話。阿鳳什麼也沒說，放下自己正在吃的那碗，看我吃。我吃完，她又問：「你想吃米糕嗎？」我點頭。阿鳳又叫了半籠米糕給我。我這輩子從來沒能這麼爽快地吃、吃得這麼好過。

我挑著物品跟阿鳳回家，全都是石灰粉和油漆，不知道買來幹嘛。她的家在沙土灘上，跟我的老家一模一樣，只差這裡有座天主教堂。阿鳳跟父親和一位眼盲的姑姑住在一起。眼盲姑姑的真名不清楚，只見大家叫她瑪麗亞。阿鳳有兩個妹妹，一位叫阿水，另一位叫阿蓮。帶我回家時，阿鳳告訴大家：「我在三岔路口撿到他。好像是勞動人口而不是江湖流氓。」阿鳳的爸爸問：「這位哥叫什麼名字？有牽涉偷竊什麼嗎？」我回答：「我叫阿章，我不是小偷。」阿鳳爸爸笑：「明白了，你的樣子像江洋大盜而不是小偷，這個耳垂這樣，那個鼻子那樣，不是尋常人。厭世了嗎？怎麼會漂流到這裡來？」我說：「我的命就這樣。」瑪麗亞姑姑伸手摸了我的臉，大叫：「耶穌啊！上帝啊！怎麼這個人沒有肉，只有土，只有土？」

我住在阿鳳家。人家答應養我一個月。阿鳳爸爸是教區管理員。我的工作是重新粉刷整間教堂。最困難的部分是要為鐘樓屋頂上的耶穌立像重新上漆。雕像有兩米高，耶穌穿紅色袍子，雙手張開，雙腳站在圓球上。這是鐘樓屋頂上的制高點，完全無法搭建鷹架。為了粉刷雕像，我只能用繩子綁住自己，再將繩子套掛在雕像上。我的工作合約沒有保險。阿鳳爸爸說：「我們教區多養你三天，如果你死了，我們埋葬你。做完了你可以領二十萬。」

我想起替山西鄉老婦人燒磚的那筆工錢而笑出眼淚。阿鳳說：「你再想想，這座雕像已經兩百年了，除了掉漆，可能還腐朽，爬上去萬一死了怎麼辦？」我說：「主耶穌保佑我，如果不是，那就是沒有神。」

我花了將近一個月替教堂重刷石灰漆。首先，我刮除舊漆層，再刷上兩層新的白石灰漆，最外層再刷上黃石灰漆。協助我的是阿水和阿蓮，阿鳳爸爸當監工。他說：「小老弟啊，可惜你不是教徒，如果你是，我有三個女兒通通都嫁給你。」我的臉一下子刷紅，我痛楚地笑著。我又不是公狗要找母狗，我的心已經屬於她了，屬於大母，屬於水神的女兒……

粉刷完並重新油漆教堂所有玻璃門窗框以後，我開始準備油漆耶穌雕像。在爬上鐘樓的前一天，阿鳳煮一鍋聖羅勒水給我洗澡。她全部的家人都關心我、照顧我。他們知道明天我將可能不在人世。教區管理員有些不安，半夜，他叫醒我，泡一壺濃茶請我喝。他說：「阿章啊，不要油漆雕像了吧，我真的很擔心。」我告訴他：「您別管我，工作就是這樣。」老先生嘆氣：「好吧，如果有個萬一，你會怨我嗎？」我說：「不怨！」老先生想了一會兒，猶豫地問：「阿章，你要留什麼遺言嗎？」我笑：「國家有六千萬人口就有五千八百萬人嘲笑我的遺言。」老先生說：「我知道了，你去睡吧！」

我去睡覺。果真我並不擔心什麼。自從我離家出走，我很少想到自己。我的渴望將我抬離土地。我的想法跟我的人生和我的存在已經斷了連繫。今天，我活得像隻動物或像一位皇帝又有何重要？我的心已經乾枯、荒蕪。也許是太多苦難的景象被我看見，「那些事物讓我傷心。」我完全明白教區管理員的女兒阿鳳對我的好感，甚至是阿水、阿蓮也是。我都知道。我沒有權力將我的性命跟她們連接起來，因為一旦如此，我終究還是活得像阿蟯老頭、辰二先生或其他在老家或是這個教區的善良、辛苦的村民。一間茅草屋和三、四顆黃金的心等於窮途末路。[1]我在會計班遇到的鳳老師，或是教區管理員女兒阿鳳，都只是她的一部分，水神的女兒，我渴望能夠遇見的她……

隔天早晨，我爬上鐘樓的屋頂。我用麻繩綁一個圈套在耶穌像的脖子上當支點，用麻繩另一頭纏繞自己，一邊懸掛著一邊工作。教區所有人聚集在鐘樓下屏息追蹤我的工作。只要疏忽，繩子斷了或是失去平衡，我將從二十三米高處掉下庭院的石頭地板。

我專注工作，不知道過了多少時間。耶穌的袖子裡有一個鳥窩。鳥窩的稻草像金線。一日將盡，我完成雕像油漆工作。一種歡快感使我窒息。最後一刻，莫名地我控制不住狂妄的念頭要在耶穌寧靜的額頭上簽名。伸手進耶穌披散的頭髮裡，我用尖頭刀刻下我的名字。這件事使我後來必須付出巨大的代價，是我始料未及的。

我站在雕像的肩膀上看向遠方。海平面在我眼前升起像一條扯直的線。我聽見海浪聲如急促的呼吸。海角閃爍著幾絲光芒，不明白是什麼原因使我認為那裡是水神女兒的隱身之所。

在教區民眾的欣喜當中，我降落教堂庭院。我感到踉蹌，渾身虛脫。我躺在石階上，暈了過去。我看到我的靈魂像一縷輕煙。我的靈魂緩緩飄浮，飄在教堂的石階、茅草屋頂、稻草屋頂上，飄在各條小路上，飄在各片香蕉園上。我的靈魂在乾裂的田野上翱翔……我不知道大家幾時把我送回阿鳳家裡。

休息幾天，我又上路。我穿一套樹皮染的棕色衣服，腰間插一把尖頭刀。阿鳳全家依依不捨地送我，教區管理員、瑪麗亞姑姑、阿水、阿蓮送我到芭蕉園盡頭就停下來。瑪麗亞姑姑在我脖子上套一條十字架繩鍊，在我胸前比劃聖號。阿鳳再送我一小段路，阿鳳問：「阿章，你真的要走了？」我點頭：「妳回去吧，記得替我禱告。」阿鳳把頭靠在我胸口大哭：「你走吧，腳跟硬石頭軟，我留不住你，請你善待自己，即使是為了讓我少難過些。」

我逃也似地跑掉。在我面前是一條河。河流入海。海洋無限遼闊。我沒看過海……而我已經活到人生的一半了，時間不斷地流逝。只剩幾年就要到二〇〇〇年了……

我一直走……前面還有多少意想不到的事情在等著我。她是誰？水神的女兒？她在哪裡？水神的女兒？是情嗎？水神的女兒？讓我借用胭脂的顏色離開……

一九八九

阮炳

第三個故事

江湖只剩下我

異鄉酒辣，異鄉煙苦

自從我離開河邊的教區，轉眼間已經好幾年。不知道多少事情過去，不知道遇到了多少人，遇到了又分開……不知道多少悲歡，苦辣也有，甜美也有……啊，為什麼甜美的滋味如此寡淡，且甜美的滋味也有……

我愛了，也被愛。我也曾多次逃跑。「阿章，不是這樣，還不是這樣的！」

我在很多地方生活，做很多工作。我也多次捨棄。「阿章，不是這樣，還不是這樣的！」

我想起十歲的時候，當時大母的故事甚囂塵上。清晨，我常常沿著河邊走，暗暗希望能夠看見超凡的身影。迷霧飄浮在河面上。太陽出來以後，霧散去，霧融化，像煙、像雲一樣飄升。河面清楚顯露出來，睡眼惺忪，羞澀的模樣。波濤拍打河岸，將一些蜉蝣小蟲的屍體推到我的腳邊。那是第一次永恆與無常的感覺偷偷試探著我的靈魂。我不知道，我不曾注意到它們。我還太年輕！那時候，失去、無意義，連同意識到時間的變遷都不會讓我掛心。

我沿著河邊沙灘走著，我看見水邊有一個沙坑，我想像昨夜水神的女兒曾在這裡休息。她側躺，縮起身子，膝蓋靠近下巴。她和浪濤說話。浪濤覆蓋她的身體。她對著浪濤喃喃細語：「嘿，浪啊，不要開玩笑啦，不要耍笨啦。」

我走……我生活的年代是辛苦的年代。戰爭已經過去，所有人開始重建新生活。舊傷口漸漸癒合，長出嫩皮。人們著急尋找工作，尋找希望。從農村湧到城市的人潮非常多，形成漂泊的階層。我混在這群人中走著，為自己的命運而忐忑不安，這也是最困頓或擁有最多渴望與幻想的少部分農民的命運。那些遺留在背後的事物還能有什麼價值嗎？家鄉的安靜河流，村頭的竹叢，長滿青苔的紅土岩牆，午後陽光下母親的歪斜身影。幹，我朝著緬懷嘔吐。緬懷沒辦法產出金錢，它不屑給我任何一個笑容。在那裡沒有希望。

我走……我想看前面有什麼。

我走……我渴望愛情如同旅人在沙漠中渴望著清水。那裡雜揉了很多夢想：那是幸福，眼淚，溫暖，那些天邊，天的盡頭和遼闊遙遠的海洋，庭院的小角落，有大窗戶的小屋……哎，很多樣！我的大母，那身影超越一個少女，超越一個女人，是半個世界的身影，在我之上或在我之下，是天上人間。水神的女兒。她在哪裡？她在忙什麼？為何她與我同在而只是寄來一些訊號，如偶然的陣雨，如偶然的月夜，如偶然的悠揚笛聲，如偶然的匆忙擁吻，令人痛徹心扉……

算了，算了，我已經這般屈辱、低賤。在哪裡？從哪裡？為什麼？阿章啊，你的孤單與無力，除了你以外又有誰看得見？有誰做了什麼嗎？而你又做了什麼？為了什麼樣的愛情？

好，我必須承認在我追尋生活的渴望當中，很可能潛藏著一隻已經昏睡許久的惡魔。它自私，孤單，被羞辱，它懷疑一切，戒備一切，勢力與低賤。它偶爾思考宗教、人的本質，只不過是為了對照並讓它的惡魔本領更加犀利罷了。它既顢頇，又伶俐，又輕巧。它像曹操一樣多疑。它瞭解時勢……啊，它瞭解自己那些稀少的機會。它摸索、尋找。它背叛了我的心，它殺死我心中那些想要高貴、友善的想望，只為了維持藏在我凡胎裡的它的生命。我曾多次在稀薄的潛意識裡遇到它。當我必須遮臉、受氣，當我逃跑、屈辱、委屈……它在我的靈魂角落裡坐著並輕輕地自己歌唱，冷漠，嘲弄……它對著秩序吐口水——那也就算了，甚至還對著愛情、道德、友誼、信義、正直，乃至於宗教吐口水。它知道一切只是約定成俗，不怎麼精準，穩固性低，不知道是誰在一些迫不得已甚至是生死攸關的情況中訂定出來的。訂定那些的人會腦筋錯亂，會覺得丟臉，當他們厭世、失敗，意思是在他們的人生裡沒有多少機會的時候。惡魔最忌諱或害怕的至高無上權力是死神而非上帝。我知道肯定是這樣的，肯定是這樣的……

我走……昨天下雨。今天風和日麗。明天大太陽。我是阿章。我走……我想飆髒話。我走，我正在走……我想飆髒話！

不久之前，我在城市裡的一戶人家幫傭。屋主是有錢人。別墅已經蓋好，要在外面多蓋一堵圍牆。我和另外五個人接下工作，其中有個女孩叫阿雲，她是和平省的芒族人。

做了三天，中午的時候，阿雲走近我說：「阿章哥，女主人找你進屋。」

我來到客廳。寬廣的房間，鋪地毯，東西華麗。牆壁上掛著一幅雙馬依偎在一起的編織畫。壁鐘的滴答聲響既焦慮且曖昧。我想……如果是我住的地方，進出的大門要小而窗戶要大，沒有裝飾，屋外則是綠草坪和森林。

我等了一長段時間，才有聲音叫我上閣樓。女主人約三十二歲，漂亮，躺在床上。

女主人吩咐：「你進來……」我踏入房間。她說：「你坐下吧。我叫阿鳳。你叫什麼名字？」我答：「我叫阿章，是阿雄的兒子。」鳳太太笑：「你坐下吧。你的名字對我來說毫無意義。你看我，我好看嗎？」我說：「好看！」鳳太太笑：「你太急躁了。你不知道女人好看或醜陋在哪裡。你看到我有錢，你以為我好看。你看到我有學識，你以為我好看。不是這樣，如果我好看，我要在你的眼神中明確看到慾望。」我憂愁地笑了，不知該如何回應。鳳太太說：「你是幫傭、是庶民，對吧？」

我說：「對！」鳳太太說：「那就表示你什麼都沒有，你是弱者。」我說：「請你不要羞辱我。」鳳太太說：「我不羞辱你，我只是說出事實。你沒有財產，沒有私有權，你沒有體面的權利，不應該自尊心受傷，不應該反抗。」

我安靜，我不太瞭解那些有錢人和有學識的人。我覺得他們神祕，能幹，危險。就這樣。女主人想要我的勞動力？要什麼？要我的靈魂？直到後來我才知道我的內在有一些寶貴的東西，但也有不少垃圾髒汙。我必須付出代價才知道。但那是後來，後來……

鳳太太和我終究瞭解彼此的意圖。我躺在床上。鳳太太說：「你急躁匆忙，因為你只是一隻弱獸。弱獸理解愛情如同理解工作或耕田。他們對待生活的態度也是這樣。完全不應該這樣的！生活是一個墮落的過程，是一個享樂的過程。就這樣！」我像獅子般低吼。鳳太太說：「你閉嘴……不要低吼。獅子也不過是一隻可憐的動物，牠害怕其他獅子……你放心吧。我的公公死了，我的老公不在家。」我笑得像哭。我遺憾自己太沒學識，沒辦法爭辯，一點也不瞭解。我不感動。

「所有宇宙、社會、名聲、錢財、藝術的祕密，」鳳太太說：「都在這件事上。

最高、最廣的影響——比其他所有最高最廣的影響，包括宗教、政治——就是情慾。你們男人繞來繞去是因為你們害怕。你們不敢迷戀。父權秩序被建構出來是一種骯髒的秩序，充滿暴力、欺騙，主要不是為了服務人類，而是為了阻擋男人之間的獸性。你明白嗎？」我答：「不明白。」我說：「可能是因為我獨自一個人。」鳳太太說：「你像你爸阿雄那樣卑劣。而阿雄也卑劣地像阿熊、阿狼、阿羊、阿豬等他的祖先。你不要假裝，你明白血統裡的那種秩序。潛藏在你體內是一種反民主的父權。你像三千萬名同時代的男人一樣卑劣。你穿上褲子滾吧！」

我覺得丟臉地走到外面。我不是很喜歡這檔事。我回到院子角落的臨時屋。我睡了。在夢裡，我看到自己在一條枯竭的小溪裡迷路。我不斷逆流而上。道路兩邊有豎直的石壁宛如登天之路。我夢見水神的女兒。她在朦朧幽光中現身。她不雄辯，只是憂愁，她說：「阿章，這不是朝向大海的路。」

我留在鳳太太家超過一個月了。鳳太太的先生不在家，在國外，幾個孩子整天上學。鳳太太對於愛情有一種奇怪的想法：「我享受你，我品嘗你。」她告訴我：「如同人們品嘗食物。我和三千萬名婦女正在呻吟……我是女權革命家……」

鳳太太說：「你們男人隨便制定法律，連我老公也是。他們有大老婆、二老婆。他們偷偷縱情享樂……你是我的二男人，你喜歡嗎？」我說：「還算喜歡。」鳳太太說：「我喜歡你野蠻純真的本質，它失學，失去道德，但卻健康。」

鳳太太介紹她的女性朋友給我認識。她們都漂亮，大方，有學識，有錢。她們在臥室裡說的那些話，跟我在家鄉時去上學或去外面謀生時所聽到的完全不同。我朦朧理解到這世界有些假惺惺的東西被裝飾得外表亮麗。

鳳太太問：「跟你睡的時候，其他女人會叫嗎？」我答：「有幾個會。」鳳太太笑：「那些叫聲正是最原始、最清澈的語言。它比所有搖籃曲、詩賦和雅樂都來得乾淨。我常常覺得那些叫聲像山洞裡那些史前人類的叫聲……」我想想，覺得頗有道理，但我不叫。

我向鳳太太和女性友人講述我的河邊村落風景。我的家窮，望著河水，也是窮。洪水來臨的季節，我喜歡在河灘上游泳，浮在水面上撈木柴。那條河因為浮沙而紅豔。那些朽木滔滔漂流，那些漩渦讓人頭暈，那些沙蟲瘋狂跳躍，無數蜉蝣和蟲子死得理所當然，屍體覆蓋在河岸邊一層白。它們不會煩惱道德，它們也不雄辯。

鳳太太問：「你喜歡這樣啊？」我說：「還算喜歡。」鳳太太說：「我覺得沒什麼意思，你要知道這世界很遼闊。」

我沒有回答。我覺得我和村民們的生活很普通簡單，不用問太多問題。我們活著、長大，數千數萬世代相銜相繫，橫豎都是謀生、家庭、宗教、房屋、慾望……我們哪裡需要太多錢，太多的房子，太多的道德和英雄？轉眼間是早晨，已經中午，已經下午。轉眼間是春天，已經秋天，已經冬天……只有憂愁是永恆。

我說：「只有憂愁是永恆的。」鳳太太說：「有可能……但你不要肯定……」我形容那些蜉蝣，那些蟲子的屍體被浪濤推上岸。我突然發現人類要退得很遠才能打撈到些許文明價值的遺跡，就像今天我們會因為一句翹詩、[2]一座占婆雕像、一枚留在陶瓶上的指紋而感動……成千上億的蜉蝣、蟲子死了卻不曾留下任何痕跡。

「那只是感覺吧。」鳳太太說：「我們女人只相信感覺，而感覺意味著誤認與將就。你進這間屋子，你感覺它有錢、它幸福。五十年以後，人們將剷除它。它不是文化。我不知道將感覺灌注入歷史的方法，如果知道方法，我會讓它時刻都在迷醉，至少這樣的它比實際上較不殘暴和庸俗。」

我很少去想這些難懂的問題。跟其他人相比我什麼都沒有。我沒有錢財、功名，沒有能夠為之愛護著想的家庭，沒有朋友……連我的隨身證件都沒有了。我是一個零。我一個人開心，一個人難過，一個人作夢……我只有為了水神的女兒而等待著……

「那你很幸福啦。」鳳太太說：「當人們擁有勉強，人們會被捆綁。那是一種無形的鐐銬，地表化為地獄，我正生活在地獄，那是文化、法律、家庭、學校。而你，你正在天堂。」

我暗暗笑著……我想起人生中曾經歷過的那些。一群赤裸的孩子坐在河邊，藏在甘蔗田裡。我們聊一些高深的事情，聊俄國人、美國人製造原子彈，聊孟母教子，聊人們釣到一條鯨魚但拖到岸上時只剩下一副骸骨……就這樣，那些孩子的故事，那些驚天的故事……

鳳太太問：「阿章，你在想什麼？」我說：「花磚地板很難走……」鳳太太說：「我老公也這麼說。他怪我不懂得在家裡行走，沒有靈活的行為，只會一步一步地數著走……」

鳳太太說得像在表演。我懷念還在當保安時那個守望甘蔗園的草寮。白月夜，我支著下巴，望向遙遠的星星。來自亙古無邊的虛空中的某種無形目光正在觀望著我。我確定有那種目光，因而感動著。後來，我把這目光架接到她——大母，水神的女兒，一個仍在遙遠的地方等待著我的女人。我知道，她仍希望著，而這正是我孤獨荒蕪內心裡的最後依靠。我曾經活得很尋常：跟凡夫俗子打架，替窮人做白工，跟流氓戲耍……無形的目光始終追隨著我，她在夜裡呢喃。她說：「阿章，這不是通往大海之路。」

鳳太太告訴我：「可能在上一代，我的父兄就像你現在一樣。他們帶給我們各種事物，尤其是物質，卻少了生活文化。」我問：「生活文化是什麼？」鳳太太說：「我也想了很多，但結論有可能只有一個詞：幸福！」

我靜靜躺著。我不是很理解鳳太太的意思。是什麼讓人們渴望活著？我詢問鳳太太。她回答：「吃好、諂媚和性愛。你看看還要加什麼。」

住在鳳太太家的這段時間讓我衰弱。我乏力，眼花，頭暈。以前我去挖土都沒有像這樣辛苦。最恐怖的是這個女人注入我靈魂裡的一些故事，一切都很苦澀。為什麼生活有那麼多束縛與鐐銬呢？

鳳太太的老公回來幾天之後，我立刻被辭退。當天晚上，我窩在臨時屋區。我的身體酸軟，背腰痛得像折斷了，喉嚨乾枯。半夜推門聲響，阿雲端一碗熱粥給我。

阿雲問：「阿章哥，你發燒了嗎？」我回答：「不是。」阿雲說：「阿章哥，今晚我得去伺候男主人。我沒辦法拒絕，因為他給的錢很多……我想把我的清白留給別人……我想要你……你幫幫我吧……」阿雲伸手解開我胸口的衣扣。在模糊的夜光中，阿雲轉過身來，我恍惚看到赤裸的背在眼前扭動，外面的白光照進來，看起來很詭異但很美。我驀然想起大母，想到水神的女兒。我心裡浮現一股尖澀的疼痛。

阿雲悄悄地叫幾聲，我彷彿聽見有哭聲從渺遠傳來，從人煙未至的荒漠傳來。我的眼淚和阿雲的眼淚交融在一起，溼透了兩張臉。

阿雲失望地推開我：「阿章哥，你不行啊？」我遮住臉哭，羞愧難堪。阿雲站起來說：「我理解……我的命運就這樣……你不要難過，不要哭了……那些上屋的人們得到一切……阿章哥，請你保重自己，即使只是讓我感覺不那麼苦……」

阿雲逃到庭院外，我看到屋頂倒塌在我頭上，天空倒塌在我頭上，一切都頹傾與破碎。

隔天天亮，我離開城市。我沒有誰可以道別。

我一直走，一直走……前面滔滔不絕的河流。河流入海。海洋無限遼闊。我沒看過海……而我已經活到人生的一半了。只剩幾年就要到二〇〇〇年了。

水神的女兒，妳在哪裡？妳住在哪裡？為什麼？因何如此？讓我借著胭脂的顏色出走……

水神的女兒，妳在哪裡？妳住在哪裡？為什麼？因何如此？讓我借著胭脂的顏色出走……

一九九八

譯注

1 越南語中常出現典故「一間茅草屋、兩顆黃金的心」（Một túp lều tranh, hai trái tim vàng），意指貧困環境中的堅貞愛情。

2 指十八世紀末、十九世紀初，阮攸所作的長篇喃字敘事詩《金雲翹》，為越南文學之經典。

無盡的稻田

Cánh Đồng Bất Tận

——阮玉四

阮玉四 Nguyễn Ngọc Tư（1976—）

出生於湄公河三角洲金甌省（Cà Mau）的務農家庭。著有短篇小說集《人海遼闊》（*Biển Người Mênh Mông*）、《無盡的稻田》、《島》（*Đảo*）等；散文集《舊日的糕點》（*Bánh Trái Mùa Xưa*）、《漂》（*Trôi*）等；長篇小說《河流》（*Sông*）、《水的編年史》（*Biên Sử Nước*）等，至今共出版二十餘部作品。

阮玉四長年居住在越南最南端的土地，當地的河川、田園與風土人情自然而然成為她最常書寫的主題。文筆率性自由，觀察獨到深刻，有水鄉澤國的特殊溫柔，是越南近二十年來最受注意的中生代作家。有多部作品被翻譯為多國語言和改編為電影。

成名作《無盡的稻田》於二〇〇五年出版，為阮玉四帶來多項殊榮，如二〇〇六年獲越南作家協會獎、二〇〇八年獲東南亞文學獎，二〇一八年獲德國法蘭克福書展之Liberaturpreis獎等。本篇譯文根據青年出版社（Nhà Xuất Bản Trẻ）之版本。

1

小河橫淌過一片寬廣的田野，當我們決定停下來，凶悍的乾季彷彿將所有的陽光傾倒在這裡。幼稻枯死在田間，稻身歪曲如未墜落的殘香，抓到手裡就碎散。我爸解開擋在船艙底的竹框，鴨群簇擁而出，著急地、迫切地在泛著鐵鏽的混水裡翻滾。[1]一層新的鐵鏽，暗黃膠結在饑餓的鴨子羽毛上，也黏膩地附著在阿田的肩膀，當他沉入水裡釘竿子，掛上網子圈住鴨群。我端起土爐子上岸，升火。

火苗在剛煮熟的米飯鍋底下微弱地喘息著，那個女人還躺在船裡，連起身的意念都在長長的呻吟中急速潰散。她的嘴唇腫脹、慘白，在我幫她覆蓋的一件衣服下面，是另一件遭人撕碎的衣服，裸露出因遭人擰抓而遍布烏紫瘀青的軀體、手和腳。

而她的髮根也聚積著血漬。他們伸手扯住她的頭髮，將她沿著村路拖行，最後暫停在一間碾米廠前。他們將她拋擲在散布著稻殼的地面。女主角，一個狼狽的婦人，喉嚨沙啞，偶爾還因為妒火中燒而脫力暈厥，但興奮圍觀的群眾鼓舞了她。他們抬腳重重踢向地上的殘破身軀，搭配惡狠狠的、痛快的神情，渾然忘記這個乾枯的稻季與青黃不接的饑荒。狂歡或許會延長，如果不是在興奮當中冒出一縷新意，他們掄起菜刀鋸切她那厚密的頭髮，奮力吁吁的，彷彿是懲罰一叢枯硬的雜草。當髮尾被切斷，重獲自由的女人猛然奮起，以一聲吶喊的速度躍入我們的船，滾過我的腳，滾到阿爸的腳邊，撞倒了幾包阿爸剛裝好的穀渣。

人群愣了幾秒鐘，終於意識到獵物已經逃脫。我用幾秒鐘去興奮，覺得自己如同俠士陸雲仙，[2]我七手八腳將船推離河岸，既害怕又快樂，我拚命撐篙將船推向水中央，目光卻不敢移開岸邊那群人，他們湧過來，瘋狂吆喝、作勢跳水追船。終於，謾罵聲消失、鴨子呱呱的叫聲消失，只剩下阿田啟動了Koler 4引擎的抖動聲響，以及引擎吐出來的團團焦煙。烏黑的煙往我們身後飄，模糊了人群的絕望身影，不知誰的手還拿著女人的斷髮揮來揮去……

阿爸並沒有在這場逃亡中扮演任何角色，他安靜，船走了一段頗遠的距離以後，他來到船尖接手撐篙。我爬進船艙，取一件上衣蓋在女人身上，想蓋住她破爛的乳房和滲血的大腿。她勉強笑，卻如哭一般，用眼神說謝謝，然後睡去。

一路上，她沒有換過姿勢，寂靜、冷冰如死人。船裡只飄浮著時長時短的呻吟，有時愁苦得要命，有時彷彿哽咽啜泣。

但也因為這樣，我們才知道她還活著，隨我們幾乎走完整條鴉鵲河，抵達這片荒蕪的田野。她持續呻吟，意味著她餓了，阿田有點擔心，催我趕緊煮飯。阿田有點過意不去，因為船上只剩幾條鹹死人的魚乾，「連我都嚥不下去啦，何況她……」

然而那天下午，以及後天，她不吃。連水都不肯喝，等乾燥的雙唇開始迸裂，她才肯啜飲幾口，好像只夠潤唇而已。又餓又渴，但她更怕痛，他們拿強力膠黏住她的下體……

吃飯時，我向阿爸和阿田提及這個發現，我聽見兩人陷入沉默，竹筷子碰撞碗口的聲響也靜了。阿田看我，而我則在阿爸的眼中讀到湧現的噁心與驚駭。阿田舀水淋飯，囫圇吞棗，然後沿著河邊的土路走進村子，我追聲吩咐，記得到雜貨店買一千五百塊錢砂糖。

大概是風吹散了我的話語，以至於回來的時候，阿田什麼也沒有買，他靜靜在我跟前伸開雙手，他的手黏著一層什麼，滑亮、透明、逐漸乾燥，使他的手指僵挺如石頭。阿田說：「強力膠……」似乎發明人也料想不到這款膠水竟也有那麼多功能。我們姊弟仔細剝除膠膜，阿田手上的嫩皮通紅、滲血。我們一起往船艙望去，聽見隨風散逸的嘆息……

2

這片田野沒有名字。但對我和阿田來說，沒有哪裡是無名的，我們使用各種記憶來為每個地方命名。那裡是我們姊弟種樹的地方，那裡是阿田被蛇咬的地方，那裡是我第一次來月經的地方……而未來若漂泊至其他地方，每當提起有她的名字的這片田，我們大概會感觸良多。

第三天清晨，她能坐起來了，睜眼四望：「天地啊，這裡是哪裡？怎麼這麼荒涼？」村莊遙遙在綠深深椰子叢的遠方，田野光禿禿，河渠兩岸兀立著幾株木棉樹。兩名頭髮沾滿晨露、正專心攪拌餵鴨飼料的孩子，訝異地望著她，她的聲音沒有絲毫損傷，清澈甜美。

她問：「小乖乖，哪裡可以洗澡？」我指向小河，她看著泛著鐵鏽的黃水，一臉厭棄。阿田說，那邊有個池塘。

那是一個舊的炸彈坑，周圍長滿牛心茘，水空心菜爬滿水面，菜蔓瘦小深紅。在這個地方，昨天，阿田才釣到幾隻柔軟的弓背魚。她泡在水裡很久，沒有擦洗，只是讓冷水緩和灼熱的傷口。她上來以後，我看見血隨著水從她雙腿間滴落，大概她對黏在私處的惡毒膠膜做了什麼吧。然後緩慢的，一拐一拐的，她隨我回到河邊。阿田很開心，因為她肯穿上他那滿是鐵垢的襯衫和皺巴巴的短褲。

只有阿爸繃著臉收拾帳篷周遭的雜草。只有阿爸漫不經心對待我們姊弟的成果。不介意阿爸冷淡的態度，她看著陽光下拱背勞作的男人，迷醉地說：「你們的阿爸好帥啊……」

是這個原因嗎？是因為阿爸，她才留下跟我們一起，留在這片極度荒涼的土地。她的傷口癒合迅速，她笑，常被打，也就習慣了。我問她做了什麼才被打，她笑：「做雞。」也許察覺對我們講話太粗俗，她尷尬地揉揉阿田的頭：「你們大概不知道吧……」

阿田看著我笑。我們遇過很多，很多像她一樣的女人。每每在收穫的季節，她們招展遊走在田埂上，晃蕩在眾多割稻夫、顧稻者和趕鴨人的帳篷周遭。她們假裝青春活潑，其實臉和脖子的皮膚已經軟皺，細看會令人想掉淚。夜晚降臨時，在稻稈堆的背後，她們放聲嘻笑，喘息聲漫漫升上雲霄，讓許多正在煮飯、正在帳篷裡哺乳的女人們的心頭緊緊收縮。幫阿爸買酒的夜晚，我們都會經過一對對的人，我們立刻認出她們，即使她們身上沒有一塊布，她們照樣坦然嘻笑，扭動自己的軀體，才不像鄉下女人們那樣害羞、僵硬地承受。天亮，她們悄悄消失，帶走男人們辛勤工作一整天才換得的微薄工錢。

她也跟她們一樣，在城市裡開始凋萎、饑餓才跑來農村，蓋一間小店，假裝買賣些許餅乾糖果，其實是在「幹那一行」。那裡的男人樸實、好說話，她依賴他們夜夜釣魚的錢、賣稻穀、賣乾椰子或香蕉的錢。有時也會意外豐收，她釣住某個男人，連續兩天兩夜跟他玩床笫遊戲，賺到了一百二十萬。那是借來張羅日子的一筆錢，當那個男人回到家裡，口袋只剩下八十萬，在斑駁的夕陽下，眼看著老婆和孩子面黃肌瘦地圍著一鍋水煮地瓜，他會怎麼樣地懊惱，怎麼樣地怨恨她呢？

「吃了別人的汗水和眼淚，偶爾被揍一頓也是活該，是吧，小乖乖？」她說著，且笑得東倒西歪，彷彿自己付出的代價並不過分。「好在很幸運能遇見你們，跟你們一起生活，實在是太開心了……」

阿爸不開心，因為多了一張吃飯的嘴。鴨群也不開心，每當她經過圍籬，牠們會啄她的腳丫：「妳待在這裡幹嘛，害我們的飼料被削減，盆子裡都是稻穀渣，都吃膩了，還要我們下蛋養妳！」她跳起來，叫嚷嚷的，然後笑（但眼睛瞟向阿爸）。「以後這些死鴨子總會喜歡我的，早晚……」

但我和阿田知道，她無論如何都會在絕望中離開，她跟我們在一起的時光因而顯得稀薄易碎。有時候，把鴨子趕去某片田吃剩稻，一想到她會走掉，阿田總是慌張奔跑回來。

「你們真的喜歡我呀？好可憐喔……」她詫異地看著阿田的雙頰掛滿淚水（但她不知道他從九歲起就患上淚眼症），著實感動，當命運把人揍得七葷八素，卻有兩個孩子如此愛護自己、眷戀自己，因為這樣的理由，她在異常炎熱乾旱的季節裡，留下來跟我們住。

乾季提早到來，所以熱曬十分漫長。才在這之前，我們在一條浩瀚的大河岸邊的小村落停留，諷刺的是，村民沒有水可以用（如同我們在地上走啊走，卻撿不到一塊土來丟擲飛鳥），身上長滿瘡疤，小孩搔癢搔到皮膚冒血。他們划船去買淡水，屏氣凝神地划船以免淡水溢出，畢竟路遙水貴。下午打工回來，他們跳下池塘，用泛酸的鐵鏽水洗澡，僅僅以兩瓢淡水再沖一沖。洗米水拿來洗菜，洗菜好了留著洗魚。三歲孩童已經知道珍惜水，尿急也要趕到院子裡，尿在幾盆青蔥或辣椒上（害葉子掉光）。在那裡，有個男生許願：「希望我媽在死之前，可以痛快地洗一次澡。」這句話讓我好心疼。離開那天，他失神地站在屋廊下，小聲問：「妳想不想留下來跟……我媽住？」我搖頭，你媽媽僅有的兩瓢淡水，我怎能忍心分掉一半？

我催促阿爸快點離開那個凋敗的小村落。我們經過的那些稻田，稻禾才開花就枯死。因為缺水，人們不能種豆、植瓜。小孩們在枯竭的河床裡戲耍。

我們紮營放鴨的地方，水色已經凝結出更暗髒的幽黃，但我們已無處可去。鴉鵑河的另一邊是千層樹林的緩衝帶。這季節，人們抽光所有小河流、溝渠的水，噴進林子裡防止樹木自燃。我們也沒辦法逆著鴉鵑河前往堅河區，那裡正雷厲風行地進行動物檢疫，聽說禽流感在整個平原區大爆發。

為了不讓整群鴨子被活埋（這等同於斷了下一季的本錢），我們決定仍然將牠們圈養在這裡。牠們在無望中被養著。每天，我趕鴨子去啄食枯死了的稻花，沒有水，牠們行動笨拙、遲緩且無法走遠。下蛋少了，那些蛋沒彈性、沒重量、皮殼粗糙。還能要求這些老鴨什麼呢？牠們已經連著三季下蛋了，絕望地發現愈來愈難在飼料槽裡找得到稻穀和米糠。連牠們洗澡的水也是酸的，因為太多鐵鏽了。

而雨季仍然遙遠。

每天，阿田邀她去清理淺溝，掛網捕魚，魚獲多到吃不完，她拿魚進村裡兜售，並在採買少許衣服以後，把剩餘的幾萬塊錢，驕傲地遞給阿爸。她挑釁地看著阿爸，「追逐還持續著呢，小乖乖……」

她發起狠，使盡各種方法撲向阿爸。某次，她叫阿田下船來跟我睡，換她進帳篷。那是一個黯淡的夜晚，天空掛著薄薄的月亮。阿田翻來覆去，他喊著睡不著，要我唱歌，唱什麼都好。但阿田還是輾轉難眠，彷彿我的歌聲沒辦法遮掩來自岸上帳篷裡的騷動。阿田嫌棄睡在船裡太搖晃，我知道他的心裡也是一番飄搖顛倒。

阿田有困惑的時候，他常問我：「別人是怎樣愛媽媽？」他的臉部略略鬆弛，當他知道，送給她髮夾、一顆新鮮的椰子或是一條弓身魚，就像別人送給媽媽一樣。而每當分開的思念，每當靠近的渴望——渴望可以將臉埋進到某人的身體裡……就像每個孩子最尋常的意念而已。然而阿田的眼睛還是飄浮著懷疑，他決定自己承受著，自己去探索。例如今晚，是什麼讓我的心感覺刺痛，是什麼讓我氣憤、感覺沉重？

當我醒來時，阿田已經疲憊睡去，他蜷縮著身體，雙手夾在大腿中間，滿臉哀愁如覆蓋一層寒霜。她步出帳篷，舒爽伸腰，心滿意足的光芒在她的眼眸中閃爍。她的臉充滿亮彩，彷彿她剛打開一扇太陽的門，有一條長路在她面前展開。她笑著說：「昨晚霜下太多了，一直滴在我臉上，好癢喔！」

她搶著煮飯。她挽起袖子努力升火，頭髮鬆亂沾滿魚鱗，看起來像一名賢慧的妻子。此景象讓我的眼眶蓄淚，但阿爸卻只是冷淡撇笑，而這一笑讓我再次泛淚。

就在吃飯的時候，當著所有人，阿爸給她錢。「我付昨夜的……」阿爸若無其事地起身，滿眼都是輕蔑與勝利。她將錢塞進內衣，笑：「天呀，你們阿爸真是大方！」

阿田和我邀她去釣魚（我們認為她難過，雖然這件事有點好笑，賣身得到錢有什麼好難過呢）。半天下來，沒釣到半條魚，她說：「太好笑了，連這些死鬼魚也嫌棄我。」這句話說得很無所謂，聽起來卻難過無比。阿田靜靜抓起一條田鱸，潛入溝渠下方，把魚掛在她的釣鉤上，當他從水中抬起頭時，剛好看到她笑。

那個中午，我們在水裡玩耍很久，看到泥巴黏在我的鼻子下方，灰灰的像水草鬚，她笑翻了。突然，她的神色變得莫名溫柔，像在呵護小孩，而我那個十七歲的弟弟面紅耳赤、尷尬呆立。水在阿田腹部翻攪，我知道她正在下面做什麼大膽的事情，然後似乎發現了阿田身體巨大的缺損，她驚惶大叫：「天啊，怎麼會這樣，小乖乖？」

她總是問一些很艱難的問題，光聽就很疼痛，遑論回答。例如有一次，她問：「你們的媽媽呢？」「你們的家在哪裡？」

阿田不爽地說：「知道就死！」

3

每次傍晚經過在河邊洗衣服的女人，我常自問，是不是剛剛經過媽媽那裡了？我用力在心裡留住媽媽的影像，卻因為影像日漸模糊而愈來愈絕望。每次想到萬一相遇了卻認不出來，就難過得要命。

媽媽喜歡拿鍋子到河階那裡擦洗鍋底灰，順便等蔬菜船經過買點新鮮葉菜，並賣掉自家園子裡的整弓熟蕉。漸漸的，小販們喜歡在我們家的筆仔樹下停泊。有人說，根本無法遠離那個女人，她的笑容能夠照亮整段河流，我媽嗤了好長一聲：「騙人……」

男人哈哈笑，發誓：「假如我欺騙二姑，就給車撞死！」（阿田立刻呢喃：「划船的傢伙哪裡找來車子，說謊……」帶著極度厭惡的神情，阿田叫我看男人長滿黑痣的臉和赤膊，又說：「他媽生下他的時候，忘記拿罩子罩住，所以蒼蠅亂停一堆。」）

即使那男人黑痣太多，即使他個子不高，頭髮少……但他的船裝滿布料，我的村子裡衣衫襤褸的婦女們時常盼望他來。踏上他的船，她們全都變成純真的小孩，她們興奮、想要，然後帶著惋惜的心情依依不捨地回到岸上，她們覺得自己老了，每當大穀簍裡的稻穀少了一些些，賣布的傢伙拿走幾石穀子有如鋸掉她們的幾吋青春。大穀簍總是讓女人們一輩子心裡痛痛的，每當想到病痛、蓋房子或是娶媳嫁女。

我家的大穀簍在過年後已經見底。這點讓媽媽有些難過，但賣布男人熱絡招攬：「二姑就看看吧，不買也可以。」然後，當看到媽媽欣羨地把色彩斑斕的布披在身上比劃，他難忍驚奇：「天啊，這些普通的布料披在二姑身上變得好貴氣啊。」媽媽突然不安：「騙人……」

我從來沒看過這種陌生的紅色，比園子裡的朱槿花還紅，比血還紅。媽媽望著我們，問：「幹嘛一直盯著媽媽？」我說：「媽媽好陌生喔，認不出來。」媽媽好開心：「真的嗎？」我很想哭，媽媽與孩子相認不出，有什麼好開心的呢？

有一天，我作了個夢，沒頭沒尾的，只見媽媽的魂魄在怪異的紅布中掙扎著，那塊布收縮、勒緊，把媽媽勒成一隻小蝴蝶，朝著太陽飛去。驚醒過來後，我才發現自己在穀簍的夾角裡睡著了，黃狗在屋外著急地摳挖著地洞（大概是我媽以為我們姊弟出去玩了，所以把前後門都拴上了）。阿田緊挨著我坐，僵直動彈不得，渾身是汗，沒有哭的意思，但雙眼一直流淚。我摟住他的頭，將他的視線藏在胸口。

十歲的那個轉過身去，九歲的那個將臉貼在姊姊的衣服上，但兩個仍看得清楚。在那張熟悉的竹床上，媽媽屈身扭動在滿是黑痣的背下，他們糾纏、拉扯、呻吟。

那是我媽留下的最後印象，小屋地板上，前面是一張ㄇ腳桌，一張竹榻，接著是裝稻穀的小竹簍靠在床邊，以及一間矮廚房。繞著廊簷，順著出院子、到河邊的小路，是一顆顆平石、一根根對切的椰子樹幹，那是我爸費力鋪好，好讓雨季裡媽媽的腳跟毋須沾染汙泥。

很多年後，我不敢想念媽媽，因為一想起媽媽，前述影像就會浮現，緊接著是媽媽身上剛換來的燦爛布料（不是用錢或是稻穀換得）。然而，照理說，我應該想念媽媽躺在吊床上唱歌哄我入睡，或是媽媽在屋簷下洗衣服，或是媽媽在迷離的煙霧中低頭吹升灶火。

媽媽有很多漂亮的留影，連那天下午媽媽憂慮的臉龐也還是漂亮。看到阿田的眼淚流淌不止，媽媽緊張問：「哎呀，你的眼睛怎麼了呢？」我回答，刻薄且逐字逐句地：「他大概看到糟糕的事情了，媽，他下午睡在穀簍的夾縫裡。」媽媽失神地看著我，那一看彷彿消逝在懊惱的漂亮臉蛋裡。無法解釋我為何感覺痛快。

我一直以為，就是那句話讓我媽離家出走。

我跑去隔壁鄰居家，跟四嬸說，媽媽走掉了。整個村子歡欣鼓舞，有人因為自己的老婆還沒跟人跑掉而開心，有人因為村裡最美的女人已經離開而開心，不必再擔心老公整天垂涎，也有人不開心，那賣布的船家大概不會再來了吧。

大家議論紛紛，要我回想媽媽離家之前有沒有什麼像是預兆的特別舉動？這件事很重要，讓人們得以檢查自己的經驗與推論。例如：誰家剛死了人，他們會說，難怪呀，前夜貓頭鷹叫得很淒慘啊。誰家遭小偷，他們就說，那晚，聽見狗吠得怪異，我就懷疑了……然而，媽媽的出走好像不太離奇……

「下午媽媽沒有煮飯……」

「是嗎？」

「媽媽躺在床上嘆氣……」

「是嗎？嘆什麼氣？」

我無法描述。嘆氣聲悠長，聽起來哀愁無邊，像一滴一滴墜落的眼淚。當爸爸的船靠岸，媽媽嘆氣，因為知道數日後爸爸又要走了。洗澡時，清水滑過如柚子花般的潔白皮膚，媽媽嘆氣。當在縫補舊衣服時，當賣布的船隻靠岸時，媽媽也嘆氣，雙手局促地捏著上衣兩個扁扁的口袋。連阿田說，媽媽，給我零錢買糖果，媽媽也嘆氣。

大家不失望，他們把時間往前推遠，就發現了這樁婚姻破滅的預兆，就在第一天，第一次相遇。媽媽在長河岸邊哭泣，阿爸撐船經過，已過了一大段河，但因為心軟了，又折返。阿爸問，妳要回哪裡，我讓妳搭便船。媽媽抬起頭來，滿臉是淚水，「我也不知道要回哪裡。」阿爸載這名可憐的女子回家，且在想以後要去哪裡的時間裡，媽媽愛上了阿爸，接著生下我們姊弟。清楚，很清楚了，看吧，媽媽只是搭一段人生便船就離開，每個人都有預感，只有阿爸沒有，所以現在才又痛、又笑、又懊悔地哭。

聊到這裡就沒了話題，鄰居們散去，如夜戲散場，他們紛紛走入夜裡，狗吠聲沿著村路接力響起。我和阿田睜眼望著蚊帳頂，聽風呼嘯吹過屋邊的老竹梢，過一會兒，四嬸過來，叫我們姊弟去她家裡睡。

隔天早晨，四嬸去市集，到船塢通知：「小武的老婆離家跟男人跑了。」跑興慶河段的船主告訴幾個商販，到了下午阿爸才接到消息，那時他正在替一間靠近大市集的屋子架橫梁。聽說，阿爸還笑，生氣的樣子：「你爺爺的，沒有別的玩笑了嗎？」難以置信吧，當一個人以為只要自己用盡心意去愛，攬去所有生活中最辛勞的部分就能夠獲得公平的報償。有點可笑……阿爸從屋梁滑降到地面上，顫抖不已……

回家的旅程似乎很漫長且殘酷，幾乎榨乾了阿爸。他苦澀地笑，當看到媽媽的衣服還掛在家裡，連同浴巾和舊的夾腳拖鞋，彷彿媽媽正在鄰居家串門子，只要阿田去叫，媽媽就會匆匆跑回，開心地問：「再去這趟，就湊夠錢買彩色電視了，是嗎？」

仔細觀察就發現，媽媽什麼都沒帶，這個細節讓留下的人痛徹心扉，顯示離開的人沒有思索、考慮，沒有絲毫猶豫，只把身體一抖，乾乾淨淨，就這樣。

阿爸把媽媽所有的東西都燒了，煙霧在屋子裡瀰漫，布料、塑膠燃燒的焦味，粉色的、紫色的衣服縮起來化成灰燼。阿爸望著火焰，臉緊繃起來，眼睛忽地發亮，陶醉在一個新奇的念頭中。

我們推船離去，肝腸糾結地回望屋子在赤豔火堆中掙扎，聆聽木頭燒得清脆爆裂的聲響，鄰居咿呀相呼。大概有人「啪！」一聲猛拍大腿，「昨天，看著小武那張陰鬱的臉，我猜他肯定會燒掉房子，簡直是猜到哪裡就發生到哪裡。」

講述那麼多是為了回答她，我的家、我的媽媽最後已經灰飛煙滅了。所以，當稻子收成的季節過去，其他放鴨人已經回到家中，而我們卻繼續流浪。

鴨群帶著我們從這片田野遷移到另一片田野。有時未必真是被現實人生所逼迫，鴨子是我們過著浪蕩生活的藉口，最終抵達無人之境。在那裡，沒有人發現我的家庭異常，很少被問「小孩的媽媽呢？」讓阿爸得回答：「死了！」並冷笑。再有誰叫嚷：「哎呀，可憐兩個孩子呀！」

4

我們姊弟第一次在田野間迷路。傍晚的陣雨澆熄了陽光，黑夜迅速覆蓋下來。雨絲四面環伺，園子退得遙遠模糊，我們的帳篷和船隻到底在哪裡啊？阿田慌張地問。我們涉水來到一片園子，疲累且絕望地把鴨群趕出來。阿爸從中午就回船上了，有可能喝醉了呼呼大睡。有可能還醒著，但他不會來找人。姊弟痛哭一頓，發現天色愈來愈黑，我們決定放棄，落魄地跟著鴨群走，說不定……

幸運的是鴨子記得回家的路。當看到船頭的搖曳亮光，我們開心得死去活來，阿田拉著我的手發瘋似地奔跑，田間的積水白茫茫。鴨子們騷動一陣子（害牠們當夜不下蛋），阿爸坐在一根藤條旁邊等著。

後來，我們自己學會辨認方位，依著太陽、夜星、風、樹梢……想到那次田間迷路覺得好好笑喔。最好笑的是阿田，明明水陸都很熟，竟再次大白天迷路。在一座攀藤長得密密麻麻的小丘，他來來回回，不知是從哪條路進來，現在卻出不去，有一個女人端來一籃子餅乾叫他吃。太餓了，阿田連吃十來個，我之所以能夠找到他，全靠他的哀哀呻吟聲，他的肚子腫脹，滿嘴泥漿。轉來轉去沒見著半個人影，只有一座長滿青草的矮墳。

以後的日子，我獨自來到土丘等待，卻等不到鬼魂現身。聽阿田說，那個女人很善良，柔柔地撫摸他的頭髮，眼神充滿愛意。我聽了很想哭，為什麼那個鬼魂也不來抓住我藏起來呢。

然後我用手仔細把眼淚抹掉，讓臉色恢復自然正常。我絕不能讓阿爸知道我傷心，絕不讓他冒出一句：「受不了這種生活了是嗎？打算什麼時候走？」

阿爸經常打我們姊弟，常是剛睡醒的時候打。那個時點人們感到空蕩、厭倦，在一場漫長的夢寐之後，張開眼睛，依然是風蕭蕭，依然是陽光浸浸，一片片寂寥的田野。而我會自發地回想起這個早晨，這個下午，我做了什麼像媽媽的事，是燒魚下太多胡椒嗎？還是我的頭髮綁得太鬆？還是我坐下來幫阿田抓頭髮上的蝨子？

或是因為我長愈大愈像媽媽。有時，阿田半夜醒來，看到我背過去低頭縫補衣服，他驚惶吶喊：「媽媽！」我非常絕望，那些習慣，那些跟我媽有關的一切我已經清理乾淨了，但我又如何能棄絕這一副體貌。

我只好讓阿爸打我，以減輕他的痛楚。後來，我們也不困惑難過了，徹底瞭解到我們被打是因為我們是媽媽的孩子，如此而已。

對我們來說，那一段時光還是比較快樂的。後來阿爸厭倦不打了。他冷淡、漠不關心，必要時才喃喃一兩句話。阿爸把鴨群交給我們，閒時坐下來削一些刀把、砧板，或悄悄拿魚竿去釣魚，既可以賣錢，又可以不用看那個狠心媽媽的兒女。於是，小小的船隻現在變得無限寬廣，就只是三個人，但多少年過去了，我們姊弟仍感覺到與父親的疏離。有一次行船，阿田假裝摔下河，沉沒不見蹤影，我假裝大聲呼救，阿爸有點嚇到，差點跳下水，旋即又淡然坐下，繼續刻削，大概他記起阿田從四歲開始就在河裡游泳，怎麼可能溺斃。

我們知道很難再要求些什麼了，阿爸的一丁點動搖就足夠讓我們開心了。阿爸像是某種陶器，經歷一場大火，形狀還在卻已有裂痕，我們只敢遠遠地看著，細細呵護，不然會碎掉。

於是船隻、稻田、河流一直奔流……

我和阿田被迫自學生存，有時候也意外地簡單……好在阿田被眼鏡蛇咬過，所以我們學會分辨毒蛇的牙跡，牠在阿田的腳踝留下兩個深邃的小孔。當然，也是托一位割稻夫的善心，他扛起阿田跑過一大片田野，找到大夫吸出毒液，阿田才留得住性命，好吸取經驗。後來，某次越過厚草地，換我被蛇咬，我叫：「阿田，阿姊大概會先死了。」阿田看著傷口，笑了笑，說：「沒關係的，阿姊會很長命的，兩排出血的牙痕一模一樣，應該是花蛇咬著好玩而已。」而看蝴蝶飛舞，看雲飄蕩，我知道是晴天還是雨天。聽鴉鵑鳴叫，我知道漲潮了。停紮在任一條河渠，阿田爬上高樹，眺望著偌大的田野，估算著鴨群停留多久就會吃光食物，極其精準。或是我們自己判斷哪裡的稻穗先轉黃，哪裡又遲了，好讓我們馬上遷移到另一片剛剛好成熟的稻田。

就這樣，我們的游牧生活無盡地延長，從雨季到乾季，又到雨季。偶爾，我有點想念人群。他們住在小村子裡，距離我們紮營的地方只有幾塊田之遠。他們在鎮上摩肩擦踵，在那裡，我們時常停泊去買米、糠、魚露和鹽巴，為著下面幾趟遠途儲備糧食。他們就近在咫尺，在吱喳覓食的鴨群旁邊，他們一邊割稻，一邊飆髒話，然後哈哈笑，但我依然想念……

或許，對我們來說，他們的生活變得愈來愈陌生，他們有家可歸，而我們沒有。他們在熱鬧的鄰里間生活，而我們沒有。他們懷著好夢入睡，而我們沒有。我們瑟縮、蜷曲，擠在狹窄的船艙裡，我們遺失了作夢的習慣。這讓我和阿田很憂傷，畢竟，唯一可以看見媽媽身影的方法沒有了，但即使夢寐再度回來，我們也不確定媽媽是否會跟著出現。

5

我十三歲那年的乾季，鴨群感冒死光光。為了謀生，阿爸再當起木工，他在荷塘村替人釘床、釘衣櫃，我們把船停泊在那裡幾天。

住在過去的村子（有過去的屋子）的感覺盤桓著我們（「我們」一詞不包括阿爸）。晌午，坐在鄰居家的廊簷下，我撕椰子葉編織成蟋蟀、螳螂，阿田看著園子裡晶瑩的陽光，說：「這裡的風跟我們家那裡一模一樣！」我們泫然欲泣。

屋主遲疑地跟阿爸說：「你那兩個孩子好讓人憐愛啊，可又……有點不太對勁。」阿爸輕笑，「有嗎？嗯、嗯……」

屋主的女兒與阿田同歲，邀我們進屋裡玩，但常收到搖頭。我們太過害怕屋裡的穀簍了，竹編的簍子讓我們窒息。真是奇怪，當我們漸漸習慣一些跟我們相像的事物（就是被無辜抛擲的那些），例如斷掉的筷子，破洞的鍋蓋，或與母雞失散的幼雞群……偏偏無法忘記那個裝稻穀的竹簍，還帶著點水牛大便的味道，它與牆壁之間夾著暗暗、很吸引小孩子的一塊縫隙。小孩假裝那裡是他們的房子，玩家家酒，扮演老公老婆、媽媽小孩。有時候挨打，小孩會鑽進裡面，自顧自地哭，有時候就睡著了（而大人很驚慌，怎麼找不到孩子，他跑去外婆家還是爺爺家？還是失足掉進池塘了？）那個穀簍的夾縫，也曾是我們姊弟的夢幻天堂，摘魚蛋樹的果子當飯，椰子殼當碗，假裝吃飽了，假裝天黑了，該睡了，某回玩膩了，真的睡過去，醒來時猛然發現自己的人生天翻地覆，宛如輪迴至下一世。但是，九歲就可以算作一世了嗎？

終究被屋主的女兒發現我們不是正常的孩子，她就不甩我們了。她是一個漂亮的孩子，卻暴躁無禮，她從來不喚媽媽呀媽媽，有需要時才簡短地說：「老婆子，我餓了。」作媽的跟阿爸解釋：「她爸跟小老婆跑了，所以沒人教……」

屋主也忙碌，她拎著帽子四處奔波，找這位師父，找那位女巫，求取符咒好讓老公回頭。而每次失敗，她便一口咬定是情敵的降頭太強大，這麼說彷彿就可以面對背叛而感到不那麼心痛。她有成堆關於通靈的故事，關於有能力看穿陰曹地府、人間天上的人們。他們能夠治病（可以從我們的肚子裡取出一縷頭髮和一片剃刀，或是用熟雞蛋在皮膚上滾，然後掰開雞蛋，裡頭有一撮黑狗毛），他們也能夠用割破舌頭的血畫符把人咒死，最後，他們能夠讓負心人回心轉意再愛。這裡有點好笑，畢竟符咒如果靈驗的話，回頭的人也不是自己的，那些呵護、殷勤，那些甜言蜜語等等都不是真的（自己不也明知是符咒的威力嗎，哪裡是愛呢？）而那些溫柔的笑容，暖和的目光，甜蜜的親吻，熱烈的擁抱……也都是一樣。還不提得時刻擔心符咒期限到了失去作用，男人身子抖一抖，狐疑地問：「咦，我們倆怎麼躺在一起了？對不起啊，大概昨晚喝多了，誤闖妳的蚊帳。」然後，他望著我們的沉痛臉色，慌張地說：「天地啊，難道我做了亂七八糟的事情嗎？」一切都在那裡結束，他撇清濃情蜜意的歲月，帶著空洞的記憶，瀟灑走了，而我們卻一直思念著，疼痛著……

但是，若不相信符咒，還能相信什麼呢？她也曾尋覓至情敵家中，撕爛她的衣服，扯下頭髮，把人拖到市集裡羞辱。她敘述著，以一種亢奮、激昂的語調，抵達故事的高潮，然後，她非常緩慢、仔細地描述那一段，她用刀割傷情敵的臉，抹上辣椒鹽巴（我們村裡人常做這樣的事情，很平常，而且很可笑，假如有人說：「這麼做會犯刑法X章Y條。」她們立刻反駁：「咦，她搶了我老公，我就要揍她揍到她記得啊。」搭配自豪、若無其事、天真的神情，宛若有人經過昔日的戰場，跟老朋友炫耀，七二那年我在這裡槍斃共和兵，他的腦漿糜爛像豆腐乳，眼球迸出一公尺外。老友不甘示弱地說，我也在這裡割斷美國佬的脖子）。

那場戰役之後，老公即刻拋棄了情婦，但諷刺的是，他跟別人跑了。已經三個稻季了，她自己耕田，自己養孩子，自己攬鏡自照、自己愛撫……

屋後的水槽三年沒有男人的身影。一個下午，我們抵達，將幾根大木切割完畢，阿爸在水槽邊洗澡。水流過他冷酷的臉龐，薄薄的水膜覆過他通紅而扎實的肌肉，她忽地一陣顫慄，趕緊扣住胸口那枚因為雙乳腫脹而爆開的扣子。

我立刻感覺到她所敘述的那些關於藏在枕套、草蓆下方或是床縫的符咒完全喪失了意義。她也訝異地認出這一點。床已經做好了，本來我們應該離開了，她又加訂兩個櫃子。她僱用鄰居打撈起沉置在水塘底許久的大木，載去工廠切割。很明顯，她沒有事先備妥材料，她只是想留住我們一家子。

我們得到很周到的款待，除了兩餐飯，中午她還請吃甜湯或水煮地瓜。她熱絡招呼我們進屋裡睡，屋子這樣寬，何必睡在船上。阿爸猶豫最後還是點頭（和一閃而逝的嘲弄），真的無法拒絕這樣的盛情。

我和阿田留在船裡，我說，習慣吹涼風睡覺了，何況我們要看顧東西。說到這裡，我快笑死了，破爛的船隻有什麼好看顧的呢，幾個監管所人員可以作證，他們夠厭煩了，每當看見一艘寬兩米長三米一的船隻外加三口人，再仔細盤查，頂多就是一萬四千塊的收音機，生活用水取自河流，年收入大約兩、三百萬，全憑老天爺，例如今年就賠光了……

再看有裂痕的牛皮魟子，籃子裡倒扣幾個粗陶碗，一個紙箱子裝舊衣服……說要看顧這些東西，有點莫名其妙，但屋主不在意，這正合她的意思呢，眼神裡滿是陶醉，而阿爸一個人進屋子。

我緊緊抱住阿田，傾聽小波浪拍打船尖，說，好想念學校啊（那間學校蓋在長滿藥草的寺廟院子裡，有位年輕的男老師時常揉我的頭，動情地問，媽媽好嗎？）阿田反問：「沒事幹嘛想，無聊……」我不知道，自從浪跡田野的生活開始，我已經停止想念，但在今夜，我怎麼又想起來了，還想到賺錢幫阿田醫治眼睛（我想著，眼淚出現的意義只應該是人們哭了）。今夜的我怎麼了，因為看到希望了嗎？

我在情緒起伏中睡去。

醒來，希望也跟著醒來。那天早上，我發現阿爸褪去了平日的陰鬱，他的眼睛不時亮起來，說笑的樣子很陌生，似乎阿爸已經甦醒發現自我價值，找到了要走的道路。許多念頭交織讓阿爸的臉像有風和雲的天空，時而晴朗，時而烏雲密布，時而爽快，時而痛楚。

屋主也失常，正開心著呢，旋即失魂落魄，因為阿爸又釘好一個櫃子。這個碗櫃，阿爸花了五天才完成，沒辦法提早收工，因為屋主一下子端出飲水，一下子叫喚，師傅，休息一下吃糕點。有時候，在廊簷下玩耍，聽到刨刀滑動聲響停住，晌午靜謐，木屑堆被踩過發出沙沙的聲音，我們知道，她正在阿爸那裡。

不知為何，我認為屋主是我們的希望，回歸正常生活和擁有正常阿爸的希望。我們常常創造機會讓她和阿爸相處，最辛苦的是招她的女兒來玩，阿田不滿：「幼稚鬼……」我笑：「算啦，由她去……」心裡卻想，萬一以後這女孩跟我們成為一家人，萬一這將是一段有始終的感情。

所以，當阿爸即將完成最後一個衣櫃，我輕微地感覺忐忑。下午，阿爸討一些零碎木片去修補船艙的棚頂，這表示我們將要繼續行程。屋主一臉鬱塞，整頓飯間，老拿著筷子戳著冷掉的飯碗。阿爸看著她，輕笑，悄聲問：「妳跟我們走好嗎？」

彷彿就等這句話，她點頭，臉色明媚起來，幾乎不必考慮（媽媽也曾這般迅速做出決擇嗎？）我不覺掉下眼淚，發現阿爸正看著我，我勉強笑：「咬到舌頭，痛死了。」

屋主開始陷入著急、慌張，她來來回回打轉。她四處翻找袋子，想要打包最多東西，但發現小船沒辦法承載太多，就往旁邊一扔。最後，她帶小女兒回娘家，而我們姊弟感慨地送行如同送走一段人生，好在小女兒還活著，只是會活得不一樣吧。然後，屋主回來，來到河階坐下，深情款款看著我們的房子，說：「未來的日子會是什麼樣子呢？」

很容易形容的，我洗抹布的那個褪色艙架是她睡覺的地方，天亮以後也毋須挪動位置，因為一坐起來，轉過身就會碰到爐子，可以升起幾絲憂愁的輕煙。頭幾個夜晚可能會不習慣，因為要蜷縮著躺，而船身隨浪濤晃動。頭幾個夜晚，她大概會有點尷尬、害羞，因為船艙內沒有隔間，而我們姊弟會假裝睡得很沉、宏亮地打呼來蓋過那些起伏的喘息。她也會花掉頗長時間去適應一些姑且的風景，如種在破盆子裡的青蔥與香菜（不是花草扶疏的遼闊園子），或是小小的土爐（不是充滿柴火氣味的整間廚房）……而聽到阿爸抱怨：「我厭倦這個家了」，就要明白不會有哪個家。我們的家是這個，是某一片田、某一條河……至於我們，則不需要她愛護、照料或教導什麼，我們不希望這些（連她的女兒也不抱此希望不是嗎？）就在這時候，我一想到，在明天或後天的某個下午，有微微的陽光和微微的風，為了向阿爸證明心意，為了展示可以跟兩個怪孩子相處，她把阿田抓過來，沖水擦洗那些緊黏在他身上的泥印子，或嘴巴叨叨唸，或叫我坐下讓她編辮子，我大概會感覺不適，因為陌生且好笑。

可惜沒有明天或後天，她被阿爸拋棄了，在走了一段之後，一段充滿困難的路途。她強迫自己相信這個選擇是正確的，這份愛情值得賭注。村子、屋子、園子往後漂逝，還有女兒……要很努力，她才平息住驚惶。阿爸停靠在運河村的小市集，叫她上岸購買少許蘿蔔乾。人剛隱沒在雜貨店裡，阿爸笑了。我們姊弟永遠也忘不了，那個笑，激烈、痛楚、狂野、苦澀、殘酷。那個笑很綿長，繃緊阿爸的臉孔，繃得阿爸的眼睛有些凸出，閃爍著，宛如有水光。阿爸把她的東西往岸上胡亂拋擲，發動引擎將船駛離。

有誰等待著我們，在漫漫的田野裡？

6

天地落落寡歡地進入雨季。阿田找到幾株小合歡豆，邀我一起栽種。我們淋著雨，拿刀挖掘幾個小洞，再將泥土壓實苗根。阿爸所捨棄的感覺是愛，是用心呵護某種（微小脆弱的）生命。阿田叫我砍下蘆葦插在周圍，免得鴨子跑來吃光葉子，何況這塊地有很多人往來，怕他們把樹苗踩扁。兩人坐著欣賞自己的成果，哀愁油然而生，不知道明日是否有機會回來看小樹長大，讓我們爬上去摘果子，或掛起吊床痛快大睡。

離開荷塘村以後，我們姊弟渴望種樹，因為深知自己不會有機會回到尋常人生。似乎，我們思念，洶湧地思念，思念著可以在種滿牛奶果樹的地裡奔跑，可以自己種植任何一棵樹，樹結果，果可以吃，很香甜。但那個微小的夢想長大後也是纖弱的，一處尚未坐熱就得移往他處。幸好這次在枯草區我們停留比較久，好照料新添的鴨群至羽毛稍稍豐滿。某天，阿田跑去看小樹生根，忍不住叨唸：「要是我們的地就好了……」

我笑，這太遙遠了。有一次，某個下午經過村子，我們遇到正含飴弄孫的老人們，阿田愣愣地站在朱槿花籬笆旁邊，「要是這位是我們的爺爺，將就愛他也不賴，是吧，阿姊？」聽到這句話，我頓時覺得我們好窮、好窮，窮到……沒有爺爺讓我們去愛，只能在路邊欣羨一場。我搖頭，算了，萬一我們喜歡上他，將來離開會很難過。況且，曾經體會過那分撕心裂肺的離別，還不知道怕嗎？

游牧的生活使我們強迫自己不要愛，不要眷戀任何人，以免依依難捨，要保持淡漠才能捲起帳篷、拔篙前往另一片田野、另一條河流。我們比起任何一個趕鴨人更為居無定所，因為阿爸的那些戀情愈來愈短促。

阿爸曾出現些許正常的樣子，他會說笑，會朗聲附和，在有人的時候（這「人」不包括我們姊弟倆）。很多時候，我忍不住吃驚，以為遇到了昔日的阿爸。有時候，村裡的人巡田經過我們的帳篷，阿爸還吩咐：「阿娘啊，烤幾條魚乾，阿爸跟伯伯們喝幾杯。」我弟也開心地拿瓶子去店裡沽酒，他喜歡聽阿爸叫：「阿田，阿田……」只是短暫的開心而已，當人影消失，姊弟倆苦澀地看著阿爸像演員下場，消瘦、冷清、徬徨、孤獨。

不，一個人的時候，阿爸更可怕，像極了吃飽獵物的野獸回巢。野獸躺著咀嚼回味獵物的滋味，渴望著下一隻。有時候，掙扎對抗讓野獸的舊傷口發疼，牠舔拭著血痕，而我驚恐地發現那傷口日益膨脹。偶爾，我會想起那個荷塘村的女人，想起那天早上的她慌亂、不解地追著船跑。她大概已經回去了吧，把女兒接回來，把衣服掛回櫃子裡，愛上別人也沒關係。但永遠的，她忘不了被半路拋棄的羞辱（證據是我們三人也沒忘記她）。對於後來的女人們，阿爸計算得剛好，剛好夠愛、夠疼痛、夠難堪，拋棄的時間也是剛好。有人才轉賣自己的小店面，有人才對老公、孩子說出斷情的話，有人才決絕地分割財產，有女子即將嫁到夫家，後屋的大小木柴排得滿滿……通通都沉迷於愛情。阿爸帶她們走一段路，剛好夠讓留下來的人認清她們的背叛，然後她們就被甩到岸上來，而回頭路已經封鎖。

阿爸毋須太費力氣去征服（那些鄉巴佬會以各種方法親手將自家女人推向阿爸。他們喜歡喝得醉醺醺，喜歡用拳腳證明權威。種地的疲憊使男人們枯竭，有時一整輩子，他們不跟女人講過半句溫存的話語。他們不會挑逗、愛撫，有需求的時候，他們把女人翻過來，滿足了就轉身呼呼大睡）。還會有多少人將品嘗我爸所賦予的苦痛，我自問，當我看到一名年屆四十的男人，那笑容、那言語、那深邃的凝視都充滿魅惑。天啊，除了我們姊弟，沒有人看得見那張好看方臉的背後是深淵、幽黑、無邊無際、容易失足。

所以每當阿爸面帶微笑，深深凝望著某個新女人，我們備感憂慮。帶著昔日的情傷（而我們姊弟無力阻止），阿爸牢抓著那人，把臉深埋入肌膚、啃咬而內心冰寒。阿田苦澀地說：「阿爸做這種事像鴨子交配⋯⋯」我喝止：「別胡說⋯⋯」

但打從心底，我也想過，阿爸異乎常人。比起隨著季節、按著本能發生的關係，更加寡淡無聊的是阿爸的內在已蕩然不存在任何感受性，他的神情狠絕，尚未邂逅就已算計著戲耍背叛。

阿爸把我們推入綿長的匱乏裡，每次換個地方，很難分辨我們是離開還是逃離。我們失去了被送別的權利，失去了可以依依不捨地揮手，可以獲得幾樣鄉村禮物諸如一弓熟蕉、一把在園子裡採下的甜菜，加上若干眷戀的吩咐：「保重喔！」

我們姊弟用盡力氣去收束自己，不讓憤怒與厭倦噴發，我們帶著鴨子去很遠的地方覓食，從早到晚瞎逛。曠野的風無法冷卻我們的心火，風頂多只吹乾我弟弟臉上無時無刻掛著的水滴。

我已經不想醫治阿田的眼疾，阿田老是哭（像我），即使他面色如常（我也是，差別是我心裡的淚腺很乾燥），我們姊弟都很古怪，古怪到有時嚇著自己。

有一次，我們坐在田埂上，四周有割稻夫正在吃飯。正午的陽光火辣辣。我說，別處有這麼曬嗎？阿田說，燒魚的味道好香喔。嗯，我點頭，但這味道太窮了。那什麼是富有的味道，阿田反問。我笑，滷豬肉。明明我們兩個吵來吵去的，卻有割稻夫詫異地說：「你們倆呆坐老半天，不講一句話也受得了啊？」

阿田笑：「咦，我們不講人話？」我發現他未曾動嘴唇，我直接讀到阿田的念頭，那裡面有狂風暴雨，肆虐著密密麻麻傷痛的心臟。阿田發狂。

徵兆始於某村莊，無意間撞見兩隻狗交配，看到曬稻穀的姐姐們大驚小怪，我叫阿田假裝閉眼睛（這遊戲很幼稚，任誰都可以想像兩隻狗的發情姿勢）。阿田嗤笑，大叫：「阿姊，看啊……」他撈起棍子衝去猛打那對狗。兩隻狗嗷嗷哀叫、慌亂、翻滾，痛到忍受不住，牠們滾進稻梗堆，但始終不肯分離。公狗頭著地，呻吟，口水橫流。不跑嗎？啪！不跑唷？啪！阿田大吼，竹棍子斷裂。我拉住阿田的手，「何必這麼狠心，小乖乖。」只見阿田眼淚稀哩嘩啦流下。

那時候，我很想跑回去跟阿爸說：「阿田好像怎麼了，爸爸……」我因為必須獨自見證而害怕無助。

阿田明白我已經看到了什麼，他酸澀地低頭。阿田捨棄可以成為真正男人的喜悅，他自我遏抑了青春年少的強烈本能，以所有的輕蔑、憤怒與仇恨。他反抗的方式是撇清一切阿爸有的、阿爸做的，他都不要。掙扎到筋疲力盡，有些天，他泡在池塘裡直到整個人發白，在夜裡，在布滿青草的田野裡，他瘋狂疾跑，直到累垮，癱倒在地上。

不是的，不是這樣的，阿田啊，我想吶喊，可惜我的失學讓我無能表達清楚。我雖不是很確定，但慾望與身體並不壞，不應該輕視，也不是推我們姊弟陷入這般破敗生活的原因……

阿田十六歲，他可以心滿意足躺在我旁邊，翹耳朵任由我揉搓。阿田已經冰冷，他無動於衷地看著女孩們種地，捲起褲管露出潔白雙腿。偶爾在田寮或樹叢裡撞見身體雙雙糾纏的男女，他輕蔑嗤笑。以一種顫抖、脆弱、溫柔的聲音卻冷淡地說：「阿姊，我沒關係的，別難過……」

我笑著說，嗯，好！但要停止難過也不簡單，得很久，我才能再度平常地看待阿田，我故意忘記他的事情，想像他現在才九歲、十歲（那時候，我們兩個像兩棵瘦巴巴、筆直的幼樹，阿田還模仿我蹲下來尿尿）。

我才想到，阿田的失常，只不過是一連串漫長懲罰的其中之一。這一點可以解釋大自然為何愈發凶狠、嚴酷，閃雷轟隆、怒吼，彷彿天地已經忍耐很久，終於即將發作。有次，我用塑膠袋將草蓆、蚊帳包裹好，看著雨水伸出舌頭舔舐著帳篷，快意地侵襲每寸地表，我自問，不知道其他地方（沒有我們的地方）有沒有這麼多雨。這念頭在我腦海中揮之不去，上天只在我們停留的地方傾倒雨水，傾倒烈陽。那些被我爸拋棄的女人們的恥辱（和她們身邊人的心碎哀痛）已經穿透雲層。

而我與阿田沉默的溝通也屬於那串異常鎖鏈，讓我們和阿爸的關係更加零落，每一餐飯都在沉默裡進行。我常有種幻覺，以為自己坐在九年前的那片田。那片永恆的稻田，有風飄搖，陽光萎靡，雲朵稀薄而失神落魄地飄浮，天際悠遠模糊，風車草下裸露幾座荒墳，鳥聲幽幽滴落，稻稈子混雜著泥濘的腥羶，鴨群把頭埋進翅膀睡覺，風鈴木的黃花朵絕望地搖曳如串串啞巴的鐘。風景沒變，人也沒變，一直在那兒深旋著舊日傷口，垂淚。

像極了荒墳，阿田評論。幸好，陽光游移在稻梗上的午後，我們接收到一些竊竊私語。認出那是鴨子的聲音，阿田嚇一跳，「我們真的有病嗎，阿姊？」我笑開懷。鴨子的世界打開了。沒有忌妒，沒有嗔癡，大概鴨子的頭太小，僅能容納愛意。我不再好奇，為何一群數百隻鴨子，僅需要十至十五隻公鴨。

沉迷在新的語言裡，我們接受別人當我們是神經病（反正能夠忘卻人世的哀愁就好）。我們姊弟學習去愛鴨子們（希望不會如去愛某個人般疼痛）。但有時候，看著阿田翹耳聆聽鴨子說話時，我嚇一跳，嚥下一腔苦味，自問如何淪落到這般田地，跟人類玩太難過所以轉來跟鴨子玩在一起。每夜都如此，小心翼翼的，輕輕的，姊弟倆在籠子裡點燃一盞燈，好讓我們出去時，鴨子知道不是陌生人，不會騷動。一邊輕輕撿拾鴨蛋，一邊胡亂唱些歌，偶爾把調子降太低而漏氣。鴨子非常敏感，後來，我調整了漏氣的片段，牠們立刻認出，狐疑地望著我：「唷，是前天的那個人嗎？」一隻瞎眼的鴨子吸吸鼻子，笑：「就是她了呀，聲音是不一樣啦，但她的心跳聲太好認了，很熟悉了，恍惚、啜泣、擺晃彷彿要墜落……」「吹噓吧你！」「不相信？你們像我一樣瞎了眼睛就知道啦！」我驀然閉起眼睛，聆聽自己的心跳。

然而，懲罰也計算得恰到好處，才剛覺得有趣、覺得眷戀，懲罰就站在我們身後，嘲笑我們。

東北季風在抑鬱的田野間吹拂，我們聽到一個陌生詞彙——「禽流感」。那些養鴨人家大笑。「嘖，幾隻鴨子感冒死掉，就被那些政府官員講得太誇張……」政府命令撲殺所有鴨隻的那天，養鴨人難以置信地吶喊：「天啊，沒別的事情來開玩笑了嗎？」

沒有誰在開玩笑，人家使用三國時期的曹操意志「寧可錯殺，不可錯放」，把田裡的所有鴨子聚集起來，挖洞掩埋。阿田哀哀地哭。

「各位先生，我的鴨子好好的，沒有生病啊……」

一人煩躁地說：「你又知道了？」

「牠們明明跟我說了。」

大家哈哈笑，真有意思！他們全身穿雨衣遮得密不透風，在有幾個魚塘加起來這麼巨大的地穴裡灑石灰粉，將掙扎喊叫的鴨子裝入麻布袋，束起袋口扔下去。

養鴨人聚攏在一起，垂頭喪氣，他們痛惜財產，他們感受到貧困和枯竭正包圍過來。這次災難真是慘烈。

阿爸獨坐在一處田埂上，仰天抽菸，神情略顯冷漠。跟內心深邃的傷痕來比，這些外在的變故只不過是小破皮，又能算什麼呢？

這樣的神色、這樣的姿態使我絕望。然而，當時我心痛欲死，卻為何望向阿爸？因為我想求救（就如同許多孩子遭遇驚嚇就會大聲喊媽啊或爸啊？）因為我承受不住被深埋在地底下的鴨子們的哀號？

花了大半天所有洞窟才被填滿。穿過層層黏稠的泥土，我聽見我的鴨子仍微微呼吸，牠們脖子被扭斷，十分疼痛，牠們互問為何人類這樣惡毒，然後靜默。在令人毛骨悚然的靜默當中，我認出瞎眼鴨子的聲音，也許是不怕黑，所以生命拖長了。黃昏的幽暗終於降臨，我和阿田抽抽噎噎，感受到最後一隻鴨的喘息愈來愈短、愈來愈短，終於停止，消逝。只有風一陣陣長笑……我惋惜那些全然懂我的小生命。

第二天清晨，人們發現一名養鴨人躺在埋鴨穴的邊緣，眼睜睜望著蒼天，嘴巴如螃蟹般嘔吐出透明的唾沫，腥臭無比。旁邊滾動著沒剩半滴的農藥罐子，活著很難，死倒容易。

我站著看，有點可惜，呀，為什麼那個橫屍的不是我們？

報應彷彿已經很靠近。

7

我開始後悔救了她還帶著她走，我們似乎從一窪泥淖中將她拉起來，卻又推她進另一個也很深的坑窪。

她出現得不是時候。阿爸顯露疲憊的跡象，女人對他而言，愈體驗愈厭倦，愈挑逗愈疼痛。舊傷口徹底裂開，沒有哪種皮膚肌肉能夠填滿。連那些花心思（從別的男人）搶奪過來的女人，阿爸都不相信，又怎麼會在乎這位主動獻身的女人？

於是最後，她明白了阿爸為何不甩她。我和阿田被迫跟她講述我們的故事，好讓她不糾結於自己的妓女身分。那些補丁、斷裂的記憶被我們講得很緩慢，一部分原因是太久沒有開口說話，另一部分是有些細節使我們不得不暫停，因為內在的某處太尖疼，或是要等她哭完。例如講起我的第一次月經，血在我的兩腿中間流不停，我蹲下來，用手遮住那個地方，血透過指縫一直滴落，我感覺到自己漸漸空洞、蒼白，漸漸死去。阿田拔起芭蕉梗塞進嘴巴狂亂地咀嚼，吐出渣滓好敷在流血的地方。聽說，菸葉止血效果很好，但也沒用。兩個相對哭泣，我已經夢見自己的墳墓，像張床浮沉在大水浩蕩的田野間……她哭著摟我入懷，「天啊，太可憐了，當時你們的阿爸在哪裡？」我呆呆的，不知道，但即使阿爸在附近，我們也不能求救。

都說了，我們姊弟要自學一切，不會的，我們試，不理解的，我們積壓在心裡。一旦明白了某個道理，我們通常需要付出極大的代價。

某次，我們把鴨子放在有樹蔭的河段，一股愧為人類的羞恥感突然冒出來，嗆著鼻子，當我發現鴨子從未彼此欺壓或掠奪。前陣子，那隻公的，很溫柔、很輕、很真地爬上那隻母的，絕對不粗俗。我很吃驚，阿田也很吃驚。天啊，這與我們（從爸媽那裡）所知道的太不同了，那些鴨子的交歡充滿了所謂的愛情。阿田受刺激，懷疑如漣漪擴散，直到她出現時，他的內在只剩下悔恨和糾結。

阿田愛她，但那份愛注定殘缺。在漫長的沉睡以後，阿田的本能無法甦醒，他的心只是一枚小小炭火，無法溫暖灰燼一般的身體。感受神經猶如人跡罕至的小徑，野草恣肆、橋斷、路損……

而只需要脈脈對視、牽手、輕撫髮絲，充滿忍耐與犧牲的愛情，只存在於文章當中。她需要的更多，很多，恐怖的多，彷彿能把這世間所有男人，啃食、吞噬殆盡。一開始是謀生，但後來身體的歡愉讓她沉迷，阿田絕望。

我感覺到某種傾頹、坍塌，當阿田追著她，她追著阿爸。

一局沒有終點的追逐。我們還要保留氣力在烈日下謀生。阿爸決定賣掉鴨群，三個人，每人拎兩三隻，我們分頭帶進村裡兜售，但效果不好，鴨子太瘦，胸骨嶙峋。再說，青黃不接的季節延長了，很多家庭張羅米粒愈發吃緊，鴨肉變成了奢侈品。電視上仍播放著禽流感的消息，一些略懂的人縮著脖子，「吃鴨肉，想病死自己嗎？」

我們將鴨隻帶回，通往田間的路徑搖曳著紫色野牡丹。正是這條路，幾天之後，里長帶著鎮幹部衝到我們這裡。

我既害怕，又感激這些人讓我們減少荒蕪感。他們讓我們明白，即使在最偏僻的田野中間，我們仍然被千絲萬縷的法律羈絆著。但同時，這些人經常帶來災難。命定的懲罰彷彿藏在兩張被太陽曬得油亮的臉孔後面，他們快意說些好笑的語言（我們養鴨人家很少使用「指示」、「徹底根除」或「解決到點」這類詞彙），很簡單，當說他們說：「你們必須銷毀這批鴨子。」阿爸惱怒點頭。我和阿田忍不住悲鳴，唉，我們的朋友又要被活埋了。

她的視線順著阿田的淚水垂下，她悄聲說，沒關係的，小乖乖。她熱絡地勾引兩名陌生男人朝向自己，「求你們疼疼我，怎麼忍心讓我們全家餓死。」一人暴躁地說：「上面的命令，我們不敢違抗。」

笑容在她的眼睛裡晃蕩、雀躍。「沒有要你們違反誰啊，只求你們假裝不知道，當作沒看到我的鴨子就好啦，就這麼簡單……」阿田咬牙，他勒緊我的肩膀，極其忍耐。離著五步、八步之處，她的聲音掠過如潮溼的風，軟化了兩張故作僵硬的臉。一個人吞口水，眼神貪婪如針。他的眼睛把她扒光、迅速計算。另一個人則饒富興味，興奮如即將看到一齣好戲。她對男人瞭若指掌，她立刻看向我們，無聲通報，這一回合協商（交換）成功。

「兩位哥哥先回去吧，待會兒我選幾隻嫩鴨帶去給你們下酒。五哥的家我是知道的呀，去到哪裡我都會先拜土地爺的。」

她的笑容忽地充滿疲憊。在這場協商裡，有一點殘忍，一點野蠻。兩個男人轉身回村，不忘半帶威脅半帶邀功：「我們看在你老婆的分上……」阿爸大肚量地笑著，哎，這些屁小子……

她揉阿田的頭說：「小事情，去幫姊姊抓鴨子吧，小乖乖。」又朝向阿爸投以深邃銳利的眼神，她很緩慢地換衣服，拿帽子，穿鞋……時間冗長。我知道她正在等待。我知道，她走了一段路，仍豎著耳朵等待一聲呼喚：「回來吧，阿霜！」然而，只有風傲慢地吹拂著斜斜穿過青青草地的女人，撩撥她衣衫之下的肌膚。

她回來時正值月光燦爛（很久以後，我仍然憎怕這種月色），褲腳因為擦過含霜的草地而溼透。酒氣混合菸味讓我心悸。瞥見我們姊弟如石頭呆坐，她提高聲量：「天地啊，你們倆幹嘛等我呀？我習慣作妓女啦，這件小事哪需要難過什麼呢？」彎腰向帳篷裡探頭，她咋舌：「看哪，今天很涼爽是嗎，怎會有人睡得這麼香。」唉，阿爸的打呼聲竟這般均勻、無牽無掛。就在這時候，我哭了，彷彿她正在死去。她快速抬手擦拭眼睛，水在鬢髮間糊開，溼黏著瀏海。

天亮後，在鴨圈碰面，阿爸訕笑：「怎麼，昨晚開心嗎？他們以為妳是我老婆，應該很興奮吧，就讓他們這樣想好了……」她定定地望著阿爸，再轉向我，一字一句吐出：「你們的媽媽惡毒一分，你們的阿爸惡毒十分。」

講完，她轉身就走。腳步被青草絆得踉蹌，小路在紫色的野牡丹花海中消融。我苦澀地在心裡揮手告別，她的身影隱沒在園林背後。阿田提水回來，著急地問她在哪裡？我指向那條花草蕭瑟的路徑，我的弟弟拚命往那裡跑。

阿田也沒有回來。

我一直等待他，直到雨季降落這離別的田間（我暫時取這名字），一整片星夜。等則等矣，但我知道阿田不會回來了。我不住地想念阿田（也想念她）。每次張羅飯餐，我常取四副碗筷。阿爸很不舒服，他厭煩地站起來。我自顧坐著，舀水淋入飯碗，像是灌溉巨大的空洞。經過河邊亮著燈火的村落，我時常往岸上張望，希望可以遇見阿田和她。不知道我的弟弟追上她了嗎？還是持續尋找中？不知道他敲醒自己的本能了嗎？找回自身肉慾與渴望了嗎？不知道今夜阿田是否能趴在她身上，筋疲力盡，還是在某處掙扎，在某面牆壁或塑膠隔間布旁邊，痛楚、折磨地聽任交歡流成呻吟、吶喊的河流。不知道他的眼淚乾了嗎，或仍如鮮血一般滴落著？

我想念阿田，像想念同類（而我是留下的那個），想念閒聊的方式（以讀心術），想念有人聽得見自己的心跳（這點瞎眼鴨子做得到，但牠死了），想念有人守護自己（照理說這分工作應該是我爸媽的）。我感激阿田，在我十四歲那年，他帶回一包衛生棉，說月經來的時候用，讓經血不沾染褲子。阿田不知道去問誰，他說，血沒辦法止住，會自己停。看到我青春變身，阿田傷感：「阿姊，長這麼漂亮要幹嘛？在這偏僻的村子裡，再漂亮也要嫁老公，生一堆小毛頭，也要下地種田打理園子一輩子，直到乾癟如蟬殼。漂亮，費勁保護……」阿田要求我不要把褲管捲得太高，不要穿寬領子的上衣……一些青年藉故搭訕，阿田張開雙臂護住我，嘲弄對方：「那個誰，撿起你的眼球，一直盯著我姊幹什麼？」人群掃興，散開。就連他捨我而去的時候，他還是留給我一件大禮物。

阿爸開始有點關心我了，似乎阿田留下的空缺提醒阿爸應該珍惜剩下的事物。從某夜開始，阿爸遠遠站著：「阿娘，早點睡！」我感覺到自己的眼睛辣痛，就像有誰將一團煙掃到我的臉上。可笑，平凡的一句話，為人父母經常對子女說過幾千遍、讓人厭煩的話，卻讓我百感交集。

我想要暈眩更久，但因為某種怪念頭萌生而迅速清醒。彷彿來不及了，來不及將一切斷裂焊接完整，來不及安頓心中的碎片。

我們練習彼此相望，這很艱難，尤其是對阿爸來說，我感受到他的巨大努力。每次望向我，他得硬生生吞下洶湧澎湃的衝擊，我太像我媽媽了。

毋須鏡子，我從對面的眼睛裡看到媽媽的身影。對著阿爸的眼神，我感覺自己映照向黑夜的河流。對於其他男人，我則明晃如站在太陽底下。他們用眼睛摩娑我的全身，像瞎眼算命華人老頭子的手，碰碰觸觸，摸摸捏捏（大概是為了方便形容），從這裡漸漸到那裡，而我以一種桀驁不馴的方式去迎接。

賣鴨群那天，阿爸買了一只金戒指，將它推向我，他非常不自在到近乎暈厥：「留著以後嫁人……」我笑到嗆著了，天啊，我要嫁誰呢？

那些被囚禁在田間的日子裡，除了鄉巴老頭子，我還能認識誰，我還能從中挑誰來嫁？嫁一個臉總是朝向土地，終日疲憊於田園耕植，而在青黃不接的時期，我因著聽見孩子們摳鍋巴、椰子杓刮擦米缸底部的聲音而心裡灼痛？或是選一個養鴨人，一趟趟出門遠行，過著暫時、將就的日子，憂心忡忡，直到某個時候，在收割季節的長夜裡，我抱著孩子聽見老公與老妓女的喘息？我能嫁誰，割稻夫、船夫？想到自己是媽媽的複寫本就感到害怕。我不確定自己能夠忍受貧困且無聊的生活，一輩子，或是中途放棄，把悲劇堆積給留下來的人。

阿爸有點發怵，其實，只要稍稍留點心思，就可以發現、疼惜我的怪異不正常。阿爸剛發現這點，手足無措到不知如何去表達自己的痛心，無論是藉由臉色或是黯然在心。然而，就算難過，也似乎太遲了……

關於已經太遲了的念頭像漩渦，瘋狂、牢牢地吸住我，我認為阿爸的一切努力已然失去意義。我想到懲罰、報應，無視於天色沉靜宛如早已遺忘了往事。現在是一年當中最美的季節。

8

現在，東北季風吹拂在無盡的稻田（這名字是我想出來的）上，烏心草沿著田埂生長形成小小的鑲邊，讓稻穀的豔黃色變得柔和。靈敏的（像禿鷲聞到屍體的氣味）割稻者聞稻香而來，養鴨者匍匐緊跟在後。

有些稻田變成都市，有些稻田放肆地改變了水的味道，水由淡轉鹹，有些稻田乏人問津，野稻荒蕪地生長，痛楚地思念著昔日跋涉在泥濘中而今浪蕩在大城市裡謀生的雙足。那些稻田先是鄙棄稻禾（間接拒絕鴨群）。我們腳下的土地愈來愈限縮。但在最初，其實是我們先困住雙腳，因為不能夠（和熟悉的人）回到昔日的稻田。我曾回到那些地方，以我的方法，想像。我遇見很多名叫阿仇或阿恨的孩子，有著類似我爸的冷硬臉龐，深邃的眼眸和直挺的鼻子。那些孩子乾皺、粗魯、不耐煩，唯從嘴巴裡吐出的髒話新鮮跳動。那想像的畫面逼真得讓我不覺後退，一個小孩挑釁地直視我：「我不喜歡上學，等我長大，我去放鴨子。我媽（或我爸）交代，要打死其他養鴨的。」

我嘲笑他，你來得及長大嗎？他無禮怪笑，在消失於黑夜之前。

我毋須花太多時間去理解那種怪笑。

因為就在這個時候，在這片田野上，正遊蕩著一些阿恨，他們年紀較大，也失學、凶狠。他們搶奪其他人的鴨子（包括我們的），偷偷在鴨頭上抹黑漆，大搖大擺來認鴨子，理所當然地帶走。田間開始出現一些打架鬥毆，為了搶奪生計，人們使出渾身解術施展自己的荒野本能。

阿爸交代我站在遠處，等待，結果我們的鴨群還是少掉一半。我們回去，阿爸失魂落魄走在前頭，在一場鬥毆之後，他的軀體如軟泥巴。我故意落在後面，隱藏起萌發的喜悅，阿爸被人痛打，女兒卻表現欣喜顯得不像話。但是很明顯，阿爸正在改變，他正在恢復一些最平凡的感受，我喜歡這樣的他。

後來，我後悔自己當時為什麼不跑去跟阿爸並肩走路，為什麼我不看著他微笑，卻讓那些傢伙從中間切入，我失去了機會。

三個人從我身後撲過來，把我包圍，他們衣服泥濘、鼻青臉腫。在直視了我以後，他們有些意外，其中一個像阿田般消瘦的男生口水直流，驚叫：「這個女的太漂亮了！」

我當作是屬於我的審判辭，他的聲調像是在享受著某件鍾意的貨物。

而這件貨物被強按在水汪汪的稻田上，我詫異地發現，蒼穹沉寂。曠遠。不知道是陽光熄滅了還是太陽根本照不到這裡？或是一張張貧困、無知的臉孔遮蔽了它？扭頭看向阿爸的方向，他正在遠方踽踽獨行，我暗暗祈禱他不要回頭，然後試著自己反抗一次，算了，掙扎會更加刺激慾求，我不願被死死抵住，不願被壓埋在泥濘裡。

面對一個瘦弱、無聲的女生，他們有點不悅，興奮感消失很多，甚至，在扒光我之後，他們顯得狐疑、呆滯。怎麼這麼剛好，我深深地哀傷著，我才剛依稀望見一條通往普通生活的道路，我才剛想著，在那條路上，我會遇見某個男孩，並且去愛……然而，努力不讓痛惜的感覺使我沒入死亡，我嘲諷：「你們即使把我一層一層地扒開，也永遠不能真正碰觸到我。」這想法多少和緩了我遭遇這場變故所帶來的刺痛。

如此，那麼，阿爸，你轉回來做什麼，我暗暗嘆息，聽見他急促、憤怒踩踏在水裡的腳步聲。阿爸撲上來，低吼抓住一個傢伙的頸項，用力往後掀，像是用力掀開河水裡沉重的捕魚竹簍。看到阿爸已經筋疲力盡，我哭了，在某個傢伙把阿爸的頭按入溼泥之前，我失聲叫喚：「阿田！阿田！」

這聲叫喚讓阿爸痛徹心扉，他把臉朝向我，嘴巴張得開開。我猛然理解，立即滿懷悔恨，在求救意識裡、最單純的本能裡，女兒已經忘記了阿爸。

阿田在遠方。稻田空寂，盤旋幾隻白鷺鷥。我知道無法阻止這次的掠奪。阿爸不願接受，他持續掙扎。一個流氓哎呀一聲，摀住眼睛，一邊呻吟一邊亂罵，他不打回去，他選擇另一種報復，他死命壓住阿爸，維持阿爸的臉看向我，他們輪番固定住阿爸的這個姿勢。

阿爸的眼睛冒水，我分不清楚是鐵鏽水還是血漬。夠了吧，老天爺，這樣夠了吧，不要添加更多了。但願阿爸理解，但願他放下，從以前至今天，為了生存而自學，但凡不明白的我們姊弟都嘗試過了。唯獨身體的交歡，我沒經驗過。

但這時候，感覺好單調。首先是撕裂，如被釋放的螞蟻，破碎、痛楚爬遍全身，我感覺到自己正在死去。然後記憶令人驚恐地湧現，那天被壓在賣布男人身下媽媽的臉色，似乎不是歡愉高潮，更像是現在的我，痛楚尖銳蔓延至髮根。天啊，為什麼我認不出這一點，就在那時候(為了隱藏內心的陰影，假裝跟媽媽甜甜笑，當作一切都沒有發生，午後和媽媽一起到河邊，閒聊阿爸何時歸家)。

太陽幽幽恢復亮光，田野間只剩兩具殘破的軀體。誰把雁子撒在天際，牠們努力翱翔以避免像葉子般墜落。那位父親解開身上的衣衫蓋在女兒身上，他在她身邊爬行，尋找任何東西以遮蔽她那在陽光下的身體。那個女兒似乎正在死去，只有雙眼忽閃忽閃不歇，她的第一句話是：「阿爸，我會不會懷孕啊？」

她有點恐慌，感覺到有個什麼東西，小巧卻敏捷如隻蝌蚪正在她體內浮沉。那女兒閃過念頭，掉下眼淚，天啊，我有可能要生小孩。然而，她接受了這件事，即使很殘忍（對她而言，接受也是一種習慣）。

那名小孩，一定要取名為阿愛、阿思，阿柔、阿釧、阿紅……那孩子沒有父親，但一定能上學，有朝氣並且開開心心過完一整生，因為有媽媽教導，是小孩，偶爾也要原諒大人的過失。

譯注

1 九龍江沖積平原有四成的土地為「明礬土」，土層中富含以黃鉀鐵礬礦物為主俗稱「明礬」的複合物質，若乾季持續太長，則水質偏酸、有腥味、色黃濁。

2 陸雲仙為越南十九世紀盲人詩人阮廷炤所作長篇喃字敘事詩《蓼雲仙傳》的主角，他上京趕考的途中，見義勇為救了女主角嬌月娥，被越南民間視為俠義之代表。

專文導讀

邁向現代的越南文學

阮福安／越南胡志明市國家大學社會科學與人文大學文學系助理教授

臺灣與越南的關係有不同時期的進展。一九九〇年代臺灣公司陸續到越南投資，南部地區如平陽省、同耐省、胡志明市等地都有臺灣公司和臺灣人。尤其胡志明市第七郡的部分地區被臺灣公司開發規劃，每次路過那個地方，繞過那些馬路，總覺得自己好像正在臺灣的馬路上奔跑，讓我想起過往在臺灣生活的回憶，不覺有微微好感。

我與臺灣早有因緣，大學時期和臺灣人接觸、工作，大學畢業後，幸運得到臺灣的獎學金赴臺就學。我往往跟別人說：「我的青春都留在臺灣了。」一轉眼，十幾年過去，在臺灣的學生生涯走向教學生涯，去年秋冬赴臺客座，很榮幸得到春山出版社邀請審稿，得知他們正在努力把越南文學引介給臺灣讀者。以文學為專業的我，欣然接受這份審訂工作。

臺灣文學早在一九八〇年代通過著名作家瓊瑤的作品，得到越南人的歡迎，我還小時，周圍家家戶戶都在看瓊瑤的小說和電影。不過一九九〇年代後臺灣文學遭冷落，近年才通過新南向政策陸續被翻譯成越南文，再次得到越南讀者的喜愛，我也有幸將吳明益的小說《複眼人》翻譯成越南文。另外還有一些作品如白先勇的《孽子》、《臺北人》，吳明益的《單車失竊記》，葉石濤的《臺灣文學史略》等也有了越南語版本。期待接下來有更多臺灣文學被翻譯成越南文。

其實，越南文學在二十世紀前因用漢文書寫，而與東亞漢字文化圈密切交往，自從越南換成國語字（Chữ Quốc ngữ，現代越南文字）書寫以後，一段很長的時間被東亞各國所忽略。

越南文學有其特殊發展過程，經過一千年北屬時期，越南潛移默化中鑲嵌進東亞文化圈，理所當然與其他成員一樣使用漢字，不管在行政、外交場合，甚至文學創作也不例外。

越南北屬時期直到十世紀，西元九三八年吳權在白藤江打敗南漢軍隊才告中斷，越南開始獨立建國，自力更生，塑造獨特的文化，成為一個真正獨立的國家。整整一千年左右被中國統治，越南的文化、文學、思想等各方面受到中國影響，雖然國內日常生活中使用的語言還是越南文，不過漢字卻作為官方語文書寫工具，朝政、邦交、教育、創作詩文等各方面都以漢字書寫為主。直到越南獨立建國以後，因為客觀原因仍使用漢字作為官方語言，從十世紀開始的越南王朝：丁、前黎、李、陳、胡、後黎、黎中興（鄭、阮）、阮等歷來朝代，也採用東亞封建制度管理國家。在北屬一千年之間，越南文人以漢字創作詩歌、文章，建設越南漢文文學，與東亞漢字文化圈並肩以行，形成區域中的民族特色文學，在東亞漢文字文化圈貢獻大量豐富的作品。

越南民間存在口傳文學，因為當時越南語言尚未有文字，只能在民間口傳保留。文人讀書、科考都必須學習漢字、四書五經、中國典籍，所以當時越南的知識分子是精通漢字的人。他們以漢字將民間口傳文學書寫下來，成為越南的漢文文學，並模仿中國詩文形式創作以豐富之。越南漢文文學扎根極深，漢字被稱為聖賢之字，因儒家思想普及，漢字也被稱作「儒字」（chữ Nho）。漢文文學在越南歷史悠久，留下來的作品也多，雖然經過幾番動變，大量作品被燒毀，現存的珍貴文物現在收藏於越南河內翰林院所屬漢喃研究院及越南國家圖書館等地。另外有一部分文獻流傳海外，在法國、英國、日本、中國、臺灣等國收藏。

總之，越南漢文文學與中國古典文學形式上無差異，因為越南學習漢字，閱讀中國典籍，學習中國的文學形式，所以創作形式上模仿中國的五言詩、七言詩、賦、傳、記、銘、小說、戲曲等，這也是與東亞各國相似的狀況。

然而越南的語言系統與中國語言有很大差別，例如語音、語法、詞彙。因此，使用漢文創作很難滿足越南人的創作需求，很多越南語的特殊詞彙漢語無法表現，或有局限。大約在十三世紀初，「喃字」（chữ Nôm）自然而然出現，喃字是「一種仿效漢字，採用漢字的結構和形聲、會意、假借等造字方法而形成的越語化的方塊象形字，每個字都包括一個或一個以上的漢字。這些漢字部分用以表音，部分用以表義」。[1] 喃字的出現主要是為了滿足越南人的創作願望，同時也促使「喃字文學」的誕生。十四世紀開始，喃字文學成為越南「書面文學」的重要部分。與漢文文學相比，喃字文學沒有政論性作品，也因為是人民日常的語言，所以喃字文學比漢文文學更能靈活、具體地反映人民的現實生活，創造出來的文學形象具有濃厚的民族性，因此容易打動大眾，受到自貧民至知識分子的歡迎。

雖然喃字文學長期以來不被一部分儒家學者視為正統文學，難登大雅之堂，某些時代的統治者為了鞏固自己的勢力，更推動排斥喃字文學的政策，例如鄭柞大量收集喃字書籍加以焚燒。喃字文學沒有受到封建階級統治者的重視，但受到知識分子和民眾的歡迎。漢字雖然是國家官方行政語言，但對人民卻很艱難：第一、它是象形文字；第二、它不是自己民族的語言，學漢文就是學外國語言，因此當時普通人民大多不認識漢字。喃字文學的誕生提供人民一種新的精神食糧，雖然需要通過認漢字才可以認喃字，喃字比漢字更難學，但好處在於喃字是以越南話的音標（國音，quốc âm）來記憶，所以民眾雖然看不懂，但可通過「口傳」方式欣賞，例如「喃傳」是喃字文學的最高成果，現在留下的作品如詩豪阮攸的《翹傳》（*Truyện Kiều*）、阮廷炤的《蓼雲仙傳》（*Lục Vân Tiên Truyện*）、《花箋傳》（*Hoa Tiên Truyện*）等，普遍流傳民間，以六八詩體寫成故事。《翹傳》共有三二五二句，很多不認得漢字的人民可以從頭到尾通通唸出來，足見「喃字文學」的穿透力。

雖然如此，我們也無法否認越南古典文學（越南常稱「中代文學」）由「漢文文學」與「喃字文學」二者組成，喃字文學離不開越南文學史，去除喃字文學就是毀壞越南的文學奠基，失去越南的民族主體性。所以至今，喃字文學、文獻仍然被漢喃歷史、文學、文化研究學界關注。

十九世紀世界動盪，越南也面臨極大變動。自法國占領以來，使越南脫離中國走向西歐模式，法國首先廢毀漢字、終止科考，文字上則以法文和國語字──越南現在使用文字，代替漢喃文字，徹底西化越南。國語字從十七世紀歐洲傳教士來到越南傳教時就萌芽，經過兩百年左右的研究及發展，直到法國全面占領越南才開始推動使用。

一八八五年中法簽訂《天津條約》，中國承認越南為法國的保護國，也就是終止越南與中國的藩屬關係。法國將越南朝廷當作傀儡，政治、經濟、社會、教育都由法國殖民政權掌控。法國禁止漢文後，漢文文學從此失去生存地位，導致現代越南人對其陌生而視為北方的外來文字。

推動使用法文和國語字以後，越南人開始接觸西方文化，尤其是法國文化，學校以法文教學、傳達知識，越南文藝狀況受到新的影響。

十九世紀末至二十世紀初起始，西方小說透過法國人以法文傳入越南，諸如馬洛（Hector Malot）的《苦兒流浪記》（*Sans Famille*）、雨果的《悲慘世界》、聖修伯里的《小王子》，德．拉封丹（Jean de La Fontaine）的《拉封丹寓言》（*Fables De La Fontaine*）等名著都有蠻大影響力，形成一股以法文和國語字創作的新鮮文學風氣，通過報紙、小說、新式戲曲呈現，新形式結合新思潮使越南文藝走上現代化路途。越南文的書寫形式得到發展機會，學習西方的文法、用詞而日益完善。

二十世紀初被稱為越南近現代文學時期，此時存在兩股文派：一派是舊時代的漢學知識分子，他們一方面保有傳統，一方面受西方教育，所以古今精通，把越南古典漢喃文學、史料、文獻努力翻譯成國語字，甚至把中國古典典籍，包括史料、典籍、小說、詩歌等翻譯成越南文。另一派則完全受法國教育，精通法文和越南文，學習西方文藝，全面整修越南文藝，創作國語字小說，代表性文人有南部的胡表正（Hồ Biểu Chánh）、黎弘某（Lê Hoằng Mưu），北部的黃玉珀（Hoàng Ngọc Phách）等。

在這種情況下，越南大眾逐漸疏遠古學，至今完全看不懂漢字、喃字，僅專修國學研究學者才看得懂一部分。

越南近現代文學誕生於被法國殖民、國家處於戰爭狀態時，雖然學習「先進知識」，可是越南知識分子、文人總巧妙利用這個工具來抵抗帝國，因此這個時期的文學主題是抗戰、抗帝國、強調民族主義。不過，後來文人從現實主義逐漸走向浪漫主義，甚至國家統一以後，浪漫主義結合超現實主義愈來愈蓬勃。

一九三〇年代，以現實主義作家為主的同時，開始出現浪漫主義和超現實主義作家。越南一九二九至一九三三年間是一個動盪時期，一九三〇年六月十七日，越南國民黨阮太學與其他十二人被法國殖民者處死，法人加強壓制，愛國革命者受到危害及壓迫，國內愛國黨派暫時沉寂，轉為祕密活動。知識分子受到恐嚇，很多人隱居，對於革命的熱心冷卻下來，他們離開政治場域，回到故鄉等地過單薄的生活，追求個人自由理想。在這種情況下，開始出現許多脫離現實、抒發感情、挖掘內心自我的浪漫及超現實主義作品。一開始，詩歌比較容易創作，著名的詩人如勢呂（Thế Lữ）、劉仲驢（Lưu Trọng Lư）、輝聰（Huy Thông）、阮若法（Nguyễn Nhược

Pháp）、輝近（Huy Cận）、春耀（Xuân Diệu）、翰墨子（Hàn Mặc Tử）；小說家如自力文團[2]中的慨興（Khái Hưng）與其創作的《夢仙蝶魂》（*Hồn Bướm Mơ Tiên*）、慨興和一靈（Nhất Linh）所作的《花扛》（*Gánh Hàng Hoa*）、《斷絕》（*Đoạn Tuyệt*），與黃玉珀的《素心》（*Tố Tâm*）等。

《越南現代小說選》中的六篇作品橫跨一九四〇年代至二十一世紀初，可以看到從現實主義到浪漫主義，再跨越到超現實主義的痕跡。

除了這六篇小說以外，作為越南文學研究者，我也很期待以下作品得以翻譯成華語在臺灣出版，如黎蓾（Lê Lựu）的《以往時代》（*Thời Xa Vắng*）、阮輝涉的《退休將軍》（*Tướng Về Hưu*）、武重鳳（Vũ Trọng Phụng）的《颱風》（*Giông Tố*）、吳必素（Nguô Tất Tố）的《滅燈》（*Tắt Đèn*）、裴英進（Bùi Anh Tấn）的《一個沒有女人的世界》（*Một Thế Giới Không Có Đàn Bà*）、李蘭（Lý Lan）的《女人小說》（*Tiểu Thuyết Đàn Bà*）等。這些作品充分反映越南的社會背景，部分也是女性小說以及同性小說的代表作品。

《越南現代小說選》由羅漪文選譯，讓臺灣讀者認識越南近現代小說。我相信這會是臺灣閱讀越南小說的契機，並帶動更多越南文學作品翻譯成中文，促使兩國之間各方面的深刻理解。我個人也樂於持續為臺灣、越南兩國的文學交流付出心力。

越南西貢・二〇二四年三月

注釋

1 楊保筠，《中國文化在東南亞》（鄭州：大象出版，二〇〇九），頁九五。

2 自力文團（Tự Lực Văn Đoàn）為一九三二年由一靈等作家發起的一個革新文藝組織。

Literati

春山文藝 030

越南現代小說選

作者　南高（Nam Cao）、蘇懷（Tô Hoài）、日進（Nhật Tiến）
阮氏瑞宇（Nguyễn Thị Thụy Vũ）、阮輝涉（Nguyễn Huy Thiệp）
阮玉四（Nguyễn Ngọc Tư）
主編　羅漪文
譯者　羅漪文
審訂　阮福安（Nguyễn Phúc An）
總編輯　莊瑞琳
責任編輯　莊舒晴
行銷企畫　甘彩蓉
業務　尹子麟
封面設計　廖韡
內頁排版　張瑜卿
法律顧問　鵬耀法律事務所戴智權律師

出版　春山出版有限公司
地址　116臺北市文山區羅斯福路六段297號10樓
電話　(02) 2931-8171
傳真　(02) 8663-8233

總經銷　時報文化出版企業股份有限公司
地址　桃園市龜山區萬壽路二段351號
電話　(02) 2306-6842
製版　瑞豐電腦製版印刷股份有限公司
印刷　搖籃本文化事業有限公司

初版一刷　2024年4月
定　價　500元
ISBN　978-626-7236-94-9（紙本）
978-626-7236-95-6（EPUB）
978-626-7236-96-3（PDF）

國家圖書館出版品預行編目（CIP）資料

越南現代小說選／南高，蘇懷，日進，阮輝涉，
阮氏瑞宇，阮玉四著；羅漪文譯
--初版．--臺北市：春山出版有限公司，2024.04
--面；14.8×21公分．--（春山文藝；30）
ISBN 978-626-7236-94-9（平裝）
868.357　　113002486

春山出版

填寫本書線上回函

EMAIL SpringHillPublishing@gmail.com
FACEBOOK www.facebook.com/springhillpublishing/

From Interest to Taste

以文藝入魂